世界の有名シェフが語るマンマの味

ミーナ・ホランド

Mamma

by

Mina Holland

ブックデザイン：松田行正＋日向麻梨子

私のマンマへ
永遠の愛と感謝を込めて

目次

はじめに

レシピはその人の人生を熱く語る。

——ナイジェラ・ローソン、ラジオ4『ウーマンズ・アワー』2015年10月

圧倒的なおいしさよりも、目の前に食べ物がないことのほうが、私たちを食に走らせる。もっともぜいたくな食の体験は食と食のあいだにある。最後の一口を思い出しながら、次の一口を楽しみにしているときだ。

——ライオネル・シュライヴァー

まず食べる。ほかのことはすべてそのあとで。

——M・F・K・フィッシャー

30歳の誕生日、母は私に青いブリキの箱をくれた。ふたを開けると、そこには母の手書きのカードがびっしりと入っていた。いちばん上のカードには「ミーナのための秘伝のレシピ」とあった。すべて私が子どものころから大好きだった料理のレシピで、カードの片面に材料と作り方、裏にはその料理の由来が書かれていた。

我が家に代々伝わる料理もあったし、母が新たに仕入れたり、創作したりしたものもあった。

だが、すべてうちではなじみの料理だった。それらは食のホームグラウンドとして我が家のキッチンの礎をなし、ほとんど遺伝子レベルで私たち家族をつないでいた。母はそのなかに「ペガサス・エッグ」を入れてくれていた。アンチョビを詰めた卵料理で、母が子どものころから食べていたものだが、ギリシャ神話に出てくる翼を持った馬にちなんで「ペガサス・エッグ」と改名して、私の8歳の誕生日パーティーに出してくれたものだ（当時の私は、とにかく乗馬にちなんだものを求めていた）。それから、マスール・ダール［訳注：赤いレンズ豆］の料理。私を身ごもっていたときに、マドハール・ジャフリー［訳注：インドの女優、フードライター］が番組で紹介しているのを観て作るようになったという。そして、パイ生地にフランジパーヌを詰めて焼いたフルーツタルト、「プラムとアーモンドのシャトル」。母が1980年代にイズリントン・ガジェット紙の記者として働いていたときにインタビューしたこともある、スティーヴン・ウィーラーの料理本に載っていたレシピだ。簡単でおいしくて、当時としては珍しいお菓子だった（なぜ〝シャトル〟なのかはいまでも謎）。いずれも母の食の聖典入りを許された料理だった。

レシピというのは、その料理の作り方を説明しただけのものではない。その人の過去を織りなし、それまでの人生を語ると同時に、つねに変化しながら現在を、そして未来を映すものでもある。人と同じで、レシピは変化する。いつも食べてきた料理のなかには、私の人生という物語のなかの登場人物として、時の流れとともにいっしょに成長してきたような気がするものもある。料理の手順を書いただけのレシピより、その料理の由来やエピソードがついているレシピのほうがずっと興味深い。料理記事に携わる編集者としては、家庭料理がふたたび脚光を浴びればうれしいし、ひいてはレシピ本を作ってみたいという思いもある。だが、そのレシピを提供した人にとってその料理がどのような意味を持つのか——最初に作ったきっかけとか、どのような変遷をたどってきたのかとか、その料理にまつわる思い出とか——ということが何も書かれていないレシピ本にはそそられない。編集する過程で、きっとサラダもカレーもトライフルもいっしょになって、印象に残らないのではないか。だが、レシピと物語がいっしょになったときは違う。私の場合、物語があると、その料理を作りたくなる（逆のケースもある）。物語を伴うことで、レシピもそれを作った人のことも、より鮮明に記憶に残るので、思いたったときに作りやすくもなる。つまり、料理について書かれた文章に想像力を刺激されたときのほうが、実際にその料理を作る機会が増えるということだ。

こうした考えをもとに、２０１４年、私は編集を担当している『ガーディアン・クック』（ガーディアン紙の別冊）のなかでコラムをスタートさせた。ひと月4回に渡って、新鋭の料理人に何か語ってもらい、その記事といっしょに2、3のレシピやちょっとしたコツを披露してもらうという企画である。家族にちなんだ話が多く、ほぼすべてが思い出を振り返るところからはじまっている。ウクライナ出身のシェフで、『Mamushka（マムシュカ）』の著者であるオリア・ハーキュリーズは、4人の祖父母それぞれの出身国（いずれも東ヨーロッパ）の料理を毎週紹介し、それらが自分の料理の土台になっていることを綴った。ロージー・バーケットの場合は、第1

回目のコラムを発表する日が、奇しくも彼女のお父さんの10回目の命日だったため、お父さんが大好きだった自家製のサラダクリームをレシピに加えた。お父さんは自分の庭で育てたレタスやエンドウ豆を山盛りにしたサラダに、そのクリームをこれでもかと言わんばかりにたっぷりとかけて食べていたそうだ。ミーラ・ソーダは、グジャラート人の祖父母がウガンダ経由でイギリスに渡り、リンカンシャー州に落ち着いたという一家の歴史を反映して、それぞれの場所の影響が感じられる「リンカンシャー・ソーセージ・カレー」を紹介してくれた。どのレシピも、その料理が生まれたきっかけが語られなければ、薄っぺらいものになっただろう。

「食事の話は、読者の心を揺り動かす。本人と家族と文化のビュッフェにいざなうからだ。レシピはその人の歴史であり、そこに書かれた手順や見本を通して過去の味を伝える。同時に、そのレシピに手を加えることで、人生を修正することも可能だということを教えてくれる」サンドラ・M・ギルバートは、『The Culinary Imagination（料理の想像力）』のなかでこう述べている。この本は食や文化の本質について学術的に綴ったものだが、そのタイトルを見ただけで思わずうなずいてしまう。料理することと食べることは、身体的、機能的な行為であるとともに、想像力に富んだ行為でもあると思うからだ。冒頭にあげたライオネル・シュライヴァーの引用文（もっともぜいたくな食の体験は食と食のあいだにある……）も、同じ方向を見ている。これから食べるという期待は、実際に食べているときよりも喜びにあふれている。つまり、空腹で食べ物のことを考えるのは、お腹いっぱいになるまで食べているときに勝るということだ。レシピの背後にある物語は料理の味を左右する。たとえ目には見えないものであっても、食べたいと思う料理に伴うすべてが、それを食べたい理由になると思う。

2016年のはじめに「ハンガー・ゲーム」という記事をガーディアン紙に書いた、フードライターのビー・ウィルソンはこう述べている。「味覚は影のようについて回り、その人がどういう人間であるかを物語っている」ウィルソンは、変えることは不可能ではないと言いながらも、人が幼少期のうちにどのように味覚や嗜好を身につけるか説明する。つまり、食の個性は子どものころに確立されるということだ。2歳のときの食習慣から、その人が20歳になったときにどのように食べているか、かなり正確に予測できるという。しかも、食習慣にはたくさんの感情――甘いものを食べれば気分が良くなったり、残すことに罪悪感を覚えたり、食べ物で遊ぶのは行儀が悪いと思うなど――が伴うため、大人になってから変えるのはより難しくなる。「私たちは本気ではないにしても、多かれ少なかれ、食べるものを変えようと試みるものだが、食べ物に対して抱く思いを変えようとする人はほとんどいない」

つまり、食べ物は単なる食べ物ではないということだ。感情を伴うものであり、想像力に富んだものであり、その人を特定するものなのだ。もちろん、そう思っているのは私だけではない。雑誌やポッドキャストだけではなく、ネットフリックスまでもが食べ物にまつわる人々の物語を発信している。シェフにレシピについて語ってもらうという私たちのコラムは、新聞業界ではめずらしい試みだが、オンラインの世界では食にまつわる話はますますもてはやされるようになっている。たとえば、『Lucky Peach（ラッキー・ピーチ）』誌は、2015年に「Mom Month（ママ月間）」というシリーズを立ちあげ、アレックス・ライやマーゴット・ヘンダーソンといった、子どもを持つ女性シェフのインタビューを掲載し、子どもといっしょに作る料理について尋ねたりしている（アリス・ウォータースと娘のファニー・シンガーは、卵をスプーンにのせて直接火にあぶるというお気に入りの料理の話をしている）。また、この雑誌を作ったデイヴィッド・チャンによる、ふたりの祖母の話も記事になっている（ふたりの料理の腕は両極端だそうだ）。

カジュアルなレストランの人気の高まりは、家庭料理と高級料理の溝を埋めるものなのかもしれない。肩ひじ張らない雰囲気はいまでは安食堂だけのものではなく、高級レストランのものでもある。そういう店では、訪れる客は別の客と相席することもあるし、料理は大皿で（おそらくミスマッチな陶器の皿で）供される。一方で、フランス語のメニューや、暗号をしゃべっているように聞こえるソムリエなどは急速にすたれつつある。こうしたなかで、最近の人々はますます家庭料理から離れていくように見える。普段の食事は、母親が用意するような心のこもった一皿ではなく、帰宅途中にスーパーで購入した出来合いのものという人も多いのではないか。栄養たっぷりの手づくりの食事というのは、いまではめずらしいものになっている。〝マンマの料理〟はもはや当たり前のものではない。

そのことを端的に示す例がロンドンにある。フードビジネスと社会事業を融合した〈マチママス〉だ。ギリシャ系アメリカ人の大学院生ニキ・コプケが立ちあげた、ギリシャ語で「いっしょに」を意味する〈マチマス〉は、イギリスに住む移民や難民の人たちにキッチンで働いてもらおうという試みからはじまった。最初は「移動レストラン」として営業していたが、最近ロンドン東部のハックニーに場所を定めた。提供する料理は、その日キッチンに立つ女性の出身地によって変わる。たとえばロベルタならブラジル料理、アゼブならエチオピア料理、ゾフレならイラン料理といったように。彼女たちは、各国の家庭料理をイギリス人に紹介するだけではなく、レストランの食事はきちんと訓練されたシェフじゃなくてもいいということを教えてくれる。キッチンから出てくるモケッカ・デ・ペイジ（白身魚をココナッツミルクで煮込んだブラジルの料理）、ゲイメ・バデンジャン（豆と茄子を煮込んだイランの料理）、エチオピアのワット（肉や野菜、豆などを煮込んだ料理）とインジェラ（クレープ状をしたエチオピアの主食でワットとともに食べる）は、各国の料理を楽しむだけではなく、家庭に思いを馳せるきっかけにもなる。

また、グループセラピーのツールとして食を使うという社会事業が、最近ロンドンでスタートした。ナタリー・ラドランド・ウッドの「人生のレシピ」は、彼女が少年院で働いた経験をもとにしている。「キッチンにいると、別の場所とはまったく違う会話ができるような気がするんです……調理が進むにつれて、だんだんその人のことがわかってくるんです」食べ物の思い出は患者の心の内を知るのにうってつけのテーマだ。そして、誰でも知っている料理用語は、寓意的に使われて治療の枠組みとなる。グループは材料について話し（たとえば、「希望」「忍耐」「楽観主義」「祈り」）、それらを入手する場所を探し（「家族の歴史」「信仰」「文化」）、レシピを考え（「誠実さと忍耐をあわせて、不退転の決意をちりばめる）」、提案できることをまとめる（「家族のサポート」「祖母の存在」）。その後、グループはいっしょに食事をしながら、自分の人生のレシピを発表しあう。ここではテーブルを囲むことで、食が物理的に話すきっかけになると同時に、話のなかでも比喩として使われることになる。私がウッドの話のなかでいちばん心に残ったのはテクニックについての話だった。「テクニックというのは、ときに間違いの結果生まれるものです。不幸な出来事から人生で大切なことを学んだりするでしょう。料理の世界でも同じことです」これについては、「即興」の章で詳しくお話したい。

肯定的にとらえるかどうかは人それぞれだが、食べ物には個人的、そして文化的な意味合いがある。食べるものは心と密接にかかわっているから、私たちはほっとする味を求めたり気持ちを落ち着けようと食に走ったりする（そんなときにはつい食べすぎて、気持ちが悪くなったりするのだが）。はじめての食べ物はたいてい親から与えられる。親は未知の食べ物を与え、どうやって食べるか、いつ食べるか、どのようにかかわっていくかを教える。ほとんどの場合、その人の食の記憶を作り、味覚を作るのは母親だ。だから、物語は家からはじまる。人は大人になり、食べるものを自分で選択するようになるが、子どものころによく食べたものや、実家を思いださせるものは永遠にあなたとともにある。

子どものころに食べたものといい関係を築くことができていたら、それらはきっと出番を待っている。

私の場合は、青いブリキの箱におさまっている。

◇◆◇

「マンマ」という本書のタイトル〔訳注：原題mamma〕は、食べ物について語るときにかならず出発点となるお母さんに敬意を表してつけたものだ。同時に、マンマと言えばマンマの料理、すなわち本書のメインにすえた家庭料理も思い浮かぶだろう。食の本としてはちょっとめずらしい形になっていると思う。単純なレシピ集でも、一般的な食の解説本でもなく、インタビュー、エッセイ、レシピが組みあわさっていて、そのすべてが、食べるもの、あるいは作るものはその人を語るという考えを反映している。アイデンティティに欠かせないものとしての食べ物を、赤ちゃんのころ（場合によっては子宮にいたころ）にまでさかのぼって探究しようという試みである。

これはどこに行っても同じだと思うが、この本のテーマについて話すと、誰もがその人の食べ物の思い出を語り、お母さんが作ってくれた料理について語ってくれる。誰かが思い出の料理、たとえばラザーニャについて話すのを聞けば、その料理はただのラザーニャではなく、特別な意味を持ったラザーニャになる。イタリア人が、自分のおばあちゃん《ノンナ》が作るラグー（あるいはミートボールでもリゾットでも）がいちばんおいしい、と言うのは誰でも耳にしたことがあると思う。私が言いたいのはまさにそういうことだ。アメリカのフードライターのビル・ビュフォードは、ニューヨーク・タイムズ紙にこう書いている。「食べ物のすごいところは、それが文化であり、おばあちゃんであり、死であり、アートであり、自己表現であり、家族であり、社会であるということだ。しかも、同時に単なるディナーでもある」私たちは毎日食べる（そうしなければならない）。別に特別なことではない。なのに、お母さんがキャセロールを作ってくれたとき、ケーキを食べてそこにはいない友だちを思い出したとき、近所で育つレタスを目にしたとき、パン屋さんに足を踏みいれたとき、それは個人的なものとなる。ある種の魔法にかかるといってもいいかもしれない。

本書では、フード業界で有名な8人に食に対する考えを語ってもらった。彼らが言うことは必ずしも一致していない――クローディア・ローデンは伝統にこだわり、ヨタム・オトレンギは、料理人はもっと自由にやっていいと言う――が、子ども時代は大切で、その時期に食習慣は確立されるということに異を唱える者はいなかった。直接話を聞いたときの様子を記すことで、彼ら一人ひとりの人生、歴史、信念、そして食への姿勢を伝えたいと思う。インタビューでは、まず子どものころの話、たいていはお母さんの話からはじまって――ジェイミー・オリヴァーに言わせれば「すべてはおっぱいからはじまる」そうだ――、それから食がどのようにその人の人生を形作ったのか話してもらった。スタンリー・トゥッチは料理から創造性を学んだという。少女時代に料理を習ったことのなかったアンナ・デル・コンテは、結婚してイタリアからイギリスに移り住んだときに必要に迫られてはじめたという（1950年代のイギリスの食事情はひどかったらしい)。アリス・ウォータースは、子どもたちに園芸に慣れ親しんでもらい、食べ物がどこから来るのかを理解してもらおうと活動している。それがより良い食事につながると信じているからだ。ジェイミー・オリヴァーは、子どもの肥満を減らすために砂糖税の導入を主張している。サイコセラピストのスージー・オーバックは、人々が食べているものではなく、苦しみながら食べるという食習慣に関心を寄せている。これらは本書で取りあげる話題のほんの一部だ。

インタビューのほかには、食べ物に関連するテーマで、私たちのアイデンティティにかかわるもの——自然、伝統、即興、女性、バランス、団らん、執着心、肉食——についてのエッセイを8編記した。ここでは、私自身の物語を綴ることもできて楽しかった。誰もがうなずいてくれるような、何かしらの真実を示せていればうれしい。

それから、私が家で料理をするときの基本食材について書いたセクションが全部で8つ。卵、調味料、じゃがいも、パスタ、ヨーグルト、野菜、豆、ハーブとスパイスだ。いずれも子どものころから慣れ親しんだ材料で、ジェイミー・オリヴァーが言うところの私の〝パレット〟であり、冷蔵庫や食品棚のなかでいつも出番を待っている主力メンバーたちだ。どれも手ごろな値段で、野菜以外は1年を通して手に入るので、これらがあれば季節を問わずいつでも何か作ることができる。

だが、これらの食材を選んだのは、そういう理由よりも、自分にとってなくてはならないものだからというほうが大きい。私の朝は卵からはじまる。というより、すべては卵からはじまるといってもいいのではないだろうか（鶏じゃなくて？　とは言わないで）。食のバランスや味覚について考えれば、自然と調味料を意識するようになる。じゃがいもとの関係は古くにさかのぼり、いまでもいい関係を保っている。パスタは作り方を知りたいと思わせてくれたし、いまでも私をキッチンに向かわせる力を持っている。ヨーグルトは私のレシピが暴走するのを防ぎ、私の大人げない怒りも鎮めてくれる。野菜は見る目を育ててくれた。豆は私の食事の根幹をなし、おかげで必要不可欠なタンパク質を手軽に取ることができている。ハーブとスパイスを手にすると実験したいという気持ちがむくむくとわいてきて、毎回新しい味に挑戦したいと思う（残り物があるときは実験のチャンス！）。これらの材料によっていまの私はできている、と言っても過言ではないかもしれない。みなさんにもこうした食材があると思う。

材料について語ったあとに来るのが、これらを使った料理のレシピだ。巷では、世のお母さんたちは9つのレシピを回して家族の食事を作ると言われているので、私が用意している主力メンバーでは足りないとお思いかもしれないが、そんなことはない。ヨーグルト・ディップひとつ取ってみてもさまざまなアレンジがあるように、基本の味に少しずつ変化をつけて作るようにしているからだ。私のレシピは、残り物をアレンジして偶然生まれたものが多い。家庭料理というのはリメイクの技が問われるもの。ひとつの料理は別の料理に生まれ変わる。野菜のゆで汁はストックとなり、野菜を炒めて蒸し煮にしたあとの油はパスタソースのベースになり、パスタの残りはトルティージャになるといったように。要するに、基本の材料を変えなくても、変化は簡単につけられる。

ここで紹介するレシピには、私が子ども時代から食べていた我が家の鉄板メニューもあれば、自分で開発したものもある。また、人に教えてもらったものをアレンジして定番メニューになったものもある。本書は、子育てと食べ物の密接な関係や、食べ物が人生の一部になることについて綴ったものである。だから、すべてのレシピには物語がついている。そして、紹介する料理は、珍しくもなんともない普通の料理から変わったものまで、すべて私が普段作っているものだ。

と言っても、大部分はなんてことはないごく平凡な料理だ。そのほうがほっとする。私が好んで食べるものを人に言うと、あまりにも普通なのでよく驚かれる。ポモドーロ［訳注：トマトソースのパスタ］、ベイクド・ポテト、ほうれん草のソテー、ダール［訳注：レンズ豆のスープ］とライス、レンズ豆の煮込み、ケジャリー［訳注：米、豆、魚、ゆで卵などで作った料理］。どものころから食べているものばかりだ。家で食べる食事に私が求めているのは、平凡な良さということなのだろう。レストランの料理を紹介するレシピ本を出版する人たちには申し訳ないが、ほとんどの人は家で、レストランで食べるように食べたいとは思っていないと思う。

レシピについては、これまではあまり書いたことはなかった。このことは「即興」の章で詳しく述べるが、私は家で作るときレシピ通りには作らない。もちろん、パンを焼くなど技術が必要なときや、大量の油を使うとき、特別な料理を作るときは別だ。料理に関しては、厳密なルールを決めるよりガイドラインくらいのほうがいいと思っている。その日の気分で作るほうが楽しいし、同じものにはならないほうが面白いと思うからだ。レシピ通りに作らなければならないというプレッシャーは、創造性を押しこめてしまうような気もする。

だから、本書のレシピは大まかな手順を示したアイデアとして扱って、あとはみなさん自身のものにしてほしい。材料の量も足すなり、引くなり自由にやってほしい。料理を代々伝えていくことは自然なことだし、料理はそうして進化してきた。だから、料理には盗作という概念はないと思っている。派生していくことは大切だ。人は新しい料理を知り、それを自分のものにする。そのとき料理の遺伝子は変化するかもしれないが、その料理は生き続けることになる。人間と同じようにすべてのレシピにも系譜がある。

最近、食べ物を安易に美化する風潮が目立つように思う。私のようにフード・メディア業界で働く人たちはとくに現代のフード事情の限られた側面しか見ていない。私のメールボックスをのぞいてみても、職人技が光る逸品だとか、自然派ワインのバーだとか、期間限定レストランといった案内があふれ、フードバンクの重要性とか、食肉産業における動物福祉の問題に触れるものはない。最近、first we feast（まず、ごちそう）というサイトで、フード・メディアの問題点について指摘する記事を見た。それによれば、私たちはいい面だけを強調して伝えており、業界の暗い側面には光を当てず、そういう役割は政治やジャーナリストたちに任せているという。

先日、同僚と、どうしても魅力的とは思えない記事について話をした。それは家族でお祝いのときに食べた子ども時代のごちそうの話だった。その様子がありありと目に浮かぶような書きぶりだったにもかかわらず、ひきこまれることはなかった。「ノスタルジーだよ」と同僚は言った。「ノスタルジーに浸りすぎなんだよ」私はその言葉にうなずきながら、内心、この本も同じような感情を引き起こすのではないかと不安になった。確かに本書には私の食べ物に関する思い出――素敵なものもあるし、ばかばかしいものもある――を記したが、明らかにしたいのは食べ物に埋もれた私の人生ではなく、食べ物がどのように私、そしてインタビューした人たちの人生を作ったのか、ということだ。読者のみなさんにも、同じように振りかえってもらえたらうれしい。

スージー・オーバックに会ったとき、忘れられない話を聞いた。彼女は親が子どもといっしょに料理をすることの大切さを訴えていた。「そうすれば、食べ物が普通のものであると同時に特別なものにもなるでしょう」食べ物は平凡なものであり、非凡なものである。おそらく、この二面性を受け入れたとき、私たちは食べ物だけではなく、自分自身とも健全な関係を築けるのだろう。

伝統

私にとって伝統は大切なものです。ロンドンにたどりついた私の家族のように、国を追われたエジプトのユダヤ人にとってそれがどれだけ大切なものか、この目で見ましたから……伝統のおかげで、何か大きなものに属しているという気持ちになれたのです。

——クローディア・ローデン（２０１５年、ロンドンでインタビュー）

伝統なくしては、芸術は羊飼いのいない羊の群れです。革新なくしては、それは死体にすぎません。

——ウィンストン・チャーチル

おばあちゃんのヴィネグレット・ソースはこんなふうに作る。オリーブオイル大さじ4、ワインビネガー大さじ3、コールマンのマスタードパウダー小さじ1、つぶしたニンニク2片、塩、胡椒。これらをきちんと計量してから、全部をジャムの瓶に入れて振り混ぜる。これを、木のボウルのなかで待っているみずみずしいレタスにたっぷりかける。

このサラダを食べたあとは、その日のほかのメニューが何であっても、生のニンニクとビネガーの後味が口のなかに残り、胃からもにおいがはいあがってくることになる。それでも、おばあちゃんのヴィネグレットがいちばんだった。母がドレッシングにバルサミコ酢やレモン、あるいは少量の砂糖を加えているのを見ると、おばあちゃんの教えに背いているような気がして、私はよく怒った。おばあちゃんのレシピは絶対だった。だが、たくさんのドレッシングを自分で作ってきて、いまでは認めることができる。おばあちゃんのドレッシングよりおいしいものがあるということを。

食べ物について言えば、伝統は聖書のような存在で、天地創造から教会での集会まで手引きする。つまり、使う材料から作り方、さらにはいつ、どのように食べるか、誰と何を食べるか、といったことまで事細かに規定する。文化も同様だ。人々の暮らしやコミュニティのありかたと食べ物は、切っても切れない関係にある。冒頭のクローディア・ローデンの言葉にあるように、食べ物は場所や集団といった何かに属している感覚を呼び起こす。その人を特定する力を持っていると言っていいだろう。

「家庭料理」についても同じことが言えるのではないかと思う。食べ物にプルーストの記憶のような魔法があるとしたら、最初に味わったときの経験が、いつのまにか自分のなかに根づいていたとしても驚くことではないだろう。食べ物は過去の記憶——それを作ってくれた人、いっしょに食べた人、食べた場所——を鮮やかに蘇らせる。家庭の伝統というのもまた強い力を持っているものだ。ときには文化が持つ力を超えるかもしれない。

食の伝統については時間をかけて考えてきた。私のはじめての著書『食べる世界地図』は、食の伝統を紐解いて、家庭料理について理解を深めてもらおうというものだった。簡単ではなかった。理由は3つある。

1 食の伝統は果てしない広がりを持っている。網羅しようとするなんて、まともな人間がやることではない。

2 食を大きく取り扱おうとすると、国や文化ごとの習慣を語ることになるが、それでは家庭料理を語ることはできない。

3 食はつねに変化する。とくにグローバル化とともに人々は移動し、食材、文化、家族が混じりあい、世界はるつぼと化す。『食べる世界地図』は、執筆していた時点でのスナップショットにすぎないかもしれない。

だから、料理の世界の伝統は、熱意に燃える料理人にとっては、アイデンティティ・クライシスを引き起こしかねないやっかいな問題となりうる。大人になる過程で身につけた習慣をどうすればいいのだろうか。創造性を損なうことなく、食のルーツにどのように敬意を払えばいいのだろうか。育った家庭の影響を受けながら、自分の料理をどのように確立すればいいのだろうか。

2004年におばあちゃんが亡くなってからも、私は彼女のレシピでドレッシングを作ったが、決して同じものにはならなかった。いろいろなものが欠けていたからだ——濃い色の木のボウル、たっぷりのドレッシングを待つノーフォークのみずみずしいレタス、そして最後の一滴まで振りかけるおばあちゃん、私の前にすわって口の中の片側だけでサラダを食べるおばあちゃん（中年期に脳腫瘍を患い、顔の半分が麻痺していた）。しまいには作るのをやめた。大学に進学したとき、下宿先にはマスタードパウダーはなく、生のニンニクに軽いアレルギーも発症していた（最悪だ）。レモン汁や蜂蜜、粒マスタードを使うのは新鮮で、解放感があった。おばあちゃんのレシピにこだわったところで、おばあちゃんは戻ってこないということを受け入れたからだろう。ウディ・アレンの言葉を借りれば、「伝統とは永遠という幻想」だし、おばあちゃんのそれなりにおいしいドレッシングを信仰したところで、おばあちゃんは生き返らない。おばあちゃんは死んでしまったのだ。それでも、私はサラダをおいしく食べている。

だが、誰かの思い出を持ち続けることはできる。食べ物はその手段のひとつになると思う。それはただおいしければいい。おばあちゃんの料理はいまでもよく作っていて、本書でたくさん紹介している。そうした料理を通して、私は自分の料理がおばあちゃんに影響されていることを感じる。ときにはアレンジして自分のものにしたりもしている。私の父、それから兄と私が食べて育った料理を、今度は私が自分の子どもに食べさせると思うとうれしくなる。そこにはずっとおばあちゃんがいてくれる。

まったく新しいものを創りだすことはできないのではないかと思う。すでにあるものを研ぎすまして、新たな魅力を加えることで、もとになったものとは似て非なる最高の品が生まれることもある。ローリー・コルウィン、ナイジェラ・ローソン、ジョーン・ディディオンらが書いたものに刺激を受けていなければ、私もこの本を書いていなかったかもしれない。これまで作られてきたものすべてに同じことが言えるだろう。それは剽窃ではなく、進化だ。料理にも同じことが言える。ジェイン・グリグソンはその著書『English Food（イギリスの食）』のなかでこう言っている。

その国だけ、あるいはその地方だけの料理というものはない。料理人は昔から、よその料理を借用しては、アレンジして自分のものにしてきた……それぞれの国の料理は、別の場所から借用した要素も、そうでもないものも含めて、その国の特徴をすべて提供している。

料理に伝統があることは間違いないが、それにとらわれることはない。イタリア人シェフのマッシモ・ボットゥーラは、その本質をついているように見える。イタリアのモデナにある彼のレストラン〈オステリア・フランチェスカーナ〉では、イタリア料理の伝統や子どものころに食べたものに敬意を表しながら、アメリカ人の子どもにとってのピーナッツバターとジャムのサンドイッチにあたる、モルタデッラ・サンド〔訳注：モルタデッラはボローニャソーセージの一種〕をまったく新しい形につくりかえたりしている。愛と破壊を経て料理が生まれるといったところだ。こうなると、彼のレストランで体験できるのは、普通の食事というより、知性の実験と言ったほうがいいかもしれない（彼の本『Never Trust a Skinny Italian Chef（痩せこけたイタリア人シェフは信頼してはいけない）』には、レシピは掲載されていないが、それぞれの料理について短いエッセイが綴られていて、トーストされた四角いパンにラードを塗ったものにモルタデッラのムースが添えられた新生モルタデッラ・サンドも載っている）。

それでもボットゥーラは強調する。流行りの言葉を使えば、マインドフルネス。伝統を扱うときには気をつけなければならない、というのだ。「ノスタルジーの一歩先を行くのは難しい。だが、進み続けるためには、過去を振り返るときでも距離を取って批判的に見ることが大切だ」思うに、文化にかかわることでも家族にかかわることでも、何かを変えようとするときには、伝統について理解を深めてから行なうほうがうまくいくのではないだろうか。そうすれば、伝統が忘れ去られて死に絶えるという事態も避けられるのではないか。

これはバランスの問題なのだ。だから、ジェイン・グリグソンが言うように、先代のものを借用すればいいし、チャーチルが言うように、伝統をガイド役に自身の創造性を発揮すればばいい。先人たちが作りあげたものを土台にすることで、私たちをそれを生かすことができるし、料理に新たな命を吹き込むことができる。いまでも祖母を恋しいと思い、祖母のドレッシングをまあまあの味ということに罪悪感を覚えるが、そう考えると穏やかな気持ちになれる。

私がイギリス人であることについて

モダン・ブリティッシュ料理のシェフが、自分たちには確固たる基盤がないと感じているとしても、それは仕方がないことだろう。もちろん、私たちにはローストビーフやヨークシャー・プディング、ランカシャー・ホットポット、フィッシュ・アンド・チップスがある。それに、こよなく愛するティータイムに食べるケーキやプディングもある。それでも、私たちはよりどころがないと感じてしまう。豊かで多様な食の歴史とは無縁だと思ってしまうのである。こうした意識は、このわずか100年ほどのあいだにイギリス国民に広まったものだ。

食通や専門家でもない限り、モノクロで写真もないジェイン・グリグソンの『English Food（イギリスの食）』のような本を手に取る人は少ないだろう。一方で、国際的に活躍するフードライターやシェフの投票によって、これまでに出版されたすべての料理本のベスト1000を発表している「1000クックブックス」というサイトでは、最近（2015年10月）、ファーガス・ヘンダーソンの『Nose to Tail Eating（鼻先から尻尾まで食べつくす）』が1位に輝いている。

クローディア・ローデンが指摘するように、ズッキーニからパスタを作ったり、ストックをボーン・ブロスと言いかえたりする最近では、革新的な料理ばかりがもてはやされて、伝統を追求する姿勢はあまり評価されない。伝統の追求はオタクにまかされたようだ。

イギリス人としては、地中海沿岸の町を行けばどこでも見られるような地元の食べ物への誇りを、国内ではあまり見ることができなくて悲しく思うこともある。私自身、イギリスの伝統料理は、ほかの国の料理と同じように独学で学ぶしかなかった。料理に合うワインが直感的にわかるように育つフランス人がどれだけうらやましいことか。生まれたときからペスト［訳注：ジェノヴァ風バジルペースト］のにおいをさせているジェノヴァの人たち、器用にオレッキエッテ［訳注：耳たぶの形をしたパスタ］を作るプーリアの人たちにも同じような気持ちを抱いてしまう。イギリスの伝統料理がどこかで脱線してしまったのは本当に残念だ。

とはいえ、伝統とは離れたところで育ったとしても、何かしらプラスの面もあるはずだと思う。たとえば、これはこうしなければならないという足かせからは無縁でいられるのもそのひとつだろう。ローストチキンにレモンの代わりにライムを入れたいと思えば、私ならそうする。ローストポテトには、鴨脂ではなくオリーブオイルを使いたいと思えば、そうすればいい。実際、私はいつもそうしている。

インタビュー

クローディア・ローデン

　クローディア・ローデンは、釈然としない表情で両手を握りしめる。「トルコのユダヤ料理に、スパナコピタ［訳注：ほうれん草のパイ］に似た料理があります。ボガチャという料理で、フィロ［訳注：薄いパイ生地］で3種類のチーズを包み、牛乳に浸して食べるんです。本当においしいんですよ。もちろん、かぼちゃとハーブと塩レモンを使ってもできますけど、オリジナルのほうがおいしいに決まってるじゃありませんか」

　クローディアの編集者は、新しい分野に挑戦するようにすすめていた。これまで地中海沿岸諸国のさまざまな家庭料理を紹介してきたが、編集者がすすめているのは未知の世界だった。地方の伝統的な料理を正統派のレシピで紹介するのではなく、これまで取りあげてきた料理にひねりを加えて——手軽さを強調する方向で——新しい本を書くように言われていたのだった。

　だが、クローディアは手軽さを追求することを好まない。私には几帳面そのものという人に見える。細部にこだわりながらゆっくりと話すその姿からは、物事をきちんとこなすことに対する、宗教にも似た彼女の姿勢がうかがえた。「若いシェフのあいだでは、昔のレシピを壊して新しいものにするのが流行っているでしょう。だけど、私にはわからない。すでにじゅうぶんにおいしいものをどうして壊すんでしょう？　おいしくなかったら、何世代も伝わってこなかったはず。だから、私は伝統には意味があると思うんです」

かぼちゃと塩レモンを包んだフィロを牛乳に浸して食べる——確かにおいしそうだし、彼女の新しいレシピ集が出るなら楽しみだ。だが、彼女の言うことは的を射ている。すでにおいしい伝統料理をなぜ変えようとするのだろう？

1956年、エジプトのユダヤ人は2週間以内に出国するように言われた。クローディアの両親はカイロから、当時クローディアが芸術を学んでいたロンドンに向かった。両親が来る以前から、大学の友人たちのために子どものころから食べていた料理——フムスやキッバ（羊肉のミートボール）など——を作ることもあったが、この国を追われるという体験をきっかけに、彼女は本格的に料理を作るようになった。国を失った者にとって、料理は心と身体のよりどころとして欠かせないものだ、と彼女は言う。

彼女の両親は、毎週金曜の夜のサバト・ディナーには、ゴールダーズ・グリーンの自宅に同胞たちを招いた。クローディアの母は、以前はあまり料理をしない人だったのに、エジプトの家庭以外では見ることのないユダヤ料理——チキン・ソフリット（鶏肉とニンニク、レモン、カルダモン、ターメリック、ヒヨコ豆の料理）など——を作ってふるまった。不安定な環境のなかで、料理は目に見える安心だった。人々はディナーに来ては、帰り際にこう言った。

「もう二度と会えないかもしれないから、チキン・ソフリット（あるいは、その日食べたメニュー）のレシピを教えて」

「エジプトにいたとき、料理本なんて見たこともありませんでした」とクローディアは言う。「レシピを書きとめたことすらなかったですね。カイロではレシピは秘密、という人がほとんどでしたよ。だって、料理がおいしければ、ほかの人より優位に立てるでしょう？」彼女によれば、ユダヤ料理は昔から〝秘密〟にされてきたという。ところが、ロンドンではレシピを共有することが義務となり、また、クローディアの母は、ユダヤの家庭料理を限られた食材で作るという難題に取り組むことになった。以来、クローディアもレシピを集めてユダヤ料理を追求することに人生を費やしている。

ふたりはカムデンにあるキプロスの食材を扱う店に行って、ドルマ［訳注：茄子などの中に米、肉、香料などを混ぜて詰めた料理］を作るのに必要な茄子やズッキーニを調達し、ケンティッシュ・タウンでフィロを購入してクナフェ［訳注：中東のお菓子］を作り、タマリンドを求めてインド人の店に行った。ヒヨコ豆やクスクスなど手に入らないものもあったが、ザクロシロップをレモンと砂糖で間に合わせるなど、代用品も覚えていった。クローディアにとって料理への情熱は、必要に迫られて取り組むうちに生まれたものだった。その料理を通じて文化を見つめるようになったのも、自然な成り行きだった。「レシピを通して文化が見えるんです。食べ物は私にとって、過去を紐解く手段になったんですね」

こうして話を聞いてくると、彼女が伝統にこだわるのも納得できる。ボガチャ(boghatcha)に手を加えると考えるだけで、80歳とはとても思えないきれいな手に力が入るというのもよくわかる。この料理は名前からも歴史をうかがわせる。「大酒飲み」というカスティーリャの言葉(borracha)を語源とするこの料理は、3種類のチーズ(フェタ、グリュイエール、パルメザン)とバターと牛乳を使い、トルコのスペイン・ポルトガル系ユダヤ人が肉をベースにした料理から離れて、乳製品を中心にした食事を大切にしていたことを示している。私たちはときに食べ物から過去を学ぶこともできるのだ。クローディアは、大英図書館で唯一のアラブ料理の本のなかにトレヤを見つけて驚いたという。13世紀にさかのぼるユダヤ料理のトレヤは、アプリコットを使ったパスタ料理で、彼女の叔母のレジーネがアレッポで作ってくれたものだった。子どものときに食べて以来の邂逅だった。それから、15世紀にキリスト教に改宗したスペインのユダヤ人が、本当に改宗したことを示すために、バターと豚の油を使ってパイ生地を作ったという話もしてくれた。どれもが、過去から受け継がれてきたユダヤ料理の複雑で隠れた側面を語っていた。

クローディアは、数年前にカイロのホテルで開かれたエジプト料理をテーマにした会合で話をしてほしいと招待されたことがある。テーマは「エジプト料理とは何か?」背景にあったのは、会合に出席していたホテルやレストランの経営者たちの「我々はどんな料理を出せばいいのか?」という悩みだった。クローディアは、最初こそ「17歳の私と家族を国から追い出しておいて、いまごろ何を食べたらいいか、私に語ってほしいですって？」と反発したが、結局、出席することにした。

長年、フランスのヌーベル・キュイジーヌをやみくもに真似てきた結果、エジプトのレストランは〝アイデンティティ・クライシス〟に陥り、海外から連れてきたシェフと地元のスタッフとのあいだに溝が生まれていた。しかも、地元のスタッフは自分たちの母親の料理に誇りを持てないでいる。クローディアは「王家」に由来する意味を持つモロヘイヤの葉を使った、鮮やかな緑色のスープを見直すようにすすめた。ただし、クミンやコリアンダー、ニンニクを使って、トルコのものともキプロスのものとも違う、エジプトらしさを出すように助言した（＊）。ハトのローストや、コシャリなどの野菜と米を使った料理についても同じようにアドバイスした。

料理について意見を求められると、クローディアは決まって本来の姿に忠実であるべきだと答える。そして、食のグローバル化と産業化が進み、多様性が失われた世界を嘆く。「流行なんてつまらないものです。どこに行っても同じ料理が出てくる世界なんて誰が望んでいるんでしょう？　どこかに行ったときには、自分とは異なる文化を持つ人々と交流して、見たことのない風景や建築を楽しみたいと思うはず。料理が変わらないなんて思ってませんよ。世の中は変わるし、人々は移動します。でも、変化というのはゆっくりと進むものなんです。料理人にやたらと革新を求める風潮は、見ていて嘆かわしいとしか思えないですね」

このときクローディアの念頭にあったのは、ローカルなものと新しい《ヌーベル》ものを融合しようとしている、あるエジプトのシェフの料理だった。彼がクローディアに出してくれたのは、シュークリームの生地に詰めたフール・ミダミス（エジプトのソラ豆をニンニクと玉ねぎ、レモンで料理したもの）、ムール貝入りのタブーリ［訳注：挽き割り小麦やパセリのサラダ］、インドのチャツネを使ったパスティーヤ［訳注：ミートパイ］といった具合だった。１９９０年代から２０００年代にかけて「フュージョン」という言葉に嫌悪感を示すシェフが増えたのも理解できるような気がする。

クローディアは、食のイノベーションを否定するつもりはないが、もう少し慎重に考えてほしいと思っている。料理は、食べる人やその人を取り巻く環境よりも大きな何かに属しており、食べるものはアイデンティティにかかわる問題なのだ。「エジプト出身の人に会ったとき、食べ物の思い出話をすると距離が一気に縮まるのがわかるんです。共通点を見出すというのはそういうことなのでしょう。絆が生まれるんですね」食の伝統は、他者を理解し、他者とつながるきっかけとなる。

＊モロヘイヤを使ったスープはトルコやキプロスにもあるが、味つけにはシナモンやオールスパイスが使われる。

クローディア・ローデンにとって、伝統が親の役割を果たしたのだろうか。私はそうだと思う。彼女が母親の料理の話をするときには、話を母親に限定せず、かならず1950年代のロンドンのエジプト・ユダヤ人社会について語った。それは母親の重要性を否定するものではなく、もっと大きな枠組みのなかで母親をたたえているということなのだろう。彼女のキッチンで、アラベスク模様のタイル、家族の写真、彼女自身が描いた油絵に囲まれて、アーモンド・ケーキをいただきながら、私は、クローディアにとって家族とユダヤの伝統に沿った料理は不可分なものなのだろうと思った。フランスの歴史家フェルナン・ブローデルの言葉を借りて、クローディアは「料理のにおいは文明社会を思い起こさせる」と言った。

私はクローディアに、思い切ってボガチャに手を加えてほしいと言った。かぼちゃと塩レモンを使った新しいボガチャを心から楽しみにしていると。後日、彼女からEメールが届いた。そこには、彼女がこれまでどのように料理とかかわってきたかが、詩情豊かに綴られていた。その一部を紹介したい。

母といっしょに買い物に行き、母が情熱を注いでいた料理を手伝うことで、私と母のあいだには特別な絆ができたと思います。両親はゴールダーズ・グリーンにある私の家から歩いて数分のところに住んでいました。母とは毎日おしゃべりをしていましたし、しょっちゅう家にも行っていました。母のキッチンのにおいをかいでいると、自分たちがカイロから離れたところにいるとは思えませんでした。金曜のディナーはもちろん、何かお祝いの宴があるたびに、兄弟と私はそれぞれの家族を連れて両親の家を訪れたものです。でも、弟が40代後半という若さで急に亡くなったとき、母は悲しみのあまり食事会を続けることができなくなり、それで私が引き継ぎました。

ユダヤ料理の本を作るためにたくさんのレシピを集めましたが、なかには手間がかかる割にはそれほどおいしくないものや、ヘルシーとは言い難いものもありました。でも、そういうレシピをくれた人はたいてい、母親が亡くなったときに家族のために母親のレシピを受け継いだと言うんです。彼女たちにとって、料理はアイデンティティであり、つないでいくものであり、過去の世代を覚えておくためのものなのです。

ふたりでも15人でもテーブルを囲んで食事をすれば、キッチンでいっしょに料理を作るときと同じように、そこにはかならず絆が生まれるでしょう。

卵

それは白い椅子だった。キッチンの片側に据えつけられた大きな椅子は、塩ビのカバーがかかっていて、ふけば簡単にきれいになった。私が記憶しているのはその表面だ。つやつやと光るそれは、殻をきれいにむいたゆで卵みたいだった。ただ、それは汚れていないときの話で、残念ながら、その状態を目にすることはあまりなかった。

椅子はいつも汚れていた。塗りたくられたケチャップ。もっと、もっと、とチューブをしぼっているときに飛んだチョコレートソース。こぼれたジュース。濡れたふきんがそこで干されていたりもした。それからフェルトペンで描いた落書き。かき混ぜているときにボウルから飛び散った卵。それでも家族全員がその椅子を気に入っていた。

子どものころ、その白い椅子と卵が衝突するところは幾度となく目撃した。私がはじめて料理をしたときもそうだった。母の監視のもと、椅子の上に立って、卵を割って小麦粉と牛乳と混ぜたのを覚えている。（混ぜているときは気のりせずに適当に手を動かして、生地ができて型に移したあとは一生懸命にボウルをなめた）。

しかし、一見仲が悪そうな白い椅子と卵には、失敗を許さないという共通点がある。白い椅子はつねに家のなかをきれいにしている両親に厳しくあたり、一方、卵は料理人の腕を暴露する。ゆで卵を切ったときには、とろりとしたオレンジ色の黄身が顔をのぞかせてほしい。ポーチドエッグは引き締まった白身に包まれていなければならない（すぐに中身が出てくるようなやわな白身はダメ）。スクランブルエッグはふんわりと……。　卵を正確に料理するのは秒単位の問題だ。うまく仕上げるのは難しい（失敗するのはとても簡単）。

この本を書いているあいだ、私はよく卵について考えたり、話したり、書いたりした。卵に特化したレストランメニューの開発に携わったこともある。『ガーディアン・クック』では、卵料理を特集した別冊も作った。私自身、実家にいたときにはベジタリアンだったので、卵はよく使った。卵は料理に無限の可能性を与えてくれる。エッグ・ロスコ［訳注：デニッシュの真ん中をくりぬいて卵を落としてチーズをのせてトーストしたもの］や、豚バラ肉を使ったカルボナーラ、ラムレーズンのスフレなど、すぐにいろいろ思い浮かぶが、それでも卵について言えば、シンプルな料理に勝るものはないような気がする。人間と同じように、ありのままでいるときのほうが良さがよくわかる。

ジェイン・グリグソンは「卵料理は余計なものを混ぜずにシンプルで、香り豊かで、濃厚な料理に仕上げるべき」と言っている。彼女の言葉は正しいと思う。ただし、〝濃厚〟というところだけは賛成できない。私の場合、重い食事にしたくないときに卵を料理することが多いからだ。

もちろん、香り豊かで濃厚な卵料理はたくさんある。たとえば、ブルゴーニュのウフ・アン・ムーレット（ポーチドエッグを赤ワイン、ベーコン、玉ねぎ、焦がしバターの濃厚なソースと合わせたもの）。ほかにもおいしくて写真映えする卵料理はたくさんある。だが、煮る《ポーチ》、焼く、かき混ぜる《スクランブル》、ゆでるという基本をおさえれば、このシンプルな料理を、気の利いた一皿にすることができるようになる。

卵のおいしさを引きだすには、オリーブオイル少々かトマトソースがあればじゅうぶんだ。また、それだけでは見栄えのしない料理を劇的に見違えさせることもある。たとえばこんな感じだ。ほうれん草のソテーに目玉焼きかポーチドエッグをのせる。蒸したポロねぎにヴィネグレット・ソースと刻んだ固ゆで卵をかける。オリーブオイルとチーズであえたスパゲッティに粗く切り分けた目玉焼きを混ぜる。半分に割ったアボカドの穴にハリッサ〔訳注：唐辛子をもとにしたペースト状の調味料〕を塗って卵を落として焼く。

卵を攻略すれば、世界はあなたのもの……とまではいかなくても、少なくともおいしい卵料理を食べることができるようになる。〈クオ・ヴァディス〉のシェフ、ジェレミー・リーから、卵の聖典とでもいうべき基本について教えてもらったので、まとめてみよう（聖典と言えば、2015年には『ガーディアン・クック』で「エッグ・バイブル」と銘打って特集したことがある）。

1 **目玉焼き**――失敗するのが難しいくらい簡単だが、バターではなくオリーブオイルを使ったほうがいい。バターは焦げやすいからだ。白身の部分がかりかりになってしまうのが好きではない人（私もそのひとり）は、火を強くしすぎないように気をつけること。

2 **ゆで卵**――普通の大きさの卵なら沸騰した状態で5分ゆでれば半熟卵ができる。お湯が沸いたらすぐに卵を入れよう。

3 **スクランブルエッグ**――目玉焼きとは逆にバターを使おう。フライパンにバターを溶かして、調味料を加えてかき混ぜた卵を流し込む（ジェレミーは生クリームを、ある知り合いのシェフはマスカルポーネを加える。どちらもおいしい）。ぽろぽろになるまで火を通したスクラブルエッグは許せない。ジェレミーが作るような、ふんわりしたスクランブルエッグにしたければ、ゆっくりと8の字を描くように混ぜるとよい。

4 ポーチドエッグ――これまでに何回も失敗して学んだコツは、あわてないこと。鍋に水を入れて沸騰させ、小さじ1杯の酢を入れる。酢が白身を固めて、お湯のなかで崩れないようにしてくれる（ただし、卵に酢の味はついてしまう）。卵を割ってティーカップに入れておく。それからスプーンでお湯をかき混ぜて渦を作る。水流の勢いが卵をまとめてくれる。渦のなかに卵を落とし、3、4分煮る。穴杓子で卵をすくう。

できるだけよい卵を買おう。できれば、フリーレンジ（放し飼い）のオーガニック卵で大きなものがいい。そんなことを言われても、と思われるかもしれないが、大きいのは値段の差ではなく、質の差なのだ。

ローリー・コルウィンは『More Home Cooking（もっと家庭料理を）』のなかで、どのように育てられたかによって、卵の味は大きく変わると言っている。「どうしたらおいしい卵ができるかはわかっている。放し飼いで育った鶏の卵の黄身はぷっくりと盛りあがって、味も濃い。なめらかでコクがある」さらに、ストレスの少ない環境にいる鶏のほうがいい卵を産むとも言っている（人間も同じだと思う）。卵は食材のなかでもっとも基本的なものでありながら、もっとも大切なものでもある。卵には誇りを持ってほしい。

ペガサス・エッグ

　これはいわゆるスタッフドエッグで、両親が私のために開いてくれた、馬をテーマにした誕生日パーティーで出してくれたものだ。ギリシャ神話の海の神ポセイドンを乗せた、翼を持つ馬にちなんでつけられた、我が家だけに通じる名前だが、考えてみると、この料理にぴったりのような気がする。気品ある白い器に、幸せな気分になれるフィリングをたっぷり。一般的な「デビルド・エッグ」という名前よりふさわしいのでは。

　期間は1年ほどだったが、「ザ・ノベル・ディナー」というイベント（食いしん坊な本好きのための食事会）を共同で運営していたことがある。毎月、小説をテーマに食事を提供するというもので、『グレート・ギャッツビー』の回には、小説に出てくる地名にちなんで、このペガサス・エッグをアレンジして「イーストエッグ」と「ウエストエッグ」として出した。ウズラの卵を使い、イーストエッグには赤いパプリカを混ぜ、ウエストエッグには刻んだパセリを混ぜた。次のレシピは私の子ども時代のものだ。

材料（4〜8人分）

- 卵……4個
- アンチョビフィレ……2切れ
- マヨネーズ……大さじ1
- 黒胡椒（お好みで）

●ピメントン〔訳注：スペインのパプリカパウダー〕か、プルビベル〔訳注：トルコの粗挽き唐辛子〕（あれば、仕上げに）

❶固ゆで卵を作る。ソースパンに水を入れて卵を入れて、中火から強火にかける。沸騰してから5分ゆで、火を消してさらに5分置く。
❷卵をゆでているあいだに、アンチョビをフードプロセッサーにかけるか、細かく刻む。ボウルに入れて、マヨネーズと黒胡椒と合わせる。
❸ゆでた卵を水に取る。冷ましてから殻をむき、半分に切る。黄身を取り出し、マヨネーズとアンチョビを合わせたボウルに入れて混ぜる。
❹白身の穴に詰めて、仕上げにピメントンかプルビベルを振る。

卵のすばらしいところは、一日のなかでいつ食べてもおいしい、ということ。次に紹介する4品は、我が家では週末の遅い朝食によく食べるが、どの時間帯に食べても完璧な食事になる。

ベイクド・エッグ

この料理は、イスラエル（正確に言えば、もともとはエジプトの料理）のシャクシュカに似ているが、かなりアレンジして手軽に作れるようにしたので、シャクシュカと言うつもりはない。というわけで、中東の名前のリズム感はないが、「ベイクド・エッグ」とした。これは時間帯に関係なく、いつ食べてもおいしい。どんな疑い深い人（たとえば、私の母）でも、きっと好きになるはず。セージとルッコラは使わずに、シンプルに作ってもいい。その場合には、乾燥唐辛子フレークとピメントンを小さじ1／2ずつ加えるとよい。

材料（2～4人分）

- エクストラバージン・オリーブオイル……大さじ6
- 玉ねぎ……2個（半月切り）
- すり潰したシナモン……小さじ1
- レモン汁……1／2個分
- ニンニク……3片（みじん切り）
- ハリッサ……小さじ山盛り1（お好みで）
- トマト水煮缶（400g入り）……2缶（水分を切る）
- トマトピューレ……小さじ2
- セージの葉……8枚
- ルッコラ……70g
- 卵……4個（できればフリーレンジでオーガニックなものを）

仕上げ用

- 海塩、黒胡椒

・プレーンヨーグルト……大さじ3
・トーストしたサワードウ・ブレッド［訳注：酸味のあるパン］

❶直径30センチくらいのフライパンに、大さじ3のオリーブオイルを入れて弱火から中火であたためる。玉ねぎを入れ、シナモンを少しとレモン汁を入れて、10分炒める。

❷ニンニクを入れてさらに3分炒め、ハリッサを加える。1分くらい炒めてから、トマトを投入し、つぶしながら煮込む。トマトピューレ、セージの葉3枚、シナモン（少し残しておく）、大さじ2のオリーブオイルを加えて、よく混ぜる。15分煮込む。

❸小さなフライパンにオリーブオイルを少しひいて中火にかけ、残りのセージの葉をすべて入れて炒める。1分くらい炒めたら、ルッコラを加えてしんなりするまで火を通す。塩を少し振る。火からおろして置いておく。

❹ソースの味を見て調整する（もっとスパイシーにしたければハリッサを足す）。水分が飛んで煮詰まってきたら、ソースに4つくぼみを作る。卵を割ってくぼみに落とす。それぞれに海塩と胡椒を振る。ふたをずらしてかぶせ、煮る。ここからはタイミングが大事。透明な白身が白くなったときが食べごろ。とろりと黄身が流れ出るはず。

❺ソースごと卵を器によそい、炒めたルッコラとセージを上に散らす。ヨーグルトと残りのオリーブオイルを垂らし、胡椒、残りのシナモンを振る。サワードウブレッドとともに、アツアツを召しあがれ。

アボカド・エッグ

最初にこれを作ったのは、家に大量のアボカドがあって、ひどい二日酔いの日だった。ベイクド・エッグのためにトマト缶を買いにいく？　無理。時間がかかるものを作る？　無理。そんな状況で、家にあったのはアボカドと卵だけ。で、ひらめいた。アボカドに卵を入れたこの料理は実に写真映えする。

材料（2〜4人分）

- 熟したアボカド……2個
- ハリッサ……小さじ4
- 卵……4個
- 塩、黒胡椒

仕上げ用

- エクストラバージン・オリーブオイル（仕上げに垂らす）
- ピメントン（あれば）
- トーストしたサワードウ・ブレッド
- ほうれん草炒め（お好みで）

❶オーブンを200℃に予熱する。

❷アボカドを半分に切り、種を取る。皮はむかない。小さな耐熱性の容器に切り口を上にして並べる（パウンドケーキ型だときれいにおさまって転がらない）。

❸アボカド1つにつき小さじ1のハリッサをくぼみに塗る。卵をボウルに割り、スプーンで黄身（白身が少しついていてOK）をひとつずつすくって、アボカドのくぼみに入れる。

❹塩を振って、胡椒を挽いてから、オーブンに入れる。黄身が半熟になるまで15分ほど焼く。時間はアボカドの大きさと卵によって調整する。

❺オーブンから出し、オリーブオイルをかけて、使うのであればピメントンをかける。サワードウ・トーストと、好みでほうれん草のソテーといっしょに盛りつける。

残り物のパスタで作るトルティージャ（スペイン風オムレツ）

私の同居人はトルティージャが大好き。とりつかれていると言ってもいいくらい。私はじゃがいもで作る普通のトルティージャより、じゃがいもを切ったり、揚げたりする手間が省けるこちらのオムレツのほうが好きだ。この料理のために、パスタを残しておくこともある。（スパゲッティがくっつきあって、もちもちとした食感の、きれいな丸いトルティージャができる。一人分を切り分けたときの形はパックマンみたい）。これにパスタソースがあれば、言うことなし。ここで紹介するレシピは、大勢人が来たときに料理して残ったスパゲッティを使っている（つまり、大量に残ったということ）。

材料（4人分）

- 卵……8個
- パルメザンチーズ……75g（すりおろす）
- エクストラバージン・オリーブオイル
- ニンニク……2片（みじん切り）
- パスタの残り……450g
- 塩、黒胡椒

❶大きなボウルに、卵、すりおろしたパルメザンチーズ、大さじ1のオリーブオイル、ニンニクを入れて泡だて器でかき混ぜ、塩と胡椒で味つけする。
❷パスタを加えて、まんべんなく卵液が行き渡るようによく混ぜる。
❸小さめのフライパンを強火にかけてよく熱してから、大さじ1のオリーブオイルを入れる。じゅうぶんになじませてから、卵とパスタを流し込む。フライパン全体に広げたら、火を中火にする。
❹5分ほど火を通し、トルティージャのまわりがフライパンからはがれてきたら、お皿をかぶせてフライパンをひっくり返して、トルティージャを移す。
❺フライパンをふたたび火にかけ、オリーブオイルを少し追加する。トルティージャを戻し、裏面を焼く。5分ほどで出来上がり。

セルリアック・エッグ

これは人を招いたあとに、マッシュしたセルリアック［訳注：根セロリ］が大量に残ったことから思いついたメニューだ。塩気がきつかったので、何かマイルドなもので味をやわらげる必要があった。ここに救いの手を差しのべたのがじゃがいもで、完璧な一皿に高めてくれたのが卵だった。あとから、ファーガス・ヘンダーソンがじゃがいもを使わずに、同じような料理を作っていることを知った。彼のレシピでは、セロリの葉も使われ、オリーブオイルの代わりにバターが使われている。いろいろアレンジの効くレシピだと思う。ニンニクで炒めた青菜を添えたり、ゆでたポロねぎを混ぜてもおいしいはず。レシピの分量は、作るきっかけになったときに家に残っていたセルリアック（約500g）の量をベースにしているが、必要に応じて調整してほしい。

材料

- じゃがいも……750g（皮をむいて角切り）
- セルリアック……500g（皮をむいて角切り）
- エクストラバージン・オリーブオイル……大さじ5
- ペコリーノチーズ……80g（あれば、すりおろす）
- 卵……6個
- パセリかチャイブ（刻む）（あれば、仕上げに）
- ニンニク・ヨーグルトソース（243ページ参照）（あれば、仕上げに）

● 塩、黒胡椒

❶オーブンを200℃に予熱する。じゃがいもとセルリアックをマッシュできるやわらかさになるまで、それぞれ別の鍋で塩ゆでする。お湯を捨てる。

❷じゃがいもとセルリアックをボウルにとっていっしょにマッシュする。オリーブオイルを大さじ4加える。塩胡椒を振り、好みでさらにチーズを入れる。

❸耐熱性の大皿にマッシュしたじゃがいもとセルリアックを盛り、6か所くぼみを作り、卵を落とす。それぞれに胡椒を少々挽く。

❹オーブンに入れる。白身はかたまっているが、黄身は半熟というタイミングで取りだす。残りのオリーブオイルを回しかけて仕上げる。刻んだハーブを散らすか、ニンニク・ヨーグルトソースを添える。ニンニク・ヨーグルトソースはとくにおすすめ。

私は高度な技術が要求される料理には手を出さないようにしている。たとえばスフレのようなものは、几帳面な人に任せておきたいと思う。卵の黄身と白身を分けて使うような料理もあまり作らない。使わなかったほうを冷蔵庫に入れておいても、結局は1週間後に捨ててしまうことになるからだ。だから、カスタードに目がないスペイン大好き人間としては、クレマ・カタラーナ（卵の黄身、牛乳、レモン、バニラ、シナモンで作るカタルーニャらしいデザート）をこの章で紹介しないわけにはいかなかったが、そうするなら白身を活用する方法も載せずにはいられなかった。固まったり膨らんだりする白身は、あっさりしたデザートを作るときには欠かせない。

クレマ・カタラーナ

材料（4〜6人分）

- 精製糖……150g+少量（仕上げ用）
- 卵の黄身……4個分
- シナモンスティック……1本
- バニラビーンズ・ペースト……小さじ1、あるいはバニラビーンズ……1本（縦に切れ目を入れて、種をしごき出す）
- 無農薬レモン……1個（皮をすりおろす）
- トウモロコシ粉……大さじ2
- 成分無調整牛乳……240ml

❶砂糖と黄身をボウルに入れてふんわりとするまで泡立て器で混ぜる。

❷シナモンと、バニラペーストかバニラビーンズと、すりおろしたレモンの皮を加え、さらにトウモロコシ粉を入れる。鍋に移し、牛乳を注ぐ。

❸鍋を弱火にかけ、10分ほどつねにかき混ぜながら煮る。カスタード状になったら火をとめる。

❹小さなココット皿かグラスに注ぎ、泡が残らないように、小さく切ったクッキングシートをのせて室温で冷ます。その後、冷蔵庫で冷やす。

❺クレマ・カタラーナにするときは、表面を覆うように大さじ1の砂糖をかけて、バーナー（あるいはグリル）で焦がす。もし、次に紹介するカタラン・メスにしたいときにはそのままにしておく。

カタラン・メス

イートン・メス（メレンゲ、生クリーム、夏のフルーツ、ミントを混ぜて作るイギリスのデザート）のアレンジはたくさんある。だが、EU離脱を問う国民投票が行われたあと、私は思った――イートン校出身者たちによるごたごた《メス》はもうたくさんだ、イートン・メスなんて食べるもんか。それで、保守に対抗して急進的に行こうと、クレマ・カタラーナを作ったときに残った卵の白身を使って、カタラン・メスを作った。もっとカタルーニャっぽくしたければ、ゆでたマルメロや、炒って砕いたヘーゼルナッツを加えてもいい。といっても、混ぜるフルーツ、ナッツ、ハーブ、スパイスは選ばない。どんなものでも合う。サフラン水を垂らせば鮮やかな黄金色になるだろうし、挽きたてのシナモンをかけてもいいかも。私はベリーやタイム、ナツメグを入れて食べるのが好きだが、好みでアレンジしてほしい。

材料（6人分）

- クレマ・カタラーナ（51ページ参照）
- 好きなフルーツ、ナッツ、ハーブ、スパイス

メレンゲ

- 卵の白身……4個分（室温に戻す）（クレマ・カタラーナを作った残り）
- 精製糖……200g

❶オーブンを120℃に予熱する。天板にクッキングシートを敷く。

❷メレンゲを作る。卵の白身を、きれいに洗って完全に乾かしたボウル（あるいはスタンドミキサーのボウル）に入れて泡立てる。一度に大さじ1ずつの砂糖を入れて泡立て続ける。しっかり角が立つまで泡立てたら、金属製のスプーンですくって天板に、少しずつあいだを開けて落としていく。

❸オーブンに入れて1時間ほど焼く。そのままオーブンのなかでゆっくりと冷ます。

❹クレマ・カタラーナをスプーンですくって、6つの器に分けて盛りつけ、そこへ砕いたメレンゲを振りかけ、お好きなフルーツ、ナッツ、ハーブ、スパイスで飾って出来上がり。

ココナッツ・マカロン

これはクレア・プタクの『The Violet Bakery Cookbook（ヴァイオレット・ベーカリー・クックブック）』に載っていたレシピからヒントを得たお菓子だ。唐辛子とライムは本当にいい仕事をしてくれる。おかげで砂糖がたくさん入っていることを忘れていられる。

材料（10〜25個分　大きさによる）

- 卵の白身……4個分
- 精製糖……250g
- 海塩……小さじ1/4
- 蜂蜜……大さじ1
- 乾燥ココナッツ（無糖）……200g
- カイエンペッパー……小さじ1
- ライムの皮……2個分

❶オーブンを180℃に予熱する。天板にクッキングシートを敷く。

❷鍋にすべての材料を入れて弱火から中火にかける。生地が均一になるまで混ぜ続ける。最初はパサパサしている生地も砂糖が溶けるにつれてなめらかになってくる。混ぜ続けるうちにとろりとしてくるが、固くなりすぎないよう注意する。クレアによれば、ライス・プディングぐらいのとろみが最適ということだ。

❸私はミニ・マカロンが好きなのでティースプーンを使うが、大きなスプーンを使ってもよい。生地をすくって天板にあいだを開けながら落としていく。膨らんで黄金色になるまで10〜18分焼く（マカロンの大きさによる）。天板にのせたまま完全に冷ます。密閉容器に入れて保存すれば1週間は持つ。

プラムとアーモンドのシャトル

私と言えばこれ、というこのお菓子を作るときに、卵は主役にはならないが、欠かせない役割を果たしている。この章を終えるのに、我を忘れる境地に連れて行って《シャトル》くれるこのペストリーほどふさわしいものはないだろう。

母が何度も作ってくれたので、いまではレシピは必要ない。プラムのタルトには甘いフランジパーヌがよく合うが、もしプラムが熟して甘かったり、別の材料で作るとき——私はプラムの代わりにサクランボ、アーモンドの代わりにココナッツとタイムで作ったことがある——には、フルーツの甘さによって砂糖の量を調節してほしい。温かいうちにクレームフレーシュ［訳注：サワークリームの一種。サワークリームより酸味は少なく、脂肪分は多い］かアイスクリームを添えていただいてもいいし、冷やして朝食に味わってもいい。

材料（6人分）

- パイ生地……225g
- プラム……225g（半分に割って種を取り除く）
- 卵……1個（溶いておく。つや出し用）
- 精製糖……大さじ1

アーモンド・フランジパーヌ

● 室温でやわらかくしたバター……50g
● 精製糖……大さじ4
● 卵……1個（溶いておく）
● アーモンドパウダー……50g
● アーモンド・エッセンス……小さじ1

❶オーブンを200℃に予熱する。
❷パイ生地を天板に広げて、斜め半分のほうに切れ目を入れる。
❸フランジパーヌを作る。バターと砂糖をボウルに入れて、混ぜてクリーム状にする。卵とアーモンドパウダーとアーモンド・エッセンスを入れて、よく混ぜる。
❹フランジパーヌの3／4を、パイ生地の切れ目を入れていないほうにのせる。このとき、縁は2センチほど残しておく。プラムをのせる。いくつかは切り口を上にして、残りは切り口を下にして並べる。残りのフランジパーヌをかける。パイ生地を折ってフランジパーヌとプラムを包む。フォークを押しつけながら縁を閉じる。溶き卵を塗って、砂糖を振りかける。
❺オーブンで45分焼く。パイ生地が盛り上がり、切れ目から紫色のフィリングが思わせぶりに顔をのぞかせる。プラムとフランジパーヌのコラボレーション。もう最高！

即興

彼（セロニアス・モンク）はひとつの音を、あたかもその前に出した音に自分でも驚愕したかのように弾いた。鍵盤を打つひとつひとつの指がその先行する過ちを正し、その指が今度はまた新たな、正されるべき過ちを犯しているかのようだった。だから曲はいつまでたってもしかるべきかたちを取ろうとしない。

——ジェフ・ダイヤー『バット・ビューティフル』【村上春樹訳　新潮社】

母の料理は魔法のようなんだ。カフカの芝居を見ているような気になる。

——スタンリー・トゥッチ、2015年7月、ロンドンでインタビュー

料理はジャズのようだと思うことがある。それは衝動と統制のあいだにある。マイルス・デイヴィスやセロニアス・モンクが即興で演奏するのと同じように料理を作る、という考えはとても気に入っている。この章の冒頭で引用したジェフ・ダイヤーの文章は、即興演奏のすばらしさを伝えるものだが、鍵盤に向かうモンクの姿は、容易に料理に重ねることができる。ちょっとした乱れ（材料が足りないとか）や残り物を、最終的にどこに導くのかはわからない。味のカオスは失敗することもあるが、だいたいなんとかなる。試行錯誤しながら行なう即興料理

は、行き当たりばったりで脈絡なく見えるかもしれないが、経験によって習得する芸術だ。しかし、自信を必要とする。必要に迫られて料理をする多くの人にとっては、いきなり楽譜を捨てて即興で演奏しろと言われても、ハードルが高いと感じるだろう。

レシピは料理の世界を形作っているように見えるが、それは物語の一部にすぎない。レシピはその料理をどのように作ればいいか教えてくれるが、ジャズの演奏家のように感覚を養うためには、料理が上手な人といっしょにキッチンに立ち、その人の手際を見て学ぶしかないだろう。

『ガーディアン・クック』の内容は季節を反映しているので、年間を通して掲載するレシピにはサイクルがある。毎年、そのシーズンの料理を、昨年とはがらりと雰囲気を変えながらも、おなじみの料理と結びつくようにしなければならない。季節の料理——新じゃがといっしょにゆでたミントの香りに初夏を感じたり、フルーツピールと甘いスパイスとお酒の香りにクリスマスが近いことを実感する——には安心感がある一方で、レシピを中心に回るフード業界で働く人にとっては、伝統のテーマをどうやって新しく見せるかが腕の見せどころとなる。

たとえば1年はこんな感じだ。1月。みんなの関心はダイエット。ケール？ オレンジ？ 古代穀物？ それから〝食糧危機〟がくる。新鮮な野菜が不足するので、缶詰を有効活用しなければ。おっと、忘れてはいけない。イースターだ。チョコレート！ 卵！ 夏になれば、バーベキューにロゼ。9月に入ったら学校がはじまるから、ランチ特集。10月はひたすらかぼちゃ！　そして、最後にクリスマス。七面鳥をパサパサにしない方法。完璧なローストポテト。ちょっと面白いサイドディッシュ。手料理のプレゼント。残り物の活用法。

まるで学校の先生の1年のカリキュラムのようだ。毎年、多少の変化はあるが、基本的なところは変わらない。いつの年にも、リア王のゴネリルという名前に反応して笑い出す生徒はかならずいるし（私がそうだった）、1月にブラッドオレンジについて、まるでその話題を取りあげるのは自分がはじめてだと言わんばかりに語る寄稿者はかならずいる。それなのに、セックスと同じように、レシピは売れる。料理好きな人が、「完璧なコック・オ・ヴァン」の作りかたや、「アボカドを活用する10の方法」といった記事を美しい写真とともに手軽に楽しむ一方で、長い文章――そのレシピにまつわるストーリーや本当に必要な情報――はゆっくりと時間をかけて読者の心に染み入っていく。

私がジャズと家庭料理に共通点を見出しているのは、「間違っているかもしれない」ことをよしとしたいという気持ちがあるからだと思う。つまり、料理においては何をしたところで「間違い」ではないということ。すべてはキッチンにいるその瞬間の自分を表現しているにすぎない。もちろん、人は食べるために料理をする。だが、それは同時に自分のスキル、限界、好みを知ることでもある。料理とは、食品棚や冷蔵庫にあるものを使って新たな道を切り開くことであり、友だちがくれたなんだかよくわからないお土産の酢漬けを、興味津々に試してみることであり、味見をしながら、「ワインを注ぐ」や「塩ひとつまみ」の意味を知ることである。失敗しても、それが意外に奏功したりすることであり、どんなものでもエクストラバージン・オリーブオイルを合わせればおいしくなるということに気づくことである。

映画監督のマイク・リーは映画の世界における即興王だ。その彼が映画の制作について、家庭料理に通じることを言っている。「登場人物や人間関係、テーマがすべてではない。場所も大切だし、場所が持つ雰囲気も大切だ。新たに発見したことの本質や、たまたま出会ったこともおろそかにはできない」食事は一回一回異なるものだ。使う食材からそれを食べる人まで、その食事をそのとき限りにする要素はたくさんある。こうした多様性にレシピは対応できない。だから、レシピをちょっと変えて、いろいろ試して見ることが大切だと思う。鍵盤に向かうセロニアス・モンクのように、思ったとおりにはならないかもしれないが、それでもじゅうぶんにおいしいことだってあるはずだから。

残り物について

食事はだいたいあるもので作る。家にあるもの、あるいは帰りに八百屋さんで好きなものを買ってきて作る。賞味期限が近いものは優先的に使う。そして、家庭料理は残り物で回っている。

その日の残りは次の日のメニューを決める。ある意味、リレー競争だ。今夜のパスタ(いつも大量に作る）は翌日、卵とバターを加えてフリッタータになるかもしれない。そして、それはその翌日に、冷たいフリッタータとヨーグルトとサラダというメニューになるかもしれないし、何か別の食材と炒めて食べることになるかもしれない。このように食材が姿を変えながら流れていくのが家庭料理であり、しゃれたレストランや均一な加工食品とは異にするところだろう。

残り物を活用するのは、本質的にはリサイクルと同じ行為だ。自ら選択するというより必要に迫られてという意味合いのほうが強いだろう。結局のところ、買った食材をフルに活用できれば、そのほうが経済的だから。私の場合、前日の残りを利用することの大切さは、子どものころに叩き込まれた。配給制を経験した祖父母に育てられた両親はふたりとも、少ない食材を最大限に活用するように言われながら育っている。

祖母は捨てることを嫌った。スコットランドのカルヴァン派の影響が大きかったのだろう。「無駄がなければ不足なし」というのが祖母の時代の風潮だった。残さず食べるようによく言っていたし、祖母にとって食べ物を捨てることはほとんど異端の行為だった。しかも、単に捨てなかっただけではない。その一歩先を行くエキスパートだった。庭で育てたにんじんやパースニップ、ラディッシュなどがしおれると、細くスライスして、マヨネーズなしのコールスローのようなサラダを作り、『ウォーターシップ・タウンのウサギたち』にちなんで「シルフレイ」と名づけた（物語の中のウサギの言葉で「草を食べる」という意味だった）。ダール［訳注：レンズ豆のスープ］は、水とバターを足して何度も生き返らせた。リゾットは、残り物のソーセージや野菜にライスを加えて作られた。こうして買ってきたり、育てた食材は最後の最後まで食べつくした。

こうした精神が父に受け継がれ、そして私にも継がれた。食べ物を捨てることへの恐怖心が代々受け継がれてきたわけで、こうして改めて書いてみると面白い。そう思えるようになったのは大人になってからだ。昔は、父の料理に対する姿勢に反発した。父はグルメを嫌い、ボリュームとお得感を大事にする。この考え方にイラつかずにすむようになるまでにはかなりの時間がかかった。子どものころは友だちが食べていたアルファベット形のフライドポテトやエンジェル・デライト［訳注：牛乳を入れて作るムース状のデザート］がうらやましくて、父の何でも最後まで食べるという方針が嫌でしかたがなかった。地味なベイクド・ビーンズも嫌だったし、ベイクド・ポテトの皮をバターとベーコンと炒めたものや、卵に混ぜて作った茶色いオムレツも嫌だった。見た目がぱっとしなくて、おいしそうには見えなかった。

だが父と、食に関して私の理想である祖母のことを話していると、ああ、祖母の息子なんだなと思う。父の料理は誰が見てもおいしそうには見えないが、それが祖母の価値観が作りあげたものだと思うと、ときどき（本当にときどき。めったにない）食べたいと思うことがある。「食べ物を捨てるのはどうしても我慢がならない。それに、高ければおいしいってもんじゃないだろう。最近はそんな風に思う人が多いようだが。材料を最後まで使いきる方法を知ってるっていうのはいまでも価値あることだと思う。お父さんは、おばあちゃんにそう叩き込まれたんだ」父の料理哲学が、料理上手な祖母から受け継いだものであることは間違いない。ただ、どこかで突然変異を起こしたようだ。

私自身、冷蔵庫のなかでしおれたからと言って、あるいは昨日同じものを食べたからと言って、食べるものを捨てる気にはならない。新鮮さは失われているかもしれないが、そのぶん味は凝縮している。バブル・アンド・スクイーク〔訳注：ディナーで残った、主にキャベツとじゃがいもで作る英国料理〕のおいしさは、残り物がなければ味わえない。ほかにもある。リゾットの残りを使って作るアランチーニ〔訳注：ライスコロッケ〕のように、マッシュポテトの残りを使って作るフィッシュケーキ。残ったパスタのフリッタータ。時間がたってしまったスポンジケーキを浸して作るプディング。残り物で作る料理はいくらでもある。それはある意味冒険であり、未知の料理の扉を開けることになるかもしれない。

有名シェフのマーゴット・ヘンダーソンに残り物について訊いてみたことがある。彼女はすぐに夫のファーガスのことを話してくれた。休みの日の朝は目覚めるとまずベッドのなかで、昨日の残りでランチに何を作ろうか、と考えているというのだ（「ランチをどうするか、っていうのが、私たちの結婚生活でいちばん大切なことみたい」）。ふたりで残り物を使って作るリゾットにしてもフリッタータにしても、脂肪分と小麦粉がたっぷり使われる。そこは大事なところだろう。とくに脂肪分については。というのも、思い当たることがあるのだ。祖母はバターが大好きだった。祖母の料理が何でもおいしかったのはそのせいだと思う。

残り物料理は、もとになった料理をバージョンアップしたものだ。それが可能になるのは想像力（とバター）の力によるところが大きい。私がインスタグラムにレンズ豆を使った2日目の料理の写真を載せたとき、イタリアのフードライターのエレオノーラ・ガラッソがこうコメントしてくれた。「残り物を使った料理ってすごく誠実な感じがする。たぶん、作り手の食材を大切にする気持ちが伝わるからでしょうね」

インタビュー

スタンリー・トゥッチ

ロンドン西部にあるトゥッチの自宅を訪れる。そこには、イタリア系アメリカ人の住まいはきっとこんな感じだろうと思うすべてがある(*)。トゥッチのミニチュアかと思うような、ディズニーキャラクターばりの大きな目をしたティーンエイジャーたちが、ふらりとキッチンに入ってきて、巨大な冷蔵庫の扉を開けて中を物色する。コンロの脇にはたくさんの銅鍋がぶら下がり、トゥッチが長年かけてアンティークショップで集めた古いメニューがところ狭しと飾られている。壁のくぼみには料理の本がぎっしりと並んでいる。ピエモンテのワインが並ぶ棚に、思わず私の目は釘づけになる。お水を一杯お願いしたところ、どうぞご自由にと言われたので、グラスを求めてカップボードを開けると、そこに

* 1996年の映画『シェフとギャルソン、リストランテの夜』で主演と監督をつとめた人らしい家だった。映画は、ニュージャージー州で流行らないイタリアン・レストランをやっているイタリア移民の兄弟の話だ。映画のなかで、食べ物は神聖なもの(「うまい物を食うのは神に近づくこと」)であり、食べることは幸せにつながる(「(成功するためには)歯を食いしばって必死にしがみつけ」)と言っている。

はサンマルツァーノのトマト缶が床から天井まで積まれていた。料理を愛し、食べることを愛する人たちが住むのにふさわしい素敵な家だ。

私は部屋の佇まいに心を奪われていたが、ここで予想外のことが起きる。眼鏡をかけたショートカットの女性が静かに部屋に入ってきて、くだけた雰囲気で挨拶をしてくれる。トゥッチが紹介してくれる。ミーナ、こちらが母のジョアンだ。なんと、マンマの登場である。私はスタンリー・トゥッチに食と母親のことをインタビューしに来たのだが、到着早々にその人があらわれて、しかも私にこう訊くのだ。アランチーニを食べたいか、と。もちろんです！

こうしてジョアンは、2日前の夕食だった小エビとエンドウ豆のリゾットでライスボールを作ってくれる。ソテーパンに油を注ぎ、指で表面に渦を起こす様子を私はじっと眺める。話しかけると、言葉は少ないものの、感じのいいはっきりした答えが返ってくる。アランチーニの作りかたについて質問しているうちに、向こうも少しずつ私に興味を覚えてきたようだ。出来上がりを皿にのせて出してくれる。丸いリゾットは黄金色に輝いている。一口かじると、家庭の味がした。私の家の味ではないが、何回でも食べたいと思う味だ。

アランチーニを食べ終わり、エスプレッソを飲みながら、私はトゥッチに話を聞く。彼が食をどれだけ大切にしているかはすぐにわかる。映画の仕事でも、夜の撮影が多いものは断るようにしているという。理由は、ディナーに出かけることができないから。彼にとってルームサービスほどわびしいものはない。撮影が終われば、自分のトレーラーハウスに戻り、マティーニを作り、ジャケットに着替え、たとえ一緒に行く人がいなくても、レストランに出かけるのがトゥッチなのだ。どんな小さな町でも、事前のリサーチは怠らない。おいしく食べるための努力は惜しまない。

スタンリー・トウッチはおいしい食事を知りつくしている。子どものころからおいしいものを食べて育ったからだ。トゥッチはニューヨーク州で育ったが、両親ともイタリア人のため、子どものころには、日曜日には週替わりでそれぞれの祖父母の家を訪ねた。その中心にはつねに食事があった(*)。

トゥッチは1960年代に友だちの家に行って、ヴェルヴィータ・チーズ〔訳注：アメリカで人気のあるクラフト社のプロセスチーズの一種〕を食べたときのことを思い出す(「見た目は長方形のブロックみたいで、チェダーチーズのような味がすると言われているけど、チェダーチーズにウランでも混ぜたような味と言ったほうがいいんじゃないかな……スパムを肉というなら、これをチーズと言ってもいいだろうけど」)。そのとき、自分の母親の料理がいかにおいしいかということに気づいたという。母が作る料理

＊トゥッチにとって、いまどきの食と、子どものころから慣れ親しんだ食には大きな差があるようだ。食べることは彼にとってすべてであり、人生の飾りでもライフスタイルの一部でもない。「最近じゃ、食べることと料理することが人生の添え物のように扱われている」と憤る。

は、マリナラソースのパスタとか、子牛のカツレツに季節の野菜（サヤインゲンやブロッコリ、トマトと季節によって変わる）といったものだった。だが、そのメニューの中心はパスタとじゃがいもと豆で、母はほとんどベジタリアンだとトゥッチは言う。「肉の扱いはイタリア人とイタリア系アメリカ人のあいだではかなり違う」トゥッチの一族はカラブリアの出身だ。そこは上質な肉はなかなか手に入らず、その一方でおいしい野菜は豊富にある地域で、そのため肉をメインとしない料理が主流となっている。ところが、アメリカに渡ったイタリア人は豊富な肉を手にし、ピザにもトッピングするなど、存分に使うようになった。

　トゥッチの祖父は自分の庭でいろいろなものを育てていた。トゥッチはそこでサヤインゲンを摘んだことを思い出す。母はそれをズッキーニやニンニク、トマトと合わせてミネストラ（*）を作ってくれた。いまでもロンドンの自宅の庭でサヤインゲンとズッキーニがシーズンを迎えるころは、トゥッチ自らキッチンに立ち、ほとんど毎日このスープを作る。スープを味わうとき、心は故郷へ向かう。同じように、とれたてのにんじんのにおいを嗅ぐときは、祖父の庭に帰ったような気がする。ほとんど水のように見える、軽いオルヴィエートのワインは、亡くなった妻ケイトと過ごした休日を思い出す。ビネガーとオリーブオイルとオレガノで作ったドレッシングであえた、夏のきゅうりのサラダは、いまの妻フェリシティの味だ。「全部、僕の心のよりどころなんだ。食べると、いろいろな思い出があふれてくる」

ジョアンはパンは焼かないという。私はトゥッチにジョアンはレシピを使うのかと尋ねてみた。トゥッチは肯定するが、続けて言った。「だけど、母はすぐにアレンジしてしまうんだ。自分が好きなものをよくわかっているから」トゥッチは自分の料理本『The Tucci Table（トゥッチ家の食卓）』を出版するにあたって、レシピを作るためにスタッフを結集した。もちろん、ジョアンも含まれていた。「でも、だめなんだよ。母は自分がどのくらいの分量で作っているか、全然わかっていないんだ。言ってることはころころ変わるし」トゥッチは、正確な計量システムを強いられて肩をすくめる母の真似をしてみせる。そして、母の料理をたとえて、とらえどころのない不思議なカフカの芝居みたいだ、と言う。なるほど。言い得て妙だ。確かに上手な料理には測定できない何かがある。偉大な料理人の技量というのはいつの時代も謎に包まれているものだ。

「演じるのも似たところがある。理屈じゃなくて、監督の言葉に自然と身体が反応するんだ。間違っているときも直感でわかる。僕が役者としてやっていることの大半は直感の力がものを言う。母が料理しているときも同じだと思う。僕にとって料理というのは、直感

* ミネストラはいまではイタリアのコース料理の1皿目として出てくることが多いが、昔の貧しい人たちにとってはメインの1皿だった。大きな鍋からひとりひとりに取りわけられたことから、「取りわける」という意味の言葉から名前がついた。具だくさんのシチューのようなスープで、たいていはパスタや米やじゃがいもなどの炭水化物が入っている。豆が入ることも多い。

を使うもうひとつの機会なんだ。子どものころから食材に囲まれて育ち、親からは食べることが好きだという性質を受け継いだ。だから、あとは実践あるのみだった」

トゥッチは料理がしたくてたまらないと言う。料理をすることで創造するプロセスを学ぶことができ、さらに、そこで学んだルールはあらゆる芸術的な取り組みに応用できると気づいたからだ。

スタンリー・トゥッチによる創造のルール

1 少ないほうがより多くのものを手に入れることができる。それは人から教わることではなく、自分で学ぶしかない（南イタリアの料理は貧しさから生まれたものであり、料理をするには火と水があればいいということを思い出せてくれる。いまは本当に楽になった。お湯もあるし、コンロもある）

2 すべては主観的なもの。あなたが作ったものを好きだと言う人もいれば、嫌いだという人もいる。

3 究極的には好きなことをやり続けるしかない（トゥッチは鋳鉄の鍋やいろいろな道具を使って外で料理をするのが好きだ。トム・ケリッジのチキンの干し草焼きが気に入っていてよく作るが、うまくいくこともあれば、失敗することもある。もし失敗しても、作っているあいだは楽しんでいられる）。

4 快適で安心していられる場所にとどまっていてはいけない。

「どうして食べ物にこだわるのかって？　そこにすべてがあるからだよ。生きることと、人とのつながりをもたらしてくれるから」そう話しながら、食べ物が自分にとってどれだけ大切なものであるか改めて実感しているように見える。「食べ物と料理はすべてにつながっている。社会のありとあらゆる部分にまで。食材を育てる人。刈り取る人。加工する人。運ぶ人。解体する人。そうして届いた食べ物を愛する人といっしょに味わうことで、人は人とつながることができる。創造すること。ほかの人と分かち合うこと。食べ物に興味がないという人と仲良くやっていくのは、僕にとってはすごく難しいことだ」

パスタ

恋人にはパスタみたいになってほしいと思っている。もしこの誠実な食べ物に匹敵する性質を彼のなかに見つけることができたら、私はきっと幸せな女性になれるだろう。私の人生にはいつもパスタがある。頼りがいがあって、いっしょにいると落ち着いて、いつも私を支えてくれる。しかも、ことあるごとにいい意味で驚かせてくれるので、マンネリなんて心配は無用。私たちはとてもいい関係にあると思う。

はじめて会ったとき、私は恋に落ちた。たぶん、それはビアトリクス・ポターのお皿に盛られたフジッリで、すりおろしたチェダーチーズとケチャップがかかっていた。以来、私の想いはつのる一方。思い出はたくさんある。

•

子どものころ、真っ赤なソースに浸ったスパゲッティをすすって食べると、唇は真っ赤、口のまわりは血しぶきが飛んだみたいになった。『わんわん物語』で、2匹の犬が1本のスパゲッティを端から食べて鼻先がくっつくというシーンが大好きだった私は、友だちを説得してこの場面を再現しようとした。ただし、実現した記憶はない。

● ある友だちの家に遊びに行くのはいつも楽しみだった。彼女のお母さんが、ツナとコーンとチーズでクリームソースのペンネを作ってくれたから。すっごくおいしかった。この先もずっと好きだと思う（かならずデザートとしてストロベリー味のエンジェル・デライトがでてきたけど、こちらについてはいまはそれほどでもない）

● 金曜の夜には、チェコから来て一時期同居していたペトラ（いまでも姉妹同然）といっしょに『フレンズ』を観ながら、マカロニにツナとロイド・グロスマンのソースをかけて食べた。

● ラテンアメリカのユースホステルで、トマト缶と玉ねぎ、ツナで何回パスタを作ったことか（いま気づいたけど、私のパスタの思い出には缶詰のツナが欠かせないみたい）。

● 親友が1年間のナポリ滞在から帰ってきて、ソース（とツナ）を使わないパスタのすばらしさを教えてくれた。19歳だった。彼女は質のいいオリーブオイルで、玉ねぎとズッキーニをじっくりと炒め、そこへアルデンテにゆでたパスタを投入してからませ、たっぷりの塩と黒胡椒とパルメザンチーズで味つけした。ふたりで『ローマの休日』を観ながら、山盛りのパスタを食べた。これ以上の幸せはないと思った。

● イタリアのシチューのようなスープ、ミネストラに出会う。レンズ豆やヒヨコ豆などの豆だけではなく、じゃがいもが入っていることもあって、その下にパスタ（ショートパスタが多い）が隠れている。パスタ・エ・チェーチ（パスタとヒヨコ豆のスープ）をはじめて食べたのがいつだったかは思い出せないが、こんなにシンプルでこんなに満足できる料理はほかにはないと断言できる。

● マルチェラ・ハザンのパスタソースを知ったときの衝撃ったらなかった。トマトとバターと玉ねぎ。この3つの食材だけで完璧なソースができるんだから。

● フレディと知りあって間もないころ、彼はサウス・エンド・グリーンにおいしい生パスタを売ってる店があるから買いに行こう、と誘ってくれた。イタリアの食材を扱う小さな店だった。この日、私は腹の底から彼を愛していることに気づいた。彼はゴルゴンゾーラとクルミのラビオリを買い、家に帰って、溶かしバターとセージ、たっぷりのペコリーノチーズと合わせて出してくれた。以来、これは土曜日の恒例行事となった。（ふたりとも出会ってから服のサイズはアップしている）

● 友人のティム・シアダタンと、ロンドン北部にある彼のレストラン〈トルッロ〉でラザーニャを作ったことがある。また、レイチェル・ロディが連載している「ローマのキッチン」ではかぼちゃのラビオリを作った。このときから私のなかで何かが変わりはじめ、パスタはおいしく遊ぶ対象ではなく、情熱を持って挑む対象となった。

私の食の歴史の節目にはいつもパスタがあった。手を加えていない乾いたそれは、真っ白いカンヴァスみたいなもので、料理人は思いつきを自由に試すことができる。そういう意味で、パスタは私に料理を教えてくれた食べ物だと思う。これまでパスタソースのなかに、いろいろなものを足して試してきた。アンチョビの缶詰のオイル、白ワインの残り、小さじ1杯のマーマイト、古くなった唐辛子、しおれたハーブ……即興料理の練習台としてはこれ以上のものはないだろう。どんな食材も受け入れてくれるし、2種類以上の味を合わせてうまくいくかどうかを試す実験台としても最適だ。それに、塩を入れすぎなければ、だいたいなんとかなる。

私の自信作のなかには失敗から生まれたものもある。買い物に行っていなくてパスタしかない、あるいは何かを作ろうとして大失敗して途方に暮れていたら、そこにパスタがあった、という状況で作ったものだ。ローリー・コルウィンのエッセイ『Alone in the Kitchen with an Eggplant（キッチンにひとり、茄子ひとつ）』によれば、こうした料理にはその人の個性（とくにいちばん変わったところ）があらわれるという。もし、そうだとしても、おいしければ私は別に構わない。

とはいえ、ほかの関係と同じように、私とパスタもシンプルにつきあっているときがいちばんいい関係でいられる。パスタが味のない小麦と水でできていることを思えば、凝った飾りつけが必要だと思うかもしれないが、実際には脂肪分と調味料、そしてもう1種類の食材があればじゅうぶんだ。私の好きなパスタソースの組み合わせは、たとえばこんな感じ。

1 前述したマルチェラ・ハザンのトマトソース（材料はトマト缶、玉ねぎ、バターだけ）
2 ハーブ、唐辛子、パルメザンチーズ
3 アンチョビ、ケイパー、オリーブ、トマト、唐辛子、ワイン
4 ロマネスコ、ペコリーノチーズ、レモン
5 トマト、焼き茄子、バジル
6 ペスト（289ページ参照）
7 トマト缶、赤玉ねぎ、ツナ（昔からの相棒ってことで）
8 トマト缶、シナモン、ニンニク
9 ジェイン・バクスターのボロネーゼ（これが最高。79ページ参照）
10 ズッキーニ、玉ねぎ、リコッタチーズ、パルメザンチーズ
11 ブロッコリ、リコッタチーズ
12 豆、ヨーグルト、レモン

ついでにパスタを作るときのコツも書いておく。

1 持っている鍋のなかでいちばん大きなものを使うこと。たっぷりの水を使うことで、パスタを入れたときにお湯の温度が下がるのを防いでくれる（温度が戻るまでに時間がかかると、締まりのないパスタになる）。

2 塩をたっぷり入れる。よく言われるのは、海水くらいの塩辛さだ。これは塩分を含まない

パスタに味をつけるためでもあるし、くっつくのを防いで、コシのあるパスタにするためでもある。

3 デンプンを含んだ塩味のゆで汁を取っておき、ソースをなめらかにするのに使おう。ただの水を加えるより風味が増す。

4 長い時間水切りしないこと。食べるときに少し塩味が残っているほうがいい。ゆであがったパスタを水で洗ったりしないこと！　デンプンが少し残っているほうが、ソースや具材がよくからむ。

5 パルメザンチーズやペコリーノチーズの皮は取っておいて、ソースに加えてみよう。うま味や塩分を足すことができる。

6 パスタの種類によって用途は変えたほうがいい。ショートパスタのディタリーニはミネストラやスープに入れることが多い。スパゲッティやタリアテッレはラグーなどの油分の多いソースによく合うし、ソースをたっぷり味わいたいときには筒状のパスタがいいだろう。

次にパスタのレシピを紹介する。1人前は100gとしている。

トマト・ソース

いちばんよく作るのはポモドーロだ。と書けば、レシピを完全にマスターしていると思われるかもしれないが、出来上がりはいつも違う。次に載せたのはだいたいのところなので、これをベースに自由にアレンジしてほしい（ハーブ、スパイス、野菜、アンチョビを加えるなど、何でもあり）。と言っても、私はたいていシンプルに作る。南イタリア風にしたいときはニンニクとオリーブオイル、北部っぽくしたいときは玉ねぎとバターを使う。ぜひ両方試してほしい。普段食べるのは南イタリア風が多く、バターバージョンは（それなりに）贅沢したいときに作る。

材料（2～4人分）

- エクストラバージン・オリーブオイル……大さじ4
- 玉ねぎ……2個（みじん切り）
- ニンニク……2片（みじん切り）
- トマトの水煮缶（400g入り）……2缶
- 砂糖……小さじ1（必要なら）
- すりおろしたパルメザンチーズかペコリーノチーズ（仕上げ用）
- 塩、黒胡椒

❶厚手のソースパンに大さじ3のオリーブオイルをあたため、玉ねぎを入れて10分くらいじっくりと炒める。火が通り、色づいたら、ニンニクを加える。2分ほどさらに炒める。

❷軽く水気を切ったトマトを加える。固い部分は取り除く。残りのオリーブオイルを入れて、塩胡椒で味つけをして沸騰させる。沸いたら火を小さくして煮込む。

❸最低でも1時間は煮込み、余計な水分は蒸発させる。火からおろし、ハンドブレンダーで攪

拌する。火に戻し、さらに15分煮る。

❹ソースの味を見しよう（ここまでのあいだにパスタをゆでておき、ゆで汁を1カップ取っておく）。塩が足りなければ足し、酸っぱければ砂糖を足そう。ソースが煮詰まりすぎたら、パスタのゆで汁を少し加える。パスタにかけて、黒胡椒、パルメザンチーズかペコリーノチーズをたっぷりかけて食べよう。

ボロネーゼ

私には無条件で信じている料理人が何人かいる。そういう人たちのレシピには一字一句従うようにしている。ジェイン・バクスターもそのひとりで、これは『ガーディアン・クック』の2014年10月号に掲載された、彼女のレシピだ。おそらく買い物に出かけなければならないだろう――2種類のひき肉、パンチェッタ、料理用ワインといった具合なのだから――が、その価値はある。

材料（6人分）

- バター……大さじ1
- オリーブオイル……大さじ1
- 玉ねぎ……1個（みじん切り）
- にんじん……2本（みじん切り）

● セロリ……2本（みじん切り）
● パンチェッタかベーコン……100g（みじん切り）
● ニンニク……3片（つぶす）
● 牛ひき肉……250g
● 豚ひき肉……250g
● タイム……1本
● 赤ワイン……100ml
● トマトの水煮缶（カットタイプ、400g入り）……1缶
● トマトピューレ……大さじ1
● チキンブイヨン……250ml
● 成分無調整牛乳……250ml
● 乾燥パスタ（スパゲッティかタリアテッレ）……400g
● すりおろしたパルメザンチーズ（仕上げ用）
● 塩、黒胡椒

❶厚手の大きなソースパンにバターとオリーブオイルを入れて、中火にかける。続いて野菜とパンチェッタを入れてしんなりするまで10分ほど炒める。ニンニクを入れてさらに1分ほど炒めから、火を強めて2種類のひき肉とタイムを加える。

❷色が変わるまで数分肉を炒め、木のスプーンでばらしてから、赤ワインを注ぐ。鍋底を木の

スプーンでこそげ取るようにしながら、よく混ぜ、ワインを蒸発させる。

❸パスタとパルメザンチーズ以外の残りの材料を入れて味つけしてよく混ぜる。一度沸騰させてから、1時間ほど煮込む。必要なら牛乳を追加する。

❹大きな鍋に水を入れ、たっぷりと塩を入れてパスタをアルデンテにゆでる。アツアツのソースとすりおろしたパルメザンチーズをかけて召しあがれ。

ロマネスコのタリアテッレ

ロマネスコはカリフラワーとブロッコリの子どもがグレたみたいに見える。派手な緑の小房はとんがり、その実はやわらかく甘味がある。このレシピでは半分をソースに使って、ロングパスタにからませ、残り半分はニンニクと炒めてトッピングにする。

材料（4人分）

- ロマネスコ（小）……1個（小房に分ける）
- タリアテッレ……400g（パッパルデッレ、フェットチーネ、リングイネ、スパゲッティでもよい）
- エクストラバージン・オリーブオイル……大さじ5＋少量（仕上げ用）
- ニンニク……1片（ばらばらにならないようにつぶす）
- 無農薬レモン……1／2個（汁をしぼり、皮はすりおろす）
- ペコリーノチーズ……100g（すりおろす）＋少量（仕上げ用）

● 塩、黒胡椒

❶大きな鍋に塩をたっぷり入れて沸騰させ、小分けにしたロマネスコを5分ほどゆでる。ゆですぎないように注意する。穴杓子で取り出し、置いておく。

❷沸騰させたまま、パスタを入れる。

❸パスタをゆでているあいだ、フライパンに大さじ2のオリーブオイルをあたため、ニンニクを入れて中火で1分加熱する。ニンニクを取り出し、ロマネスコの半分を入れて、塩をひとつまみ振って10〜15分炒める。少し色づくが、形が崩れない程度に仕上げる。

❹残りのロマネスコとオリーブオイル、レモン汁と皮、ペコリーノチーズ、塩胡椒少々をいっしょにして、フードプロセッサーかブレンダーで攪拌する。とろりとした薄い緑色のソースができるはず。それを大きなボウルに移し、パスタのゆで汁をスプーン2杯分くらい入れてソースを伸ばす。

❺パスタがゆであがったらお湯を捨てて、ボウルに入れてソースとあえる。器にとりわけ、炒めたロマネスコを散らし、オリーブオイル、すりおろしたペコリーノチーズ、挽きたての黒胡椒をかけていただく。

ズッキーニとリコッタのパスタ

これはリコッタチーズなしでも作れる。その場合には、野菜を炒めるときと仕上げのときの両方でオリーブオイルをたっぷり使うのがコツだ。バターを加えてもいい。

材料（2人分）

- エクストラバージン・オリーブオイル……大さじ2＋少量（仕上げ用）
- ニンニク……1片（皮をむいて、ばらばらにならないようにつぶす）
- 玉ねぎ……1個（みじん切り）
- ズッキーニ……2本（1センチ角に切る）
- パスタ……200g
- リコッタチーズ……125g
- レモン汁……1／2個分
- すりおろしたパルメザンチーズ（お好みで）
- バジルの葉……数枚
- 塩、黒胡椒

❶大きなフライパンにオリーブオイルを入れて中火にかける。ニンニクを入れて焦がさないように注意しながら、香りを移す。数分でニンニクを取り出して、玉ねぎを入れる。

❷玉ねぎを1～2分炒めてから、ズッキーニを加え、こまめに混ぜながら5～10分炒める。

❸そのあいだに、大きな鍋にお湯を沸かしてたっぷりと塩を入れ、袋の表示時間どおりにパスタをアルデンテにゆでる。ゆであがりが近くなったら、ゆで汁をスプーン1杯すくってフラ

イパンに加える。これで玉ねぎとズッキーニがやわらかくなり、ソースができる。

❹リコッタチーズとレモン汁、すりおろしたパルメザンチーズをボウルに入れて混ぜ、塩を多めにひとつまみと黒胡椒を振り、お玉1杯分のパスタのゆで汁を入れる。

❺パスタをお湯からあげる。ゆで汁は全部捨てずに少し取っておく。パスタをリコッタチーズのボウルに入れてあえる。味を見てから、玉ねぎとズッキーニを半分加え、バジルの葉（何枚か残しておく）も入れて混ぜる。器にとりわけ、仕上げに残りの玉ねぎとズッキーニを飾り、パルメザンチーズとオリーブオイル、黒胡椒をかける。残りのバジルを頂上に飾って出来上がり。

マーマイト・パスタ

これは食品棚にあるもので作るパスタのなかでもとっておきの一品で、夜食にぴったりだ。アンナ・デル・コンテがたまたま思いついたという。材料すべてが私の好きなものだが、考えてみてほしい。パスタと脂肪分、それからマーマイトとパルメザンというふたつのうま味がいっしょになる。おいしいに決まっている。このレシピはアンナのものより、マーマイトとバターを多めにしているので、好みで調整してほしい。きっと病みつきになるはず。

材料（2人分）

- パスタ……200g

●バター……30g
●マーマイト……小さじ山盛り1
●すりおろしたパルメザンチーズ（仕上げ用）
●黒胡椒

❶大きな鍋にお湯を沸かしてたっぷりと塩を入れ、袋の表示時間どおりにパスタをアルデンテにゆでる。湯を捨てるとき、カップ1杯分のゆで汁を取っておく。パスタがゆであがったら、ソースにとりかかる。
❷パスタをゆでた鍋にバターとマーマイトを入れて溶かし、取っておいたゆで汁を加え、パスタを投入する。よく混ぜてなじませてから器に盛りつけ、パルメザンチーズをたっぷりかけ、挽きたての黒胡椒を振る。

パントリー・パスタ

これは「娼婦風パスタ」という意味のプッタネスカをアレンジしたものだが、冷蔵庫に何もないときには救世主となってくれる。使う材料はすべて食品棚《パントリー》に常備しているものだ。厳密に言えば、玉ねぎとニンニクは食品棚には保存しないが、うちではどちらも切らしたことはない。両方ともキッチンに置いたバスケットにつねに入っていて、バスケットの底には玉ねぎとニンニクの外皮がたまってベッドのようになっている。ハーブを買いに行かなければと思うかもしれないが、ハーブがなくても、塩と材料のうま味とお酒だけでじゅうぶんにおいしいものが出来上がる。トマトがあれば入れてもいいし、野菜を炒めて蒸し煮にしたときのオリーブオイルが残っていれば、風味豊かなベースとなる。

材料（4〜6人分）

- エクストラバージン・オリーブオイル
- 玉ねぎ……2個（みじん切り）
- パスタ……500g（ロングパスタがおすすめ）
- ニンニク……4片（みじん切り）
- 乾燥唐辛子フレーク……ひとつまみ
- アンチョビフィレ……6枚　オイル少々
- ケイパー……ひとつかみ（水洗いして、刻む）
- オリーブ……ひとつかみ（あれば、種を取って刻む）
- 白ワイン……グラス1杯
- すりおろしたパルメザンチーズかペコリーノチーズ……100g（お好みで）
- フレッシュ・バジルかパセリ……多めにひとつかみ（ちぎる）
- 塩、黒胡椒

❶大きなフライパンに大さじ3〜4のオリーブオイルを入れて中火にかけ、玉ねぎを入れて塩

をひとつまみ振る（玉ねぎから水分が抜けて、早くやわらかくなる）。玉ねぎがしんなりするまで数分炒める（ただし色づく手前でとめる）。

❷大きな鍋にお湯を沸かしてたっぷりと塩を入れ、袋の表示時間どおりにパスタをアルデンテにゆでる。

❸パスタをゆでているあいだ、ニンニクと唐辛子フレークを玉ねぎに加えてさらに2分炒め、それからアンチョビ、アンチョビのオイル、ケイパー、オリーブを入れる。もし使うなら、ここで白ワインも入れる。弱火から中火にしてアンチョビが崩れるまで火を通す。フライパンからいい香りが立ちのぼるはず。

❹オリーブオイルをたっぷりと足し、カップ1杯のゆで汁を入れ、黒胡椒を挽き、すりおろしたパルメザンチーズかペコリーノチーズを入れる。お湯を切ったパスタをちぎったハーブといっしょにフライパンに入れて、手早くソースになじませる。器によそい、さらにチーズと黒胡椒をかけていただく。

自然

自然に慣れ親しんだ子どもたちは、自然を母のように感じる。
——アリス・ウォータース（2015年6月、バークレーでインタビュー）

自然の中で育って、わたしは幸運でした。そういう環境でこそ、雷が落ちればとつぜんの死や生のはかなさについて学ぶことができました。
——クラリッサ・ピンコラ・エステス『狼と駈ける女たち』【原真佐子、植松みどり訳　新潮社】

ある日、ヨガのクラスに行こうとしていたら、散歩に誘われたのでいっしょに出かけることにした。気持ちのいい夏の夕暮れどきだった。確かに、不自然なポーズでハムストリングを伸ばしているのはもったいなかった（アルコール抜きで過ごすのももったいないと、冷蔵庫に入れたシチリアかどこかのワインを思いうかべながら思った）。

私たちはハムステッド・ヒースに向かった。この日のような夕方にはパーラメント・ヒルからロンドンの街が一望できる——ガーキン［訳注：金融街に立つ超高層ビルの通称。ピクルス用の小さいきゅうり＝ガーキンに形が似ていることから］や、ザ・シャード［訳注：2012年に完成したイギリスでもっとも高いビル］、それから調味料入れのように見えるセントポール大聖堂。街を眺めながら、そこにいることを実感すると同時に、そこから切り離されるような気もする。その思いは、ハムステッド・ヒースの奥に向かって歩いていくうちに強まった。やがて、夕方の光の口づけを浴びて輝く、背丈の高い草むらにあたった。あたりのにおいに思わず足をとめた。

私は何度もにおいをかいだ。どこか別の場所にいるような気がしたが、どこだかわからなかった。最近休日に行った場所や子どものころに行った外国を思い起こしてみたが、乾燥した草のにおいや光合成のにおい（だと思ったけど、本当のところはわからない）がどこのものなのか思い当たらなかった。太陽のせいかも、と思った。きっとそう。ロンドンに住む人間にとって太陽はどこか借りもののような気がするから。

フレディと私は目を細めている。夕暮れの日差しを浴びながら、私はまっすぐになった彼の眉が彼のお父さんの眉とまったく同じ形になっていることに気づいた。だが、実は人のことは言えない。まぶしくて目を細めるときは、自分と同じ眉になると、父に指摘されたことがある。太陽が人の遺伝を明らかにするなんて面白いと思いながら、ふたりでブラックベリーの茂み――いまはまだ青くて固いが、思わず9月の光景を想像してしまう――の前を通りすぎたとき、ひらめいた。どこでもない。故郷のにおいだと。

小麦の収穫期に、ノーフォークで切り株を踏みしめたときのにおいだった。そう言えば、風に揺れる小麦に反射した光がまぶしくてよく目を細めたものだ。温室でもいできたトマトは、確か庭先のプラスチック製の椅子にすわって、黒胡椒をかけて食べた。農園では自分で摘みながらラズベリーを味わった。指と口を汚したまま乗り込んだ帰りの車のなかで、風が運んできたにおいをかいだ。祖母と過ごした長い夏。心行くまで夏を堪能していたのは、これが永遠には続かないことをどこかで感じていたからだろうか。ベッドに入るときには、明日も楽しい一日になると思いながら眠りについた。

ヨガに行かなくて正解だった。

◇◆◇

このときの散歩でいろいろ思い出したのは、フレディといっしょだったからだと思う。それまで彼に話そうと思ったこともなかったが、このときは、祖母と過ごした夏を語ってもいいような気がした。夏の夕暮れが橋渡しとなった、子どもから大人への過渡期。

確かに食べ物には思い出を呼び起こす力があるが、ハムステッド・ヒースで私が感じたことは、思い出という言葉では片づけられないような気がする。乾いた草、トマトの蔓、熟したラズベリーといった自然が生み出すものには、五感だけではなく精神を育てる力があるのではないか。マロニエの葉を揺らす風に頰を撫でられ、黄金色の草のにおいに包まれながら大地を踏みしめる。作用しているのは母なる自然だ。これは新しい考えではない。『易経』（古代中国の占いの書）の中の「山雷頤《さんらいい》」を見てほしい。横線を並べて開いた口を表現しており、「下の3本線は、食べることで自分自身、とくに身体を養うことを意味し、上の3本線は、より高い、精神的な意味で他者を養ったり、世話したりすることを表している」とある。

大昔から食べ物は養育と結びつけられてきたのだ。それをいまこうして書いているのは、私自身が母なる自然のすばらしさを実感したから。昔は、母なる自然と言えば、子どものための性教育を意味する「鳥とミツバチ」や「他界する」といった婉曲表現と同列のものだと思っていた。だが、ハムステッド・ヒースの夕暮れのことを振り返ったり、この1年はずっと穏やかに過ごしていることを思うとき、自然の存在を感じずにはいられない。大地と母性。自然はある意味、母であり、そして、多くの母親はテーブルにおいしい食事を届けることを知っている。

私たちはつい忘れてしまうが、自然は食べるものを私たちに与えてくれる。大学生のとき、私はパスタとヒヨコ豆（ときには別々に、ときにはいっしょにして）で生きていた。学生寮のキッチンで、友だちのひとりが「ヒヨコ豆ってなんでできているの?」と訊いてきたときのことは忘れられない。そのときはみんなで大笑いしたが、ばかな質問だと本当に笑えるだろうか。私たちは食べるものがどこから来ているのかについて、関心を持たなくなっているのではないだろうか。とくに都市部に住んでいるとそうなるかもしれない。食材はすべて手が加えられている。鶏は羽がむしられた状態で売られているし、サバは真空パックになっている。野菜は洗ってサラダ用にパックされている。そうした食材が最初はどうだったのかという話——レタスについた虫、泥まみれのにんじん、血まみれの肉——はほとんどの人が聞きたがらない。

いま私が住んでいるロンドンの家では何かを育てることはできない。ローリエ、セージ、ミントといったちょっとしたハーブを育てるくらいがせいぜいだ。とはいえ、そんなささやかな方法でも、自然とつながっていることを感じられるし、自分が食べるものがどこから生まれているのかを思い出させてくれる。

インタビュー

アリス・ウォータース

アリス・ウォータースによれば、庭仕事と人間は切り離せないらしい。私たちは食べる物を有機栽培でゆっくり育てるように生まれついているというのだ。私は、カリフォルニアのバークレーにある彼女の伝説のレストラン〈シェ・パニース〉で、1時間もらって話を聞くことができた。2015年6月某日の午後のことで、翌日には、エディブル・スクールヤードというプロジェクトの資金集めのパーティーが開かれることになっていた。彼女がはじめたこのチャリティ・プロジェクトは、子どもたちに食育の場を提供することを目的としていた。学校に菜園とキッチンを作り、子どもたちに食べ物はどこから来るのか、どうやって利用するのかを教えることで、自然を知ってもらい、自然を感じる力を育てようというものである。若いときにモンテッソーリの教師になる訓練を受けたウォータースは、教育のなかでもっとも大切なのは感覚を育てることであり、学校教育のカリキュラムからはそれが抜け落ちていると考えている。

「子どもたちには感覚を養う教育が必要なの。だから、いろいろなにおいが満ちている菜園を体験してもらう。ミント、オレンジの花、セージ、ローズマリー。エディブル・スクールヤードにいる生徒たちは、植物の名前を全部知っているし、植物を仲間だと思っている。あの子たちにとって、自然はもう未知のものでも怖いものでもないのよ」1995年にスタートしてから、プログラムは全米に広がり、ワシントンDCではミシェル・オバマの支持も得た。反響は大きかった。

私はウォータースに、彼女の食の歴史について訊きたいということでインタビューを申し込んでいた。食との向き合い方について両親から何を教わったか、それから娘のファニーに何を伝えたか。しかし、彼女の母としての責任感は家族の枠を超えて発揮されている。ウォータースには現代のアメリカ文化、ひいては西洋社会の弱点が見えている。子どもたちの自然とのかかわりが不足しているという問題だ。彼女はこれに真っ向から取り組んでいる。消臭剤、開かない窓、個別包装された食品、ファストフード……こうしたものに囲まれて、人々は早くて、安くて、便利なものを求めるようになっている。ウォータースは言う。「自然に反するものだけど、人々はすっかり依存している」

ジャーナリストのリチャード・ルーブも同じことを言っていて、その著書『あなたの子どもには自然が足りない』（春日井晶子訳　早川書房）のなかでこう書いている。「若者が自然に囲まれた生活をしなくなるに従い、彼らの感情は生理的にも心理的にも乏しくなっていき、そのことは人間が経験によって得る豊かさを減らしていくことになる」

ソーシャル・メディアやゲーム、加工食品、化学物質といった、現代の暮らしについてまわるものには中毒性があり、それによって人々は人間の純粋な幸福を失いつつあるように見える。ウォータースにとっては単純なことだ。「自然は善なるもので私たちのなかにも、まわりにもある。内にあるそれは、心身両面で人間の生き抜く力を伸ばしてくれる。私たちはそれを育てていかなければならない」

ユングも「自然の心」という表現で、似たようなことを言っている。「自然の心」とは、「書物から得るものではなく、自然を源泉として湧き出る心のことである。地中から湧き出る天然泉のようなもので、自然特有の知恵を伴う」。ウォータースもループもユングも、自然は人間の本質を見抜く力と創造性を伸ばすと言っている。自然のなかで過ごす時間が長ければ長いほど、人は想像力を発揮できるようになるということだ。

ウォータースは、私の「母なる自然」への理解を深めるような話もしてくれた。子どもたちは自然に触れるとき、自然を母のように感じるという。自然とのつながりは、地に足がついた感覚を育ててくれる。自然といっても、すべてを食べ物との関連で考える必要はない（湖で泳ぐのも森でキノコを摘むのも効果は同じだ）が、ウォータースは「食べることを通して自然とつながれば、その価値を咀嚼することができる」という。おそらく、身体に取りこんで栄養とすることで、自分たちが自然のなかに存在している意味をよりよく消化できるようになるのだろう。

こうした考えを積極的に娘のファニーに伝えているのか、と尋ねると、もちろんだという答えが返ってきた。モンテッソーリで学んだことにそって、ファニーの感覚を伸ばすことに腐心してきたという。「ファニーのために庭を造って、いろいろ育てたのよ。ハーブやお花、野イチゴに豆……おかげで彼女は何でも食べる人になった。新しい食べ物を試す機会は絶対に断らないんだから」ウォータースは、庭の植物や自然の驚異に目を向けさせただけではなく、味覚も育てたようだ。

ウォータースがいま、バークレーやほかの地域の子どもたちにしているのは同じことだ。エディブル・スクールヤードが生まれた背景にはいくつかの要因がある。彼女は4人兄弟で、戦後、ニュージャージー州で育った。両親は必要に迫られて野菜を育てていたが、美食家というわけではなく、母親は冷凍野菜やフルーツの缶詰もよく使った。しかし、ときには大きな肉の塊も料理したし、ヴィクトリー・ガーデン（＊）で育てたトウモロコシやトマトなどの新鮮な野菜（大量のバターと塩で味つけされた）も身近にあった。子どものころは木にのぼったり、自転車で走ったり、森を探検したりと、自由に遊びまわった。親から兄弟四人全員に課せられた絶対のルールは、夕食の時間までに家に帰ること、それだけだった。「そういう自由を味わって、植物の名前を覚えながら育った世代というのは、私が最後なんでしょうね。幸運だったと思うけど、寂しくもある。本当に外で遊んでばかりいたのよ。テレビもなかったし。いまの時代は、子どもたちを公園に送りだすのが、社会にとってもっとも価値あることなんじゃないかしら」

ウォータースに大きな影響を与えたもうひとつの要因はヨーロッパで、このことはよく知られている。19歳でフランスに渡ったことは大きな転機になったようだ。現地で興味を持ったのが、いまでは「スローフード」と呼ばれる食に対する姿勢で、当時のフランス人が日々の生活のなかで実践していたものだった。毎日、地元のパン屋で焼きたてのパンを買い、近くで収穫された季節のものを、近所のレストランで食べる。こうした姿勢は、ウォータースの価値観から味覚までを変えた。いわく「私の人生に味わいが加わった」

この後、彼女は3歳児から6歳児までを対象としたモンテッソーリ教育を、ロンドンのハムステッド・ヒースの近くで学んでいる。1968年のことだった。当時のイギリスには、ファストフード文化はまた到来しておらず、市場には売り物を積んだ手押し車が並んでいた。「よくハロッズに行っては、狩猟肉や野鳥、美しい魚や牡蠣が並べられているのを見て驚いたものよ。クロフサスグリのゼリーを買い求めに、ピムリコのエリザベス・デイヴィッド〔訳注：イギリスの著名なフードライター〕の店まで行ったりもして。イギリスにいたときには本当によく料理をしたわね」彼女が語っているのは、食べ物と言えば質素なものし

＊第二次世界大戦中、ルーズベルト大統領は国民に、ヴィクトリー・ガーデンを作り、食糧不足を補い、兵糧を確保するために野菜を育てようと呼びかけた。アリス・ウォータースの両親は戦争が終わったあとも菜園を維持し、それはニュージャージーからバークレーに転居したあとも続いた。ウォータースは全国でこの試みを蘇らせようとしている。

かない、と思われているイギリスでの話である。彼女が言う食品はいまでも手に入るが、高級な店でとても買えないような値段で売られている。実は、これを書いている日の翌日は「栄光の12日」(*)だ。懐に余裕のある人たちはこの日、シーズン初のライチョウ料理をレストランで食べることができる(最近では、タイミングというのはぜいたく品なのだ)。

ウォータースがイギリスの料理文化について語るのを聞くのは面白かった。私自身は、自国の料理はフランス、イタリア、スペイン、そして最近ではカリフォルニアにも劣っているとずっと思ってきた。彼女に言わせれば、イギリスは家庭菜園が盛んで――都市部に市民農園がたくさんあることがそれを物語っている――、それについて書いたものもたくさんある。そうした書籍にはずいぶん影響されたという。イタリアも同様で、広くとらえるなら菜園は料理の延長にあるとのことだ。

母親の料理について突っ込んだ話を聞くことはできなかったが、ウォータースの料理から母親という要素を切り離すことはできない。彼女が言いたいことは明確だった。すなわち、自然は私たちの母親であり、私たちを養ってくれる。この先もずっと私たちの心と身体の面倒を見てもらえるように、私たちは自然に報いなければならない。ウォータースに「アメリカ料理の母」よりふさわしい呼び名はないだろう。

* 8月12日のことで、イギリスではこの日にライチョウ狩猟が解禁される。

豆

豆《パルス》はその名にふさわしく、私の食事の心臓部をなしている。子どものころからとくにありがたがることもなく、あって当然だと思いながら食べてきた。そういう意味では、私の母の料理というより、世の母親が作る料理の本質をつくものなのかもしれない。つまり、いつもそこにある普通の料理なのに、離れてみると以下のことがよくわかる。(a)とてもおいしい。(b)何気なく食卓に並べるには技術がいる。(c)新しいものを食べたときに味を判断する基準になる。

子どものころは野菜しか食べなかったので、私にとって豆は欠かせない食材だった。冬はインゲン豆のチリ、夏は冷やしたル・ピュイ産のレンズ豆、冷蔵庫にはいつも数種類のフムスが入っていた。しかし、自分にとって豆が必要不可欠な存在であることを実感したのは、母に持たされた〝サバイバル・キット〟をかかえて、リーズの大学に入学したときだった（サバイバル・キットといっても、生死を分けるようなものは入っていない。いとこのレイラのキットには、ニンニクが丸ごと1個、タンポン、ハムスターのぬいぐるみ、大学に入学して最初の土曜日にガーディアン紙を買うための2ポンド50セントが入っていた）。私のキットには、大多数のどうでもいいようなものと、まあまあ役に立ちそうなものがいくらか入っていた。ヒヨコ豆の缶詰は、たまたま母が買い過ぎて、それでひとつ入れたのだろう、と思った。

しかし、このあと、このヒヨコ豆の缶詰には助けてもらうことになる（サバイバル・キットの名前も伊達ではなかった）。学期の終わり近くになって金欠になった私の家にあったのは、玉ねぎが1個、ニンニクが1片、そして誰かの庭でこっそり摘んだローズマリーが1本だけだった。これに豆を加えて4つの材料をゆっくりと炒めたところ、私の学生時代の食事のベースとなるものができた。ときには刻んだトマトを入れてライスといっしょに食べたり、ときには野菜のブイヨンとパスタで量を増やしてイタリア風スープにしたりした。こうして、それまでとくに魅力を感じることもなかったベージュの缶詰は、私のキッチンには欠かせないものとなった。

もちろん、缶詰以外のヒヨコ豆もあるし、ヒヨコ豆以外の豆もある。豆とは、マメ科の植物の食用種子であり、さやのなかにできる。マメ科はたくさんの種類を持つ大きな科《ビッグファミリー》で、人間の大家族と同じように、味や料理の種類に妥協することなく大勢のお腹を満たす術を心得ている。すべての豆を使ったことがあるわけではない（小豆や青小豆は料理したことがない）が、私が好きなのはヒヨコ豆、レンズ豆、カネリーニ豆、インゲン豆、ボルロッティ豆などだ。手間をかけずにタンパク質を取りたいときや、簡単なディップが欲しいときには、豆の缶詰が何種類かあると役に立つ。瓶詰のほうが高級だが（私がスペインのものが好き。高級デリのガルバンゾ〈ヒヨコ豆〉は脂肪分たっぷりで舌触りも香りもいい）、ディップやパスタなどメニューによっては、缶詰のやわらかい豆のほうが適していることもある。

実は、フードライターになる前に、脚本家を目指していたことがある。そのとき、脚本家志望者なら誰もが手に取るロバート・マッキーの『ザ・ストーリー』を、私もご多分にもれず読んだ。彼が言うには、キャラクターというのは対立の上になりたっていて、意識している欲望と無意識の欲望のあいだに衝突があるという。衝突はキャラクターに説得力を与え、話の流れとともに解消される。

豆を意識と無意識の欲望になぞらえるのはやりすぎかもしれないが、食材としての豆はたくさんの矛盾をはらんでいる。質素でありながら贅沢。昔ながらの食材でありながら、現代的でもある（流行ってさえいる）。控えめでいながら、たくさんの顔を見せることができる。手軽に料理できるが、手間をかけることもできる。軽い料理にも、重い料理にもなる。水分をたっぷり吸うのに、口に入ると不思議とべたべたしない。こうした矛盾が豆を面白くしている。これから紹介する私のレシピを見てもらえばわかると思うが、豆は実に説得力のあるキャラクターとなって料理を作る。

白インゲン豆のディップ

これはフムスを簡単にアレンジしたものだ。私はライ豆《バタービーンズ》をよく使う。名前が示すとおり、混ぜたときにクリーミーに出来上がるからだ。カネリーニ豆でもおいしい。乾燥豆を使ってもいいが（その場合には、ローリエといっしょにゆでるとよい）、人を招いたときなどは、メインの料理を作るだけで手いっぱいになってしまうので、缶詰を使う。つまみに最適なので、用意しておくととても便利。

材料（2〜4人分）

- ライ豆やカネリーニ豆などの白インゲン豆の缶詰（400g入り）……1缶（水気を切る）（また

は乾燥豆、約100gを一晩水に浸して、やわらかくなるまでゆでて水気を切る。ゆで汁は少し取っておく）

- 無農薬レモン……1／2個（皮をすりおろす）
- ニンニク……1片
- エクストラバージン・オリーブオイル……大さじ2＋少量（仕上げ用）
- バジルかディルかパセリ……3枝分（葉のみ使う）
- 塩、黒胡椒（お好みで）

❶すべての材料をプロセッサーに入れ、お湯（あるいは豆のゆで汁）を少々加えて、20秒くらい攪拌する。器に山の形に盛りつけ、頂上にオリーブオイルを垂らす。生野菜やピタパンなどを添えて供する。

ベイクド・ビーンズ

「ハインツのおいしい缶詰があるのに、どうしてわざわざ作るの？」という声が聞こえてきそうだが、答えは簡単。このレシピで作れば、ハインツのものと同じようにほっとする味になるけど、スパイスと甘味と酸味がより強調された、もっとおいしいものができるから。

材料（4人分）

- 乾燥カネリーニ豆……250g

・エクストラバージン・オリーブオイル……大さじ2
・玉ねぎ……2個（みじん切り）
・ニンニク……2～3片（みじん切り）
・カレー粉……小さじ1
・ピメントンかパプリカ……小さじ1／2
・トマトピューレ……小さじ山盛り1
・トマトの水煮缶（カットタイプかホールタイプ、400g入り）……1缶
・赤ワインビネガーか白ワインビネガー……大さじ3
・ブラウンシュガー……大さじ3
・塩、黒胡椒

❶カネリーニ豆を水に浸し、一晩置いておく。
❷翌日、水を捨てて豆を大きなソースパンに移す。かぶるくらいの水を加え、沸騰させる。火を弱め、1時間ほど煮る。一度お湯を捨てて、もう一度新しく水を入れてやわらかくなるまで煮る。
❸厚底のソースパンにオリーブオイルを入れて中火であたためる。玉ねぎと塩をひとつまみ入れて、2分炒める。ニンニクを加えて、さらに混ぜながら数分炒める。
❹カレー粉、ピメントンかパプリカ、トマトピューレ、トマト缶（鍋にあけたあと、水を入れて回し、全部鍋に移すようにする）、ワインビネガー、砂糖、塩、胡椒を加える。トマトがホールタ

イプのときはつぶしながら煮る。

❺中火から強火で5分ほど煮てから、水気を切った豆を加えてあたためる。すぐに食べてもいいが、数時間置いて、味をなじませてから食べるのが理想。トーストしてバターを塗ったライ麦パンといっしょにどうぞ。至福のひとときが味わえるはず。

パスタとインゲン豆とヒヨコ豆のスープ

これはイタリアのふたつの伝統料理——パスタとインゲン豆のスープとパスタとヒヨコ豆のスープ——をいっしょにしたものだ。ボルロッティ豆とヒヨコ豆の缶詰がひとつずつしかなかったときに、４人分の料理を作ろうとして生まれた。

材料（4～6人分）

- エクストラバージン・オリーブオイル……大さじ６＋少量（仕上げ用）
- 玉ねぎ……1個（みじん切り）
- セロリ……1本（みじん切り）
- にんじん……1本（みじん切り）
- ローリエ……1枚
- ローズマリー……1本
- ニンニク……1片（みじん切り）

・ボルロッティ豆の缶詰（400g入り）……1缶（水気を切る）
・ヒヨコ豆の缶詰（400g入り）……1缶（水気を切る）
・トマトピューレ……大さじ1
・水……1・5ℓ
・パルメザンチーズの皮（もしくは、すりおろしたパルメザンチーズ……50g）
・ショートパスタ（ディタリーニなど）……200g
・塩、黒胡椒

❶大きなフライパンにオリーブオイルを入れて弱火にかける。玉ねぎ、セロリ、にんじん、ローリエ、ローズマリーを入れて、10分ほど炒める。ニンニクを加えてさらに2分ほど炒める。いいにおいが立ちこめてくるはず。これがベースとなるソフリート。
❷水気を切った豆とトマトピューレを加え、よく混ぜる。水とパルメザンチーズの皮を入れる（もし皮を使わないときは、パルメザンチーズ50gを❹で入れる）。一度沸騰させてから火を弱め、15分煮込む。
❸ローリエとローズマリーとパルメザンチーズの皮を取り出して捨てる。ブレンダーで豆を荒くつぶす。完全につぶさないことで、豆そのものも味わえる濃厚なスープになる。
❹パスタを加えてアルデンテになるまで煮る。注意して見ていること。煮詰まるようだったら水を少量足す。パルメザンチーズの皮を入れなかった場合には、ここでパルメザンチーズ50gを入れる。塩胡椒で味を調え、仕上げ用のオリーブオイルといっしょにテーブルに出し

て、取りわける。

フィッシュ・アンド・ビーンズ

これは、レストラン〈ハニー・アンド・コー〉の「メルルーサのマトゥブハもどきソース」――『ガーディアン・クック』の料理人の家庭料理を紹介するコラムの第1回で紹介した――にヒントを得て、作ったレシピだ。「もどき」というのは、マトゥブハ（アラビア語で「煮込んだサラダ」を意味する）は、本来なら生胡椒、トマト、北アフリカの豆で作るものだからだ。今回は、ご覧のとおり、食品棚にあるもので作れるようにした。私は常備しているヒヨコ豆を使うことが多いが、カネリーニ豆、ボルロッティ豆、ライ豆でもおいしくできる。

材料（2人分）

- エクストラバージン・オリーブオイル……大さじ3
- ニンニク……6片（つぶす）
- すり潰したクミン……大さじ1
- ピメントン……小さじ1
- すり潰したコリアンダー……小さじ1
- すり潰したキャラウェイ……小さじ1
- シナモンスティック……1本

- 乾燥唐辛子フレーク……ひとつまみ
- ハリッサ……大さじ1
- トマトピューレ……大さじ1
- 水……250ml
- 無農薬レモン……1個（皮ごと4等分にくし切り。うちひとつを薄くスライスする）
- 豆の缶詰（400g入り）……1缶（水を捨ててさっと水洗いする）
- 砂糖……ひとつまみ（お好みで）
- 白身魚（メルルーサ、タラ、ホワイティングなど）……300〜400g（半分に切る）
- 皮がパリパリのやわらかいパン（料理に添える）
- 塩、黒胡椒

❶フライパンにオリーブオイルを入れて弱火にかけて、ニンニクとスパイスを入れて、ときどき混ぜながら火を通す。2分ほどでキッチンいっぱいに香ばしいにおいが広がるはず。トマトピューレ、水、スライスしたレモン、豆を加えてかき混ぜながら、軽く沸騰させる。

❷味を見る。酸味のある辛さで、少し甘味もあるはず。塩を入れ、必要なら砂糖を加える。

❸塩を振った魚の切り身をソースのなかに、皮を上にして静かに入れる。ふたをして火が通りまで弱火で5〜6分煮る。ナイフを入れて、火の通り具合を確認する。あるいはスプーンの裏で押してみてもチェックできる。軽く押すと弾力を感じるが、少し力を入れると崩れてくるくらいが目安。

❹黒胡椒を振りかけ、パンとレモンを添えて出来上がり。

豆を使うときには、可能なら乾燥豆から戻して料理するほうがいい。コツはできるだけ長い時間水につけること。理想はヒヨコ豆なら一晩、小さい豆でも4時間以上はつける（レンズ豆は1時間でOK）。しっかり水に浸すことで、むらなく仕上がる。浸したあとは、さっと洗って鍋に移し、水を入れる。水の量は、豆の表面から親指一本分くらいの高さが目安となる（必要ならあとから足す）。私はいつもここでローリエを入れる。いっしょにゆでると豆にほのかな香りが移るので気に入っている。ローリエの香りは、私の料理には欠かせない。鍋を火にかけて一度沸騰させてから、火を弱めて豆がやわらかくなるまで静かに煮る。

乾燥豆は固くてタフに見えるが、それは見かけだけなので騙されてはいけない。豆は小さくてか弱いものなのだ。皮がはがれて傷ついたりしないように、調理中はできるだけかき混ぜないほうがいい。塩は途中で入れると固くなってしまうので火が通ってから入れる。乾燥豆はまとめて買いたくなるかもしれないが、時間とともに固くなるし、せいぜい1年くらいしか持たない。だから、適量を買ったほうがいい。密封容器に保存し、数カ月ごとに補充するといいだろう。

ということで、ここからは乾燥豆を使ったほうがおいしくできるレシピを紹介する。

レンズ豆の煮込み

私たちはこれをシチリアで年越しをしたときに食べた。たくさん食べれば食べるほど、新しい年はいい年になると言う。私はたっぷり食べた。いい年になりますように、と祈りながら。

材料（メインディッシュにするなら6人分、サイドディッシュなら10人分）

- エクストラバージン・オリーブオイル……大さじ6＋少量（仕上げ用）
- 玉ねぎ……1個（みじん切り）
- にんじん……1本（みじん切り）
- セロリ……1本（みじん切り）
- ニンニク……4片（みじん切り）
- ローリエ……2枚
- 茶レンズ豆……500g
- 白ワイン……1カップ（なくても可）
- 塩、黒胡椒

❶厚底の鍋にオリーブオイルを入れて弱火から中火にかける。玉ねぎ、にんじん、セロリを入れて10分ほど炒めてからニンニクを加える。香りが立ち、しんなりしているが、色づくほどではないというくらいまで炒める（目安は3分ほど）。

❷ローリエとレンズ豆を入れてさらに1、2分火を通す。レンズ豆がなじむように混ぜる。ローリエからもいい香りがしてくるはず。

❷水を注ぐ。もし使うのであれば、ここでワインを入れる。水の量は適宜。まずはレンズ豆の

表面から2センチほどの高さまで入れよう（途中で足りなければ足す）。火を強めて沸騰させ、それから中火にしてコトコト煮込む。

❹私がよく使うレンズ豆は30分強でやわらかくなるが、いつもというわけではないので、こまめにチェックして必要なら水を足せるようにしよう。

❺火をとめて塩胡椒で味つけする。食べるときにオリーブオイルを少し垂らす。プレーンヨーグルトを少し落としてもおいしい。

スリー・ココナッツ・ダール

この料理の名前を言ったら、住所みたいと言われたことがある。確かに〝満腹満足〟の所在地かもしれない。名前の由来は、3種類のココナッツ（固形オイル、フレーク、ミルク）を使うところにある。3つがいっしょになって、エキゾチックさを強調した、なめらかな食感のダールができる。意図したわけではないが、ビーガン（絶対菜食主義者）の人も食べられる一品だ。私は子どものころからいろいろなダールを食べてきた。いちばんよく食べたのは、レンズ豆と玉ねぎとカレー粉という基本的な組み合わせのものだ。カレー粉のマイルドな辛味が好きなので、このレシピでも使っている。

レンズ豆は赤か黒のものを使うが、覚えておいてほしいのは、いずれも（とくに黒レンズ豆は）よく水を吸うということ。煮込んでいるときには鍋から離れずにチェックし、いつでも水を足せるように準備しておくとよい。レンズ豆は塩と相性がいい。ちょっと入れすぎたかなと思ったのにちょうどよかった、ということはしょっちゅうだ。もちろん、水の量も塩加減も作る人の自由。好みの塩加減と好みの濃度に調整してほしい。私はとろりとしたスープに豆の形がわかるくらいのものが好きだ。祖母がやっていたように、ダールを「生き返らせる」ことも忘れないでほしい。翌日、水を加えて火にかける。それだけで出来立てに負けないくらいおいしいはずだから。

材料（4人分）

- 玉ねぎ……1個
- ニンニク……3〜4片
- 生姜……4センチ（皮をむく）
- クミンシード……小さじ1
- ブラックオニオンシード……小さじ1
- フェヌグリークシード……小さじ1
- 乾燥唐辛子フレーク……小さじ1／2
- 固形ココナッツオイル……大さじ1と1／2
- ココナッツフレーク……大さじ3
- カレー粉……小さじ1
- すり潰したターメリック……小さじ1
- レンズ豆……250g
- ココナッツミルク（400g入り）……1缶

• 水……800ml~1ℓ（必要に応じて）
• レモン汁……1／2個分
• 塩

❶玉ねぎ、ニンニク、生姜をブレンダーにかけるか、細かく刻んですり鉢でペースト状にする。
❷深さのある大きめのソテーパンか厚底の大きなソースパンを中火にかけ、クミンシード、オニオンシード、フェヌグリークシードを入れて、香りが立つまで数分乾煎りする。焦がさないようにつねにかき混ぜる。
❸乾燥唐辛子フレークと、大さじ1のココナッツオイルを加える。オイルが溶けたら、玉ねぎとニンニクと生姜のペーストを加える。弱火にして7分ほど炒め、色づきはじめたらココナッツフレークを入れて、さらに数分炒める。カレー粉、ターメリック、残りのココナッツオイル（大さじ1／2）、レンズ豆を加える。すべての材料にオイルがいきわたるように、混ぜながら1、2分炒める。
❹ココナッツミルクと水400mlを入れて、火を強めていったん沸騰させてから、火を弱めて煮込む。ここからは水の量に注意して、水分が減ったら、100~200mlずつ数回に分けて足しながら、好みの濃度になるまで煮込む。1リットルくらいまでは大丈夫だが、必要だったらもっと足してもいいし、そこまで足さなくてもいい。臨機応変に。
❺塩を多めに入れて味つけして、レモン汁を垂らし、バスマティ米とヨーグルトを添えて召しあがれ。

レンズ豆入りターメリックライス

これは肉料理や魚料理、シチューなどに添えるのにぴったり。翌日、冷やしてサラダといっしょに食べてもおいしい。

材料（6～8人分）

- レンズ豆（私のお気に入りは緑のもの）……250g
- バスマティ米……300g
- エクストラバージン・オリーブオイル……大さじ2
- 玉ねぎ……1個（みじん切り）
- すり潰したターメリック……小さじ1
- ニンニク……2片（すりおろす）
- 野菜ブイヨン……600ml
- コリアンダー……1束（みじん切り）
- 塩、黒胡椒

❶レンズ豆をソースパンに入れて、浸るくらいに水を入れ、沸騰させる。いったん沸騰したら火を弱めて15～20分ほどゆでる。

❷そのあいだに米を水につけておく。

❸フライパンに大さじ1のオリーブオイルを入れて中火にかけ、玉ねぎを2分炒めてから、ターメリックを加える。とろ火で、玉ねぎがしんなりしてターメリックの鮮やかな黄色になるまで炒める。
❹レンズ豆をチェックする。ゆですぎないように、少し芯が残るところで火をとめてお湯を捨てる。
❺米の水気を切り、ニンニク、レンズ豆といっしょにフライパンに加える。残りのオリーブオイルを入れて、すべての材料がオイルとターメリックでつややかになるまで炒める。火を強くして、ブイヨンを加え、5分沸騰させておく。それからかき混ぜて、火を弱めてふたをする。米に火が通るまで10分ほど炊く。
❻ふたを開けて、好みで味つけし、コリアンダーを混ぜる。さあ、召しあがれ！

レンズ豆のシェパードパイ

この料理にもっといい名前がないかずっと考えている。シェパード（羊飼い）というとラム肉を使っているように思えてしまうから。「レンズ豆栽培者のパイ」というのもなんだか変だし。

材料（6人分）

- エクストラバージン・オリーブオイル……大さじ4
- にんじん……2本（細かい角切り）

- セロリ……2本（細かい角切り）
- 玉ねぎ……1個（細かい角切り）
- ニンニク……1片（みじん切り）
- ローリエ……2枚
- レンズ豆（私のお気に入りは緑のもの）……500g
- 水……2・2ℓ（必要なら追加）
- 無農薬レモン……1個（1個分の皮をすりおろし、1／2個分は汁をしぼる）
- 挽きたての白胡椒……小さじ1
- すり潰したシナモン……小さじ1／2
- ピメントン……小さじ1／2
- 塩……お好みで（結構な量を使うはず）

マッシュポテト

- さつまいも……2本
- じゃがいも……6個
- ディジョン・マスタード……大さじ1
- オリーブオイル……大さじ1＋少量（仕上げ用）
- すりおろしたチェダーチーズ……70g（私はスモークタイプをよく使う）
- すりおろしたパルメザンチーズ（お好みで）

❶まずソフリートを作る。厚底のソースパンに大さじ3のオリーブオイルを入れて弱火にかけ、にんじん、セロリ、玉ねぎを入れて10分ほどしんなりするまで炒める。ニンニクとローリエを加えてさらに5分火を通す。

❷オーブンを200℃に予熱する。ソフリートの鍋にレンズ豆を加えて、豆にオリーブオイルが回るように混ぜながら1分ほど加熱する。

❸水を注いで火を強めて一度沸騰させてから、火を弱め、豆がやわらかくなるまで、ときどきかき混ぜながら、コトコト煮る。水の量に注意し、水が少なくなってもなお豆が固ければ、水を足して煮続ける。

❹そのあいだにさつまいもをオーブンで45分焼き、ジャガイモを25分ゆでる。このとき皮をむく必要はない。さつまいもは焼きあがったら、しばらく置いて冷まし、ふたつに割って中をすくってボウルにあける。ジャガイモも完全に水を切って、さつまいもに加える。

❺レンズ豆が適当なやわらかさになり、水分がほとんどなくなったら（鍋底に濁ったスープが少し残る程度）、レモンの皮と汁、胡椒、シナモン、ピメントン、残りのオリーブオイルを加え、塩で味つけする。パイ皿に移す。

❻さつまいもとじゃがいもをつぶして、マスタード、オリーブオイル、チーズ、塩少々を加える。これをパイ皿に入れたレンズ豆の上に均一に伸ばし、すりおろしたパルメザンチーズをかける。オーブンに入れて表面に焼き色がつくまで20分ほど焼く。チャツネと葉物野菜を添えていただく。

ヒヨコ豆とオリーブとレーズンのタジン

モロッコ料理の名前のつけかたを考えれば、この料理の名前にタジンを入れるのは正しくない。実際に使う鍋の名前をつけて「キャスト・アイロン・キャセロール・ポット（鋳鉄製のキャセロール鍋）」と言わなければならないところだろう。だが、それでは名前として長すぎるし、簡単にできるこの料理にふさわしいとは思えない。ヒヨコ豆――私にとってはほとんど肉――を中心に、そこに飴色の玉ねぎ、にんじん、はちみつ、ドライフルーツの甘味が加わり、それに対抗するかのように塩レモンの酸味、オリーブのうま味、スパイスの豊かな香りが重なる。この複雑な味わいのおかげで、簡単にできるのに誰もがうなる一品となる。

材料（6人分）

- 乾燥ヒヨコ豆……800g
- サフラン……5〜6本
- 無塩バター……50g
- 玉ねぎ……4個（1個はすりおろし、3個は半月切り）
- すり潰したシナモン……小さじ3
- すりおろした生姜……小さじ2
- すりおろしたナツメグ……小さじ1／2
- 塩……小さじ1

●挽きたての黒胡椒……小さじ1
●にんじん……4本（皮をむいて2センチ角に切る）
●レーズン（黄金色のサルタナ種がお気に入り）……200g
●グリーンオリーブ（種抜き）……約350g
●蜂蜜……大さじ1
●エクストラバージン・オリーブオイル……大さじ1
●塩レモン……1個（果肉を取り除いて皮を細切りにする）
●アーモンド（ホール）……片手にいっぱい（ローストする）
●ラスエルハヌート（あれば）……小さじ1

❶ヒヨコ豆を一晩水につける。
❷サフラン水を作る。マグカップにサフランを入れ、大さじ2のお湯を入れて10分置く。
❸深さのある鍋か直火にかけられる厚底の皿にバターの半分を入れて、弱火にかけて溶かす。サフラン水、すりおろした玉ねぎ、シナモン、生姜、ナツメグ、塩、胡椒を入れる。香り豊かなペースト状になるまで、10～15分混ぜながら炒める。玉ねぎが透きとおり、スパイスと完全に混ざりあう。
❹ヒヨコ豆の水を切り、鍋に入れて豆の表面から0・5センチの高さまで水を入れる。火を強めていったん沸騰させてから、30分ほどコトコト煮る。半月切りにした玉ねぎを加え、さらに20分煮込む。

❺オーブンを120℃に予熱する。スープの味を見て、にんじん、レーズン、オリーブを入れて、にんじんに火が通るまで煮る（煮崩れない程度に）。
❻野菜、ヒヨコ豆、レーズンを取り出し、耐熱皿に移す。アルミホイルでおおってオーブンに入れて保温する。
❼スープに蜂蜜、オリーブオイル、残りのバターを入れて沸騰させる。とろみがつくまで煮詰める。
❽野菜とヒヨコ豆をお皿に盛りつける。スープをかけて、塩レモンとアーモンド、それから好みでラスエルハヌートを散らす。クスクスかライスを添える。もし乳製品が欲しければ、フェタチーズを細かくして上に散らすといい。

カネリーニ豆とにんじんのサラダ

これを嫌いな人はいないはず。このサラダのおいしさの秘密はマリネ液にある。レモン汁が玉ねぎの辛味をおさえ、少し加えた砂糖が甘味を増してくれる。使う野菜はお好みで。私はソテーしたにんじんが好きだが、夏にはフェンネルもいい。冬ならローストしたさつまいもでも。オイルはいつものように上質なエクストラバージン・オリーブオイルを使いたい。

材料（4人分）

- 乾燥カネリーニ豆……250g

- 赤玉ねぎ……1個（半月切り）
- 無農薬レモン……1個（汁をしぼり、皮はすりおろす）
- 砂糖……大さじ1
- エクストラバージン・オリーブオイル……大さじ6＋適量（炒め用）
- にんじん……6本（洗って両端を切り落とす。皮をむいてもよい）
- ディル……1束（細かく刻む）
- 塩

❶カネリーニ豆を水につけて4時間置く。

❷水を捨て、ソースパンに豆を移し、水を入れる。水の量は豆の2倍が目安。沸騰させてから火を弱めて1時間半から2時間くらい、やわらかくなるまで煮る。

❸そのあいだにスライスした赤玉ねぎをボウルに入れて、レモン汁とすりおろした皮、砂糖、オリーブオイル、ひとつまみの塩を入れてあえる。1時間くらい置いておく。玉ねぎの赤い色がマリネ液に移り、玉ねぎがしんなりする。

❹にんじんを幅1・5センチ以下の斜め切りにする。豆のお湯を捨て水気を切る。

❺多めのオリーブオイルをソテーパンに入れて中火であたため、にんじんを入れる。10分ほど炒めると、しんなりして色が濃くなるはず。ここでディルを半分加える。にんじんをひとつつまんでみよう。歯ごたえが少し残っているくらいがいい。水気を切った豆を加え、さらに2分くらい火を通す。

❻玉ねぎの半分と、残りのディルを入れてあえる。器に盛り、上に残りの玉ねぎをのせ、マリネ液をかける。

バランス

私にとってレシピは対話の相手であって、教師ではない。

――ルース・ライクル『My Kitchen Year（マイ・キッチン・イヤー）』

そのときどきにあった食べ物というものがある。何が正しくて、何が間違っているのかをはっきりさせて、それを守る――料理とはそういうものだ。

――ヨタム・オトレンギ（2015年11月、ロンドンでインタビュー）

毎週日曜日の朝はスピニングのクラスに行く。激しい音楽が鳴り響くなか、太ももに燃えるような痛みを感じながら、45分間汗だくでバイクをこぐのだ。人にすすめるつもりはないが、実は結構楽しんでいる。アイルランド人のインストラクターはよくリバーダンスをかける。あのフォーク調の音楽がテンポよく盛りあがっていくと、身体も自然と動く。スプリント（早漕ぎ）とクライム（上り坂）のあいだには、その人のベースとなるギア、つまり気持ちよくこげるギアに戻すように指示される。気合を入れてこぐ必要はないが、足の筋肉はある程度使うくらいの負荷がかかるギアだ。これは人によって違うので、レッスンがはじまるとまず自分のベースとなるギアを見つけるように言われる。いろいろ試してみて、私はギア10に落ち着いたが、人によって異なるそれは、言うなれば、その人にとっての癒しの領域《コンフォート・ゾーン》だ。ディスコみたいな照明とリバーダンス・ミュージックが満たす薄暗い小さな部屋でバイクをこぎながら、〝癒し〟というのも変な話だが。

　思うに、食べ物にも同じようなものがあるのではないだろうか。人には、それによって心も身体も満たされるという癒しの食べ物《コンフォート・フード》がある。私のギア10のように、気楽にのぞめて、元気が出るもので、それほどぜいたくなものではないが、よく食べたくなる食べ物だ。私の場合は、仕事で作ったり、食べたりしなければならないレシピの山とは無縁のもので、ありきたりなメニューが並ぶ――トマトソースのパスタ、アボカドをのせたトースト、レンズ豆の煮込みにヨーグルトとオリーブオイルを垂らしたもの、ベイクド・ポテトにチャツネ、青菜のニンニク炒めとマーマイトを塗ったトーストとゆで卵、ヴィネグレット・ソースであえたグリーンサラダ。どれも子どものころから食べているもので、まさに癒しの食べ物《コンフォート・フード》であり、エネルギーを充てんし、穏やかな気持ちにしてくれる（私にとってコンフォート・フォードはぜいたくな気分を味わうためのものではない）。

　特定の誰かのために日常的に料理をすると、この食のベースというものを意識させられる。現在、私はふたりと住まいをシェアしている。ひとりはフレディで、彼のベースはチキンのパン粉焼きとローストポテトだ。もうひとりはほぼ毎晩、蒸した野菜にスーパーで売っているチーズソースをかけて食べている。これらを毎日食べたいと思う気持ちは、ちょっと理解できないが、良し悪しは別として、人にはその人なりの食のバランスというものがある。私の食のバランスを作ったのは母の手料理だ（フレディもそうだと思う。彼のお母さんの作るローストポテトは絶品で、彼は子どものころ、そのポテトとチキンナゲットばかり食べていたらしい。チキンのパン粉焼きというのは成長の証と言えるかも）。理想を言うなら、親は子どもに安心を与える存在である。そういう環境で育った人が自分のベースとなる食べ物を探すとき、親から与えられてきた食事に回帰するのは自然なことだ。

おそらく、人はバランスが崩れたことを自覚してはじめて、気持ちよく過ごすためにバランスがいかに重要であるかということに気づくのだろう。心と身体をどのように均衡させるかというのもまた人によって違う。たとえば、私がスピニングのクラスに通い始めたのは、平日の不摂生をなかったことにしたいと思ったからだ。食べ物に関する本ばかり読んでいると小説を読みたくなるように、仕事をしながらサンドイッチばかりを食べていた週には、野菜カレーを作りたくなったりする。バランスを取ることで、行き詰まりや行き過ぎを避けることができる。自分が好きだと知っているものの良さを理解し、それを最大限引き出すことができる。これは食べ物だけではなく、料理をすることにも、食べることにも当てはまる。

食べ物に関して言えば、バランスにはふたつの切り口があると思う。ひとつは味だ。これは主に作り手の責任ということになるが、食べる側も皿の上で調整することができる。味つけは重要だ。『ガーディアン・クック』では、塩だけは分量を示さずに、作り手に任せることにしている。もちろん、自分がおいしくないと思う料理を好んで出す人はいないだろうから、作り手の好みの量が使われることになると思うが、食べる側にもそれぞれの好みがあるわけだし、かけすぎた塩を修正するのは難しいので、用心のために塩は控えめに使うことをおすすめしている（ただしパスタをゆでるときだけは別。76ページを参照してほしい）。食べる前にばかみたいに塩をかける人が多いのも、控えめにすることをすすめる理由のひとつだ。

もうひとつの切り口は健康だ。健康といっても肉体的な話にとどまらない。食材を理解し、それらをどのように料理するかを知ることは、身体に気をつける以上の意味がある。料理は、身体的な行為としての食と、精神的な行為としての食をつなぐ役割を果たし、スージー・オーバックが言う、心と身体意識のかい離を埋めようとするものなのだ。（スージー・オーバックのインタビューは、231ページを参照）。食べるものに神経をとがらせようと言うつもりはない（欧米人の多くはそうしがちだが）。私が言いたいのは、食べ物は身体と心が求めているものだと考えて、自分のために料理をすることを覚えれば、心と身体の両方に栄養を与えることができるということだ。

インタビュー

ヨタム・オトレンギ

ヨタム・オトレンギのレシピに書かれた材料を見てみよう。そこには絶妙なバランスがあるように思える。赤ワインビネガー、大さじ3／4。刻んだバジルの葉、15枚分。粉ふきいも、280g。クルミ、65g。皮をむいたエシャロット、470g(*)。ふだんはあまり使わない食材を調達し終えたら、次は分量だ。これだけ細かい数字が並んでいるのだから、厳密に守らなければならないのだろうと思う。もしバジルの葉が15枚なかったら、あるいはクルミが5g足りなかったら、うまく作れないのではないか、と。レシピは食材のシンフォニーであり、ひとつひとつの食材には、指揮者の指示どおりの完璧な音程と音量が求められるように見える。オーケストラを成功させるのは大変そうだ。

こういうレシピを見たあとで、本人の口から、自分は〝純粋主義者〟だと言うのを聞くと驚いてしまう。純粋主義と言えばシンプルであることを大切にしているイメージがある。しかし、世間に知られるオトレンギの料理は、決してシンプルでもわかりやすいものでもない。固定観念にとらわれずにいろいろなところから受けた影響を、オトレンギの魔法で融合させた一皿といった感じなのだ。〝完璧主義者〟というならわかる。だが、彼の料理を見て〝純粋〟という言葉はなかなか出てこない。

しかし、それは彼の料理に限った話である。食べる人としては、ヨタムは確かに純粋主義者のようだ。ヨタムは、料理を一皿ずつ順番に食べるのが好きで、皿の上でいろいろな料理が混じり合うのは許せないと言う。だから、茶色いソースの海に、調和を考えることなくさまざまな料理が山盛りにされているサンデーローストは我慢できないそうだ。クリスマスランチは考えるだけでおそろしいという。

なるほど。だんだんわかってきた。妥協を許さない一途な人だからこそ、いろいろなものを融合させた料理を思いつくのだ。そこには秩序が欠かせない。ヨタムはサラダ、パスタ、肉料理と順番に出てくるイタリア料理のように、一皿ずつ食べる。秩序を好むのはイタリア人の父も、ヨタムの息子マックスも同じで、息子は皿の上の料理が混ざらないように気をつけているという。固形物を食べるようになった息子を見て、ヨタムは息子が緑の野菜より肉やデンプンを好んで食べることに気づいた。そこで、イタリア料理のように順番に食べさせることにし、いちばんお腹がすいている一皿目にサラダを出すようにした。いまでは6時に家族で食事をする。ヨタムは家で作るシンプルな食事――皮をむいたきゅ

＊彼の著書『Plenty（たくさん）』と『Plenty More（もっと、たくさん）』の複数のレシピから抜き出してきた。

うり、アボカド、豆、味噌、オリーブオイルとニンニクのパスタ——を楽しみ、レシピを開発するために、本来食べるべき量を超えて食べている状況とバランスを取っている。

ヨタムはバランスを大切にしていて、彼が取り組むことすべてにおいてそうだが、これもうまくいっているように見える。ロンドンのレストラン、デリの店、ガーディアンのコラム執筆、レシピ本の出版という多彩な仕事と、夫のカール・アレンとふたりの息子という愛する家族との生活をうまく両立させている。インタビューのために、ソーホーにある彼のレストラン〈ノピ〉を朝早くに訪ねた。私がその日1杯目のコーヒーを飲もうとしたとき、彼はすでに3杯目を飲んでいた。

ヨタムは最近、メリルボーンにある、あえて流行をはずした小さなカフェで開かれるサロンに参加しているという。週に1回そこに集い、新しいニュースについて仲間と話し合うというのだ。彼の料理へのアプローチに似ているような気がした。ただし、アプローチの方向は逆だ。おそらく、いま起きていることを完全に理解するために、状況を形作る材料を理解しようとしているのだろう。「それが何であれ、自分たちがしていることを問いかけて、理解したいというのは誰もが持っている本能だと思う」

私は食べ物の最初の記憶について尋ねると、「難しいな。記憶というのはいろいろなものが組み合わさってできているから」と言って、ふたたびマックスの話をする。子どもの成長を見ていると、自分の子ども時代を見ているようだと言う。家にはフォートナム・アンド・メイソンのチョコレートのカタログがあり、マックスはそれを「チョコレートの本」と呼んで、チョコレートの写真ひとつひとつを見て、その特徴を表現しようとしている（「これはスパイシーな味」とか）。実際には口にしたことがないのに、その見た目からどんな味がするのか想像しているのだ。「僕もそんな感じだったと思う」とヨタムは言う。食べ物――なかでもチョコレート――は、官能を呼び起こすものであり、期待と想像を膨らませるものだった。「僕の母は、フォーマイカのふたのついた箱にチョコレートをいっぱいに入れてキッチンの棚にしまっていたんだ。こっそりとキッチンのカウンターに乗ってはよく引っぱりだしたけど、そのときのことは鮮やかに覚えている。儀式のようにもったいぶってラッピングをやぶって、チョコレートをパリンと割って……」

子どものころに食べたものでよく覚えているのは、自分たち兄弟の面倒を見てくれたモロッコ人女性が作ってくれた、ラタトゥイユとタジンの中間のような煮込み料理だと言う。ヨタムの両親は共働きで、ふたりとも料理をした。家族がそろうのは朝食のときが多く、自然と豪勢な朝食になり、テーブルには、トースト、サラダ、クォークチーズ、スライスしたモルタデッラ、母特製のコリアンダーとニンニクの入ったマヨネーズなどが並んだ。母の作る朝食はいまでも同じだ。ヨタムは顔を輝かせる。「最高の朝食だよ」

父親のほうが2時間ほど早く帰ってくることが多く、よく夕食を準備してくれた。子どもたちのために手早く牛乳をあたため、それから簡単でおいしい料理を作った。大粒のクスクス（マフトゥウール）、玉ねぎとトマトの炒め物、セモリナ粉のおかゆ、パスタといったメニューが主だった。父が作るものにはかならず母国イタリアの伝統が反映されていた。いまでもじゃがいもはローズマリーとオリーブオイルで炒めるし、野菜をダイス状に刻むイスラエルのチョップドサラダには、トマトがくし切りのまま入っている。

ヨタムの母はドイツの出身で、父のように伝統にとらわれることなく、もう少し大胆に料理した。キャベツとソーセージの煮込みなどドイツ風のものが多かったが、ときには流行りの料理も作った。アメリカのマイラ・ウォルドの『The International Encyclopedia of Cooking（料理の国際百科事典）』から、マレーシア料理やインドカレーを作ってくれたことをヨタムは覚えている。「両親はユダヤ料理にはあまりこだわっていなかった。イタリアとドイツのユダヤ人社会は、地中海東部や北アフリカに比べて小さかったし、現地への順応が進んでいたんだ」

ヨタムがエルサレムにいた子どものころ、同地では新しいイスラエルを目指して文化的なアイデンティティを捨てようという風潮があった。最近になって、人々はおばあちゃんの料理に回帰しようとしている。とはいえ、ロマンあふれる探究になるとは限らない。いまではもう作られることのない料理も多いからだ（ヨタムは笑いながら「おばあちゃんが生きていたとしても、食べられるのはゲフィルテ・フィッシュ（★）くらいだろうね」という話もあると教えてくれた）。ヨタムは言う。「家庭料理でもレストランの料理でも、伝統をいまあるものと融合させることが賢いやりかたなんじゃないかな。僕たちには豊かな文化があるから、選択肢はたくさんある」そして例としてトリポリのハリッサを使ったソースをあげた。あっという間に人気になって、いまではパレスチナ料理にも使われている（当然、イスラエル料理にも）。

話題はイスラエルのことに移る。問題なのは、イスラエル文化と言えば伝統的に東ヨーロッパ、つまりアシュケナージの文化を指し、セファルディ〔訳注：スペイン・ポルトガル、イタリアなどの南欧に定住したユダヤ人〕が劣ったものと見なされていることだ。「食べ物に関して言えば、まったく逆なんだ。人気があるのはセファルディの料理だからね……ユダヤの文化はイスラエルで融合したと言っていいと思うけど、その過程で食文化が果たした役割は本当に大きい」ユダヤ社会における緊張は以前ほどではなくなってきているが、それでもイスラエルとパレスチナのあいだの問題はなくならない。しかし、ヨタムが言うように、食文化は反目しあう両者を近づけることができるかもしれない。「食べ物は安息の地だ。すべてが非日常という環境のなかで、そのときだけは日常を過ごすことができる」

ヨタムの母方の祖父母は１９３０年代の一時期スウェーデンに住んでいたが、１９３９年に当時パレスチナだった場所に移住した。祖母はモサド（イスラエルの秘密情報機関）で働いたが、家族のためには、牛タンの煮込みやローストポテトとカリフラワーのバターソースなど、ドイツの料理を作った。「僕の祖母は誰にでも好かれるという人じゃなかったけど、誰からも尊敬されていたよ。彼女のような人が身近にいたから、料理と仕事を両立するのは僕にとって自然なことなんだ」男か女か、母親か父親か、一家の大黒柱か家庭を守る人か——そういう区分けは彼の家にはなかった。このあたりも彼のバランス感覚に影響しているのだろう。

父方のイタリア人の祖父母はテルアビブの郊外に住んでいた。会う機会はそれほど多くはなかったが、逆にそのおかげでいっしょに食事をしたときの記憶は鮮明に残っている。いちばんよく覚えているのは、祖母が作ってくれたローマ風ニョッキ。円盤型のニョッキを重ねて並べた上に溶かしバターとチーズがかかっていた。ヨタムは最近、ロンドンでこれと同じものを作ってみた。見た目は再現できたが、食べてみるとぼんやりした味で、誰もそれほど喜んでくれなかった。

「記憶に惑わされたんだろう。昔はおいしかったのにいまはそれほどでもない、というものは確かにある。だからマックスが喜んで食べているものを子どもならではの味覚だ、と言って笑うことはできない」はじめて味わったときの感動は、何度も食べているうちに薄れてくるものだ。ヨタムの話を聞いて、彼はこの感動を追い求めているのだとわかった。子どもがはじめて食べたときの喜びを、目新しい食べ物——厳密に計算された味の組み合わせ——を通して、大人も体験することができるのではないか。「はじめて味わうことには何かがある。うれしい体験のはず。でも、しばらくすると純粋に味わうことができなくなるから……」だから、ヨタムは15枚のバジルの葉と65 gのクルミを使って、新しい味の開発に励むのだ。

＊ゲフィルテ・フィッシュは、アシュケナージ［訳注：ヨーロッパ中部および北部に定住したユダヤ人］のユダヤ料理で、カワカマスやコイなどの白身魚をすり身にして、スパイス、玉ねぎ、にんじん、ときには卵とあわせてゆでたもの。ユダヤの祝祭日に前菜として食べることが多い。

調味料

調味料は、素材の味を引き出す役割を果たす。調味料《シーズニング》という言葉は、最初はおかしな言葉だと思ったが、季節《シーズン》外れの材料を調整すると考えれば納得できる。たとえば、どこか不満げな冬のサラダに、マルドンの塩をパラパラと振って、レモンをしぼる。するとサラダは一気に生き返る。調味料は季節外れのものに季節を取り戻させることができるのだ。

たとえば、トマトにこだわる寒い国の料理人は、調味料の価値をよくわかっていて、おそらくそれを頼みの綱にしている。ところが、トマトがふんだんに採れるイタリアやスペイン、地中海沿岸諸国では、何気なく調味料を使って食材を最大限においしくしている。熟したトマトに良質なオリーブオイルと塩と黒胡椒。トマトにアンチョビ。ギリシャサラダ。こうしたシンプルな幸せはほかに説明のしようがない。

では、調味料とは何なのか。まず思い浮かぶのは塩と胡椒だろう。とくに指定がなければ、レシピに「好みで味つけ」と書いてあるときはこのふたつを使うことを指す。塩は最高の友だちにもなるし、最大の敵にもなる。バランスがとれていればおいしい一皿になるし、バランスが崩れたときには失敗作となる。ほんのひとつまみの違いで味をこれほどまでに左右する調味料は、このふたつのほかにはないだろう（胡椒についてはこの場合は黒胡椒のこと。白胡椒でインパクトを与えようと思ったらたくさん使う必要がある。黒胡椒は静かに自らを主張する）。

味に深みをつけたり、仕上げに料理の風味を際立たせたりするために使う調味料はほかにもある。保存のために塩気を含んでいるものが多い（ベーコン、アンチョビ、パルメザンチーズ）が、これらを使う理由はふたつある。

1 すでに塩味がついていて、さらにそれ以外の味もあるから。たいていは動物性のものだ。ベーコンやパンチェッタはしょっぱいが、豚肉の味もするし、燻製の風味もあるし、脂肪分も含んでいる。玉ねぎと炒めれば、塩気と脂の風味が広がる。パルメザンチーズも作る過程でかなりの塩が加えられているが、熟成による風味がある。アンチョビは海の味がする。

2 ベーコンやアンチョビ、パルメザンチーズで味をつければ、塩の入れすぎを防ぐことができる。誰もが経験したことがあるはずだ。鍋に直接、食卓塩のボトルを振り、あっと思ったときには大量の塩が入っていた、ということが。やってしまったらその料理はおしまいだ。料理のなかで塩の入れすぎはもっとも挽回が難しい。だから、私は指でつまんで塩を入れることをすすめている。その意味ではマルドンのようなフレーク状の塩は最適だ。指でつまめばどのくらい入れようとしているのかよくわかる。ベーコンやアンチョビをベースにしたり、仕上げにパルメザンチーズをすりおろしたりすれば、控えめながらバランスのとれた奥行きのある味になる。

ここでは私が調味料としてよく使うものを紹介する。どれもそれ自体が食材になるものだ。

アンチョビ

私がもう一度ベジタリアンになろう、と思えないのはアンチョビのせいだ。なんとなく肉っぽいものが食べたいと思ったときに、アンチョビか、アンチョビの味が前面に出ている料理を食べると満足感を得ることができる。一日おいしいものを食べていなかったときには味覚が蘇って、生き返ったような気がする。我が家では夕食の食材として確固たる地位を築いている。とくに冷蔵庫の中身が寂しいときには頼れる存在だ。

アメリカ人フードライターのタマー・アドラーは、著作『An Everlasting Meal（永遠の食事）』の中の「パワーを感じる」という章でアンチョビを取りあげている。アンチョビには力強さがあり、料理していて大胆になれるという。確かに私も瓶詰のアンチョビを手にしたときには、何でも来いという気分になる。冷蔵庫にアンチョビを切らしたことはない。缶詰でもいいが、瓶詰のほうがずっとお得だ（一度にそんなにたくさんのアンチョビを使うことはない。一回の料理で一瓶、あるいは一缶使うことはまれだ）。

それから塩漬けよりもオイル漬けをよく使う。オイルそのものがおいしい食材になるからだ（オニオンフライを作るときやサラダのドレッシングにも）。それに塩漬けのアンチョビは、洗い流すときになんだかもったいないことをしているような気がする。

アンチョビが苦手という人はたくさんいる。私が尊敬する食通の人のなかにもいる。だから、私はアンチョビ好きのごく親しい仲間を家に招いたときにしか使わないようにしている。そのため、私のアンチョビを使ったメニューは簡単ですぐにできるものが多い。

❶卵と合わせる。これには多彩なアレンジがある。トーストにスクランブルエッグやポーチドエッグをのせるときに下に忍ばせる。バターに混ぜて、ボイルドエッグ・ソルジャーズ［訳注：半熟のゆで卵と細長く切ったトースト。トーストを卵につけて食べる］のトーストに塗る。デビルド・エッグ／ペガサス・エッグ（42ページ参照）。サルサベルデに入れる。これらはほんの一例だ。
❷バターやマヨネーズに混ぜる。
❸プッタネスカ（娼婦風パスタ）または、それのアレンジバージョン（85ページ参照）。
❹トマトとパセリのサラダに入れる。シンプルすぎるように思えるかもしれないが、海のものと果実とハーブの相性は抜群で、良質なオリーブオイルと黒胡椒をかければ完璧だ。
❺苦味のある野菜に合わせる。私のお気に入りはプンタレッレ。ローマの野菜で冬のあいだだけ出回る。アンチョビとレモンのドレッシングで食べるのが定番だ。このドレッシングはチコリやエンダイブにもよく合う。
❻バーニャカウダやアンショワードなどのディップに使う。

パルメザンチーズとその仲間たち

パルメザンと言えば、容器に入ったひどいにおいの粉チーズのことを指していた、悲しい時代があったことを私は覚えている。だが、それも過去の話だ。いまでは大きな塊は、そのままスライスして食べてもいいし、料理に風味とコクを加える調味料として使うこともできる。

私はいろいろ使える塩気のあるチーズを常備している。パルメザンチーズが多いが、独特なにおいのペコリーノも好きだ。グラナ・パダーノはパルメザンより安いので、たくさん使うときにいい。最近ではバークスウェルも使う。イギリスの羊の乳で作られる香りの高いチーズで、固いのですりおろしやすい。

パルメザンチーズはすりおろして、よくスープやソースに入れる。そうすると、味に深みが出るだけではなく、濃密ななめらかさも加わる。とくに豆との相性がいいので、たとえば、ヒヨコ豆の煮込みにすりおろしたパルメザンチーズを入れる。あるいはマッシュポテトにかける。リゾットに入れてもいいし、ペスト（289ページ参照）に混ぜてもいい。もちろん、パスタにはパルメザンかペコリーノが欠かせない。徹夜明けですっかり塩分が抜けた朝、友人のジョー・ウッドハウス（もとシェフのフード・フォトグラファー）が、トマトとチリのパスタソースにパルメザンチーズを直接すりおろして、朝食を作ってくれたことがある。あのときはみんな一気に生き返った。以来、私もよく作っている（フェタチーズでもOK）。

チーズを最後まですりおろして、皮だけになっても捨ててはいけない。アルミホイルに包んで冷蔵庫に入れておき、シチューかスープを作るときに加えてみよう。ほかの材料といっしょに煮込むだけでいい。もう二度と捨てようとは思わなくなるはず。

レモン

柑橘類だけがフルーツではないが、ひとつ選べと言われれば、私ならきっとレモンを選ぶ。使い勝手のある食材のひとつであるレモンには、形態の異なるふたつの部分がある。果汁と皮だ。ひとつのレシピのなかで両方が使われることもあるが、私は別々に使うことが多い。だから、うちのキッチンにあるレモンはひとつにつき二回活躍する。

レモンが汁をしぼるには若すぎるときは、皮をすりおろすのに適している（だから、私のキッチンにあるフルーツボウルには、裸にされたレモンが山になっている）。逆に言えば、熟して中身がやわらかくなってしまったレモンはすりおろしにくい。そんなときマイクロプレインのグレーターはきれいにすりおろせるので便利だ。こうした道具はとても気に入っている。レモンの皮はまろやかな酸味を加えるときに使う。たとえば次のようなときだ。

1 野菜料理やサラダが甘くなりすぎるかもしれないときに使う。スウィートポテトにすりおろしてかけてもおいしい。冬にかぼちゃ、夏にズッキーニを焼くときには、脂肪分といっしょに、細く刻んだレモンの皮をのせて柑橘系のさわやかさを加えるのがお気に入り。

2 濃厚なソースやディップに酸味を加えたいとき、濃度を変えることなく加えることができる（レモン汁だと薄まってしまう）。

3 果物のコンポートを作るときに、果物が熟しすぎていたり、甘すぎるときに加える。

4 ここ数年とても気に入っているレシピ（これもすごく簡単）は、料理本『morito（モリート）』で見たものだ。皮をつけたままレモンを小さな三角形に切って、塩と砂糖を少し入れた水につけてやわらかくする。これを、レモン汁とオリーブオイルのドレッシングであえたほうれん草の上に散らす。

5 見た目をきれいにしたいときに使う。鮮やかな黄色は効果抜群！

レモン（ほかの柑橘類でも）をしぼるときには、固いものの上で数回転がして、中の果肉をゆるめるとよい。ほかの技としては、レモンを半分に切り、切り口を下にしてフライパンで焼くか、切り口を上にしてグリルで焼いて、果肉を黒く焼くという方法もある。こうすると果汁がしぼりやすくなり、さらに酸味もやわらぐ。私はレモン汁もほとんど毎日使っている。たとえば……

1 グリーンサラダには、エクストラバージン・オリーブオイルとレモン汁と塩以外は、ほとんど必要ない。できるだけ品質のよいものをそろえることさえできれば、食べた人からドレッシングの作り方を聞かれるだろう。

2 もうひとつの万能ドレッシングは、エクストラバージン・オリーブオイル、レモン汁、ニンニク1片のみじん切り、すり潰したシナモン小さじ3／4で作る（273ページ参照）。

3 セージとバターのパスタにレモンをしぼって。

4 グレービーソースに。半分に切ってローストチキンに入れたレモンを取り出し、しぼって肉汁と合わせてグレービーソースにする。脂っこさが消えるのでおすすめ。

5 魚料理、フライドチキンに。絶対に欠かせない。

6 つぶしてトーストにのせたアボカドにしぼる。

7 丸麦、挽き割り小麦、キヌアなどの雑穀を食べるときにはかならずレモンをしぼる。風味が多少失われるかもしれないが、淡白な味わいにパンチを与えてくれる。

8 ゆでたブロッコリやほうれん草には塩をかけてレモンをしぼる。私はこれをほぼ毎日食べている（さきほど紹介した『morito（モリート）』のレモンピールを散らせば、さらにおいしくなる）。

9 玉ねぎなどのネギ類にレモン汁をかけておくと、しんなりして辛味をやわらげることができる。オイルと砂糖と塩も加えれば、玉ねぎは炒めたように甘くなる。魚にもチキンにもいい薬味となる。サラダで使うこともある（120ページ参照）。

エクストラバージン・オリーブオイル

レシピで、炒めるときにオリーブオイル、ドレッシングにはエクストラバージン・オリーブオイルと書いてあるものを見たときには、いつも不思議に思う。作りはじめで使うオイルと最後の仕上げで使うオイルは、同じ品質のほうがいいのではないかと思うからだ。玉ねぎやニンニクを炒めたり、ソフリートを作る目的は、甘くてコクがある風味豊かなベースを作ることにあるはず。できるだけおいしく作ったほうがいいに決まっている。これに限ったことではないが、理由は値段の差に行きつくのだろう。食材を買うときに節約する方法はたくさんあるが、オリーブオイルでは節約しようとしないほうがいい。私はかならずエクストラバージン・オリーブオイルを使い、5リットル入りのトスカーナのものを買っている。これで私の場合、最低4カ月は持ち、一日あたり25ペンスですむ計算になる。

お気に入りは、緑がかった色とぴりっとした風味に特徴がある無濾過のオリーブオイルだ。あの不透明な緑色には想像力をかきたてられ、どういうわけかおいしく感じる（前にも書いたように、食べるということは実体験であるとともに、想像による体験でもある。ライオネル・シュライヴァーは小説『Big Brother（兄）』のなかでこう綴っている。「実体というより概念である。食べ物は満足という概念であり、満足そのものよりもずっと威力がある……」）。

オリーブオイルは食材を炒めたり、やわらかくしたりする以外に、料理の途中でもよく使う（たとえば、トマトソースを煮込んでいるときに追加する）。テーブルにもつねに出して、食べる人が自由に自分の皿にかけることができるようにしている。だから、我が家のテーブルには塩と胡椒とオリーブオイルがトリオのように並んでいる。レンズ豆の煮込みやとろりとしたスープ、あるいは冬の寒い日に食べるシチューに、エクストラバージン・オリーブオイルをひと回し入れ、黒胡椒を振って食べるところを想像してみてほしい。

塩漬け豚

ここであげたほかの調味料に比べると、これは出番が少ない。私が料理するときはベジタリアンのために作ることが多いからだ。ベースに少し肉が欲しいときには、ベーコン、パンチェッタ、チョリソ、ンドゥイヤ（南イタリアのやわらかくてスパイシーなソーセージ）などを最初に使う。たとえばこんな感じで。

❶ソースを作るときには、炒めた玉ねぎやソフリートにパンチェッタを加える。ボロネーゼや祖母のにんじんとベーコンの炒め物（222ページ参照）など。

❷玉ねぎといっしょに刻んだチョリソを炒めてからレンズ豆などの豆を加えると、スペイン風に仕上がる（肉を避けたければ、小さじ1杯のピメントンを入れると、チョリソを入れたような味になる）。

ウーマン

名を記さずにあれほど多くの詩を書いた「読み人知らず」はしばしば女性だったのだろう。

——ヴァージニア・ウルフ【『自分だけの部屋』川本静子訳　みすず書房】

男と女では食べ物に対する姿勢が違う……女は食べるものを作りだし、男は食べるものを調達する。言いかえれば、男が外に出て獲物を取ってくるあいだ、女は母乳を与えていたということ。どちらも必要な行為だ。

——マーゴット・ヘンダーソン「女性シェフはどこにいるの？」ラッキー・ピーチ誌

私たちの伝統は、安らぎと寛容という家庭の徳とともに家のなかにあった。

——ジェイン・グリグソン、『English Food（イギリスの食）』

イタリア人シェフのフランチェスコ・マッツェイは、自分のレストランの料理はマンマの料理にシェフの帽子をかぶせたものだ、と言ったことがある。子どものころから食べてきた料理をドレスアップするという考え方は、強く印象に残った。思うに、一般論としてだが、このマンマの料理がベースにある（しかも、そこからあまり外れていない）という点が、ほかの料理店にはないイタリア料理店の特徴なのではないか。イタリア料理のルーツは家庭にある。腕を磨いたお母さん《マンマ》とおばあちゃん《ノンナ》が心を込めてキッチンでもくもくと作業し、家族のために安くて栄養のある食事をテーブルに並べる。その多くは凝った料理ではない。問題は、たとえどんなに安い食材でも、水と塩と脂肪分を巧みに使いこなして、最大限においしくできるかどうかということだ。

ほかの技術と同じように、料理も練習によって身につけるものである。よって、普通に考えれば、毎日キッチンに立つ人がいちばん腕をあげることになる。それは昔から女性だった。無名ながらも、腕利きの料理人だ。食の歴史を研究するポーラ・ウルファートからこんな話を聞いたことがある。彼女はモロッコの主婦から、キスとハグと計量スプーンでレシピを手に入れたというのだ。書きとめられたレシピというものはなく、料理法は口頭で教わるしかないという状況のなかで、相手と仲良くなって、おそらくは多少のお世辞も駆使して手に入れたということなのだろう。料理を受け継ぐということと、育ちが食に与える影響について本を書こうと決めたとき、自分の母の影響と家庭料理の伝統の両方を語るにあたって、「マンマ〔訳注：原題"Mamma"〕」というタイトルがぴったりだと思った（スパイスガールズの歌のことは忘れてほしい）。だが、次第に悩むようになった。

このタイトルだと、母親が全員料理をするということにならないだろうか。あるいは、みんなが料理を作ってもらっている。私がそう思っていると思われるのではないか。エプロンをしたお母さんがキッチンにいて、お父さんは仕事に行って、あるいは薪を割ったり、豚を絞めたりするという固定観念を助長することにならないだろうか。だから、念のためにここで言っておきたい。本書のタイトルは、家庭のキッチンで作られて代々受け継がれてきた料理を表現しただけで他意はない。

子どものころのキッチンの思い出を振りかえると、そこにはいつも女の人がいる。母がお皿を洗っているときにはその横で母に洗剤の泡を飛ばし、祖母がケーキを作っているときにはボウルに残った生地をすくってなめ、クリスマスイブには、叔母のメアリーがガモン〔訳注：豚の塩漬け〕用に、有塩バターにキャラウェイシードを入れて、刻んだちりめんキャベツを加えたり、細かくハサミでカットしたパセリを入れてクリーミーなソースを作っているところをじっと観察した。私の人生においては、料理の前線に立っていたのはいつも女性であり、彼女たちは料理の指揮を取りながら、男たちに細かい用事を言いつけていた（買い忘れたものを買ってきてもらったり、玉ねぎを刻んでもらったり）。

女の子のロールモデルが母親（あるいは母親の役割を果たす身近な人）であるとすれば、その女の子が最終的に彼女たちと同じ行動を取るようになるのは自然なことなのだろう。私の母には気に入らないところがたくさんあった――サラダスピナーを買おうとしないところ（大人になって水気を切ったレタスを食べたときには感動した）とか、派手なふきんを好んで使うとか――が、キッチンは彼女のものだった。私たち家族は母の作るものを食べた。私も実家を出てからは、誰と暮らしても料理を担当している。食事の優先順位を下げることは私にはできないし、ましてやまったく考えないでいるなんで不可能だから。というわけで、私といっしょに暮らす人は献立を私に任せることになる。

パートナーと暮らすようになるまで、このこととジェンダーを結びつけて考えたことは一度もなかった。私たちは、そのほうがお互いにとって都合がいいからという理由がなければ、きっと私が不満を感じただろうという役割分担に落ち着いた。「今夜何食べる？」という相談を私が受け、彼は部屋を片づけたり（私が料理人になれなかったのは整理整頓ができないからだと思う）、私がしたくない仕事を引き受けてくれる。うまくいっていると思う。だが、それでも、自分が毎日食事の面倒を見ていることに、もやもやとしたものを感じることがある。ときどき想像してしまうのだ。自分が長い時間エプロンをつけて、仕事で疲れた夫のため、自立していない娘のために義務的に食事の支度をしているところを。頭がおかしくなりそうになる。好きでやっている料理が義務になり、毎日夕食を作ることを期待される。いずれは親になり、シルヴィア・プラスの詩にあるように、花柄のガウンを着て牛のように重い足取りで、泣く我が子のもとへ向かう。私は大騒ぎする子どもたちや仕事に打ち込む夫のために料理をする、顔のない女になるのだろうか……。

つまり、私が言いたいのは、家で料理をすることは自分が選んだことであり、好きなことでもあるのに、ときどき腑に落ちなくなる、ということだ。料理を愛する現代女性にとってキッチンは悩ましい場所であり続けるのだろうか。

そんなことはないだろう。義務ではなく選択したものであれば、そうとも限らないのではないか。ロンドンにあるレストラン〈ロシェル・キャンティーン〉のオーナーシェフであり、同じく人気レストランの〈セント・ジョン〉のオーナーシェフ、ファーガスの妻でもあるマーゴット・ヘンダーソンと話したとき、彼女はこんなふうに言った。「母親になったとき、料理に対する自信がふっとんじゃって。ファーガスがしょっちゅう夕食の支度をしなきゃならなかったほどよ。母親になるってそういうことなの。自信を失うものなのよ。子どもに全神経を集中しているんだから、自分を見失いやすくもなる。だから、自分のための何かが必要になるんじゃないかしら」

料理がいまでもマーゴットの喜びであることは間違いない。この話をしている私たちがいるのは、彼女のレストラン〈ロシェル・キャンティーン〉——ロンドンのアーノルド・サーカスにある古い校舎を改装した白いしっくい塗りの建物——のなかなのだ。テーブルには、マーゴットの前にポーク・ミートボール、私の前に茄子とヒヨコ豆の煮込み、そしてあいだには（おそらく2本目の）シャルドネのボトル。マーゴットは夫に感謝して言う。「ファーガスが、私自身の店を持ったほうが自分たちのためになるって言ってくれたの」これは彼女に限ったことではない。女性が母親になって自分を見失うというのはよくある話であり、ヴァージニア・ウルフの『自分だけの部屋』の主要テーマでもある。ウルフによれば、女性は自分の正気を保つためにも、フェミニズムを追求するためにも、自分だけの場所が必要だと言う。ウルフにとっての〝部屋〟は書くことだった。料理がそれにあたる人もいるだろう。それが何であれ、母親であることが自分のすべてにならないように見つけて育てよ、ということなのだろう。

ウルフが食べ物を重視していたことは有名だ。彼女の小説にはよく登場する。『自分だけの部屋』（川本静子訳　みすず書房）も例外ではなく、「よい晩餐はよい語り合いに非常に重要なものなのです。人はよい食事をしなければ、よい考えも浮かばず、よく愛することも、よく眠ることもできません」とある。しかし、食に貪欲だったにもかからず、食事の支度については、自分の生き方を見つけて声をあげようとする女性の邪魔になると思っていたようだ。

「そして、時日や季節をはっきりさせようと思って、一八六八年四月五日とか一八七五年の十一月二日には、どうしていらっしゃいましたかと訊けば、ぼんやりとした表情を浮かべて、何も覚えていないと言うでしょう。というのは、もう晩餐はすべて料理し尽くしましたし、お皿も茶碗も洗い終わりましたし、子供たちは学校に行って、世の中に出ていってしまいましたから。何も残っていません。すべては消え失せてしまいました。伝記も歴史も、それについては一言だって語っていません」

食事を作り、お皿を洗い、子どもを育てる……女性に要求されてきたこれらの仕事に費やした時間は、ウルフにとっては小説を書いたり、あるいは歴史を作ることもできたはずの時間だった。

しかも、料理はそれ自体が匿名の仕事だった。過去、キッチンで料理を作ってきた女性たちの顔や名前は想像するしかない。その由来がわからないレシピはたくさんある。この章の冒頭の引用文にある「詩」は「レシピ」と読み替えてもいいのではないだろうか（「名を記さずにあれほど多くの詩を書いた「読み人知らず」はしばしば女性だったのだろう。」）。

　私自身はまだ子どもがいないので、はじめて子どもを持った母親がときどき感じるという自己の喪失感を味わったことはないが、人は——男でも女でも、老いも若きも、子どもがいる人もいない人も——自分自身が楽しめる時間を大切にしなければならないということはわかっている。料理がその時間だという人は、私を含めてたくさんいる。私が料理を好きなのは、毎日何かを創りだせるからであり、健康な生活を自分でコントロールしている感覚が好きだからであり、そして料理すれば食べることができるからである。食材の出どころを知って調理すれば、自分がどんなものを身体に取りこんでいるかを知ることができる。それに、料理をしている時間は楽しい。ラジオをかけながらひとり静かにリゾットをかき混ぜているときも、誰かといっしょにおしゃべりしたり、ワインを飲んだりしながら料理をしているときも、それは変わらない。自分のための料理でも、ほかの誰かのための料理でも同じだ。ここに性別の問題を持ちこんで楽しみを壊すことはない。

　料理の世界には、いまだに「料理人《コック》」と「シェフ」のあいだに溝がある。そこには性別へのこだわりがあることがうかがえる。私がとくに尊敬するエイプリル・ブルームフィールド、マーゴット・ヘンダーソン、ガブリエル・ハミルトンをはじめとする大勢の女性シェフたちがこれだけ活躍している時代にもかかわらず、「シェフ」というと大きな白い帽子をかぶった男性を指し、「料理人」というと家庭料理の文脈で低く見られることが多い。だが、その一方で、最近は気取らない家庭料理が注目されており、専門教育を受けずに家で料理をしてきた人が書いた料理本がかつてないほど人気を博しているのも事実だ。

ジェイミー・オリヴァーと話をしたとき、彼は最初に出たテレビシリーズ『裸のシェフ』についてこう言っている。「あれは僕が思っていたよりも世の中への影響が大きい番組だった。（1990年代の終わりごろに）番組がはじまったころは、料理というのは女性のものだったけど、終わったころには、料理する男はもてる、という風潮になっていたからね。最近では男性のほうがよく料理をするんじゃないかって思うくらいだよ」彼の話を聞いていると、料理と性別が結びつけられることのない時代がすぐそこにまで来ているのではないか、という気がする。料理が女性の力を奪うことも、男性を去勢することもなく、ただ自分の面倒を見る手段のひとつであるという時代だ。

とはいえ、男性と女性の料理の違いを完全になくすこともないと思う。男と女には祝福すべき違いがあり、それはキッチンのなかでも同様だから。

インタビュー

アンナ・デル・コンテ

アンナ・デル・コンテの家をはじめて訪ねたのは、月曜日のランチ時だった。パブで長い時間を過ごした週末が明けて、今週は節制しようと決めていた。

ところが、シャフツベリーのアンナの家に11時半に着くやいなや、アンナはシェリーを飲むかと訊いてきた。意志の弱さを証明するように、私はためらないながら「あなたは?」と訊き返した。アンナの返事は「もちろん飲むわよ!」。ということで、節制するはずの1週間はマンサニージャで幕を開け、それから赤ワインへ突入することになった。

アンナの家を2度目に訪れたとき、飲まない努力は最初からあきらめ、ガヴィ・ディ・ガヴィ〔訳注:ピエモンテの白ワイン〕を1本かかえて列車に乗りこんだ。ワインを持参したのはふたつの理由があった。ひとつはボンゴレを作るため、もうひとつは作ったボンゴレを流し込むためだ。

アンナにグラスに注ぐように頼まれたので、私は冷えてなくてすみませんと言った。すると、アンナはぽかんと顔で私を見つめてから言った。「気にしないわよ。フランス人じゃないんだから」私は冷えていないガヴィをたっぷり注いだ。冷えてはいなかったが、その日の天気にはそのほうがよかったかもしれない。ドーセットのブラックモア・ヴェールには雨が降りしきり、キッチンの窓の外には緑豊かな光景が広がっていた。

アンナは食事のたびに酒を適量飲む（朝食はのぞいて、だと思う）。煙草は日に2本と決めていて、お昼を食べて昼寝をする前と、寝る前に喫う。食事にはかならずフルーツをつける。同じものをたくさん食べるより少しずつ2、3品食べるほうを好む。習慣の人であり（みんなそうでしょ、と彼女は言う）、70数年イギリスに暮らしているのに根っからのイタリア人である。そして、91歳とは思えないほど若々しく、しょっちゅう旅に出かけ、娘のジュリアの家の隣にひとりで暮らし、エレナ・フェッランテのナポリ・シリーズ全4作を読破している（私は1作目の評判を聞いたところだというのに）。

私が見たところでは、アンナの習慣は体内にコードとして書きこまれているようだ。とりわけ料理をすることと食べることと飲むことに関しては。彼女は、人生のすべてを何かにかけてきた人間が持つ優雅さでキッチンに立つ。自分のテリトリーのことは隅々まで知りつくし、手順を考えこんだりすることなく自然と身体を動かしている。彼女は料理をしているときに、あれやこれの分量を訊かれたり、あるいはどうしてそうしているのかなどと訊かれて、作業を中断させられるのを嫌がる。ボンゴレを作っているときに私がどのくらい唐辛子を入れたのか尋ねると、彼女はやはりぽかんとした表情を浮かべ、「さあ、どうだったかしら。ごめんなさいね」と言う。

イギリス人のためにイタリア料理のレシピを翻訳したり、イギリス人向けにアレンジして紹介したりしてきた人（彼女はキャリアは50代のときにパスタの本を書いてはじまり、その後、アメリカで出版されたマルチェラ・ハザンのイタリア料理の本をイギリス向けに出版したりした）であるにもかかわらず、料理のいいところは翻訳が不要だということ、つまり言葉は要らないということ、というアンナの言葉に私ははっとする。

アンナは1925年、株のブローカーの娘としてミラノに生まれた。戦争前は、料理をしてくれるマリアというお手伝さんが家にいて、仲良くしていたという。友情はキッチンではぐくまれたようだ。アンナはキッチンで働くマリアの一挙手一投足を観察していた。その著書『Amaretto, Apple Cake and Artichokes : The Best of Anna Del Conte（アマレット、アップルケーキ、アーティチョーク：ベスト・オブ・アンナ・デル・コンテ）』のなかで彼女はこう書いている。「マリアは、当時は禁止されていた共産主義の歌を歌いながら、料理を作っていた。フォークの先で器用にジャガイモのニョッキを作っていくその姿から、私は目を離せなかった。テーブルに山積みにされたポルチーニを前にどう料理しようかしらとマリアと母が相談していたり、パルマのプロシュットをスライスして、脂の入り方がすばらしいわ、とふたりが感動しているところを見てきた経験が、私の料理の知識の土台になっている」マンマの料理といっても、アンナの場合、もうひとりのマンマの料理だった。

アンナはマリアの絶品ポルペッテ（ミートボール）を懐かしむ。秋にはこの素朴な料理に、トリュフをたっぷりかけてくれたという。トリュフが名産の北イタリアならではの話だ。故郷ロンバルディア州には豊かな食があった。「戦争中でさえ、たっぷり食べていたのよ。幸運だったと思うわね。国中の人が飢えていたというのに、ミラノあたりの土地は肥沃で、何でもあったんだから。ぶどう、牛、豚、鶏、野菜……なかったのはオリーブオイルだけね」同じイタリアでも地域によって違いがあるということは、アンナにとって大きな意味があった。

1987年、彼女は『Gastronomy of Italy（美食の国イタリア）』という本を書き、イタリアの20の地域それぞれの食材、レシピ、伝統についてはじめて詳しく解説した。イギリスの一般読者にとっては過剰な情報だったかもしれないが、イタリア料理を作る人にとっては、当時もいまも必読の1冊だ。そこには、たとえば、南下すればするほど固めのパスタが好まれる（私が訪ねたときに作ってくれたボンゴレはミラノ出身の自分には完璧だが、ナポリの人だったらきっとゆですぎだと言うだろうとアンナは言っていた）とか、一口にトマトソースと言っても、その土地の材料が使われるので違ってくる（南はオリーブオイルとニンニクを使い、北はバターと玉ねぎを使う）といった情報が詰めこまれている。

アンナの口からは、おいしいジェラートをなめるのをやめられないように、興味深い話がテンポよく転がり出してくる。パスタをゆでる水は「大西洋ではなく、地中海くらいの塩加減が理想（地中海のほうが塩辛い）」であり、また、「イタリア料理では、何を足すかと同じくらい何を引くかが重要」なのだそうだ（たとえば、炒めたオイルからニンニクは取り除くし、アンナに言わせれば、トマトソースを使わないボンゴレはシンプルだからこそおいしい）。

「アルトゥージ（＊）は別として、レシピ本を使ったことはないわね。なんでもなんとなく作れたから」そうは言うものの、早くからマリアに料理の手ほどきをうけ、全財産を失った戦後は母親から教わった影響が大きいのは間違いないだろう。アンナの母は辛抱強い料理人で、リゾットやカッソーラ（イタリアのカスレ）や母特製のアッロースト・アッラックア（スライスした牛肉をほんの少しの塩とローズマリーを加えて「水でロースト」したもの）を、時間をかけて作った。少しずつ水を足したりしながらコンロに1時間半ほどつきっきりだったという。

アンナはコンロで料理するのを好む。母親に似たというより、イタリアのマンマとノンナが代々受け継いできたやり方なのだろう。「料理をしているときに目で見て、においをかぐのが好きなの」アンナはインゲン豆がゆであがるときのにおいについて語り、さらにイタリアの家庭の多くは、家を涼しくしておくためにオーブンを置いていなかったことなどを話してくれた。オーブンが必要な時には地元のパン屋さんに借りたが、だいたいはコンロや暖炉で調理した。「母はおそろしいほどに鼻と舌が利いた。かなり年を取ったときに、そうね、いまの私くらいだったかしら。私の息子が、母が煮込んでいた鍋を、ちょっと離れているあいだにかき回したの。そしたらすぐにばれたのよ。においと味で」

料理するときに大切なのは感覚であり、アンナは生まれ持った自然な感覚と後天的に得た感覚を存分に活用している。

自然はイタリア料理にとって大きなテーマだが、アンナにとってはとくに大きな意味を持つものではないかと思う。1949年に移り住んだイギリスは、彼女に言わせればじゅうぶんに悲しい状況だったが、1960年代を通して食材の工業化が進んだため、状況はますます悪くなっていった。いまは亡き夫、イギリス人のオリヴァー・ウェイリーと結婚し、イギリスで3人の子どもをもうけ、アンナはとにかくベストをつくすしかなかった。見るからにひ弱なトマト、添加物がたっぷり含まれたパン（イギリスでは1961年に、短時間で大量のパンを作ることができるチョーリーウッド法が導入された）、入手困難なオリーブオイル。

だが、ソーホーは違った。ロンドン西部に住んでいたアンナは、そこで基本的なイタリアの食材を買うことができた。「1950年代にはまだ配給制があったけど、それでもソーホーではなんでも手に入れることができた。フランス人がやっている肉屋もあって、イギリス人が食べないような脳や胸腺肉といった希少な部位も売っていたんだから。茄子

＊ ペッレグリーノ・アルトゥージは19世紀のイタリア人作家で『La scienza in cucina e l'arte di mangiar bene（料理の科学と美食の芸術）』を書いた。

も唐辛子も買えたし。車で買い出しに行っては買いこんだものよ」

きっと裕福な暮らしをしていたのだろう。しかし、ものがあふれるイギリスしか知らない私にとっては、唐辛子がぜいたく品と言われると不思議な感じがする。アンナも、クローディア・ローデン（30ページ）のように、イギリスで折り合いをつける方法を見つけたようだ。「食材の乏しさを補うために覚えたのは、塩とバターとオイルを少し多めに使うこと」

こうした試みは、イギリスの家庭料理の質をあげることに役立っただけではなく、アンナ自身の料理の進化にもつながった。イタリア料理にはたくさんのルールがあり、アンナもそれに従っていたが、年を経るごとに柔軟に対処するようになったようだ。以前は、たくさんの食材と風味を雑に盛りこんだイギリス式のイタリア料理を〝ブリタリアン〟と呼んで低く見ていた。「伝統はいまでも大切にしている。でも、絶対視はしないようになったわね」マーマイトのパスタ（84ページ参照）や、細かく刻んだポロねぎとカレー粉を合わせたソースのパスタ（コロネーション・チキン［訳注：鶏肉をカレークリームソースと合わせた料理］のパスタバージョン？）は、伝統に柔軟に対応する姿勢や、イギリスとイタリアがテーブルの上で平和裏に（そしておいしく）共存できることを示している。

2016年、私はアンナに「イタリア料理の十戒」というタイトルで記事を書いてほしいとお願いした。アンナは厳しいタイトルに、引き受けていいものか迷ったが、書いてくれた。そこには、できるだけ質のよい食材や調味料を探すこと、魚料理にパルメザンチーズはダメ、パスタやリゾットはつけあわせなしで食べること、といったアドバイスが記されていた。タイトルの厳しさは、導入部で緩和されていた。「(これらの十戒を) 守らなかったからといって地獄に落ちるわけでも、守ったからといって天国に行けるわけでもありません。もちろん、努力すればそこにたどつけるかもしれません。それでは十戒を見ていきましょう。刻まれたのは2枚の石板じゃなくて、1枚の新聞ですが」

柔軟な姿勢は最近ますます強くなっているようで、最近出版した『FreeFrom all' Italiana (フリーフロム・オール・イタリアーナ)』では、グルテンや乳製品を使わないイタリア料理を紹介している。当初は、愛する小麦パスタを使わないというので、断ろうと思ったが、代用品を試してみて思いのほかおいしかったために考えを変えたらしい。自宅を訪ねたときには、アンナは新しいレシピの開発中で、食品庫には大量のグルテンフリーのパスタがあった――米粉のペンネ、トウモロコシのフジッリ、黒豆のスパゲッティ、青小豆や枝豆でできた名前のわからないパスタ。91歳のアンナは、なんでもかんでも試してみようとは思っていない。しかし話を聞いてきて、彼女がいまの挑戦を楽しんでいることはよくわかる。

だが、ドーセットのアンナを訪ねたこの日は、ふたりで伝統的な料理を作る。ここには伝統と挑戦がある。アンナの柔軟な姿勢を見習って、私も月曜日からは飲まないという決意にこだわるのをやめた（ずいぶん早くない？）。白ワインに蒸されたアサリの身はふっくらとやわらかくなり、貝の口を開けてその姿を見せている。オリーブオイルとニンニク、パセリを足し、昔ながらのスパゲッティを入れてあえて、ふたりでおいしくいただくことにしよう。

じゃがいも

しばらくすると、食堂の人は私に注文を訊かなくなった。いつも同じものを頼んでいたからだ。「ベイクド・ポテトのカッテージチーズをください。それからサラダも（食堂のサラダといえば、レタス、きゅうり、スプラウトのトリオと決まっている）」ポテトは見た目に特徴があった。皮はたるんでしんなりしている。私はうしろめたさを感じながらも、毎回おいしく味わった。おいしかったのは皮のせいではない（皮はパリパリのほうがおいしいに決まっている）。おそらく料理してから、あたためるためにさらに焼いたせいで、中身が一層やわらかく、黄色くなり、甘味も増していたからだ。

２００４年の冬のあいだ、リーズ大学の学生会館で毎日食べたこのポテトに、私は慰められた。大学に入学して環境が変わり、寂しい思いをしていた時期だった。ロンドンの暮らしのなかで自分を形作っていたもののすべてを置いてきたような気がしていた。そんななかで毎日、食堂に行ってランチを食べ、授業の合間にクロスワードを解くというパターン化された生活に、私は小さな安らぎを見出していた。

当時の記憶はあいまいだが、ある一日のことはよく覚えている。焼きすぎたベイクド・ポテトをさらに焼いたようなポテトを食べていたその日、私は親友に出会った。いつものように、食堂には新入生がたくさんいて、昨夜のばか騒ぎを報告しあっている。いつものように、学生会館にはビールと漂白剤のにおいが漂い、当時流行っていたシェイプシフターの曲がラジオから流れている。私はいつものようにクロスワードパズルを解きながら、いつものようにカッテージチーズとポテトをすくって口に運んでいた。

「ミーナ！」私は口いっぱいにほおばったまま顔をあげた。誰だかわからなかった。「ソフィーよ。オーディションでいっしょだったでしょ」

ああ、そうだった。私が彼女に会ったのは——実際には会ったとは言えないけど——私がなかば投げやりに「おまんこ！」と繰り返し叫んでいたときだった。第一学期のあいだはすべてに対して身が入っていなかった（カッテージチーズをかけたベイクド・ポテトとサラダを注文する以外は）。母からすすめられたからという理由で行ってみたのが、『ヴァギナ・モノローグ』のオーディションだったのだ。結局、参加はしなかった。舞台でそんな言葉を叫んでいたことについて触れられるのは勘弁してほしかったし、ポテトを食べているところを見られたくもなかった。

しかし、このとき取ったソフィーの行動は折に触れて思い出すことになる。ソフィーは私が食べているものを見ると、まったく同じものを持って戻ってきたのだ。

人の見方というのはこうも違うのかと思うと面白い。彼女の目にはきっと、同じものばかり食べて、独りぼっちでクロスワードパズルを解く、女優失格のつまらない女の子として映っているのだろうと思った。ところが、彼女が言うには、一目見て私と友達になろうと思ったと言うのだ。いまでは彼女がどれだけベイクド・ポテトが好きか知っているので、彼女を引き寄せたのはポテトだったのかもしれないと思っている。とにかくあのランチで、大学でのはじめての友だちができた。いまでは長いつきあいだ。ポテトに感謝しなくては。あのとき彼女がポテトを注文しなかったら、いっしょにランチを食べなかったら、そして、ブランストンピックル〔訳注：チャツネ〕がないことをいっしょに嘆かなかったら、世界中——バークレーからベリーズ、ブリクストン——でいっしょにベイクド・ポテトを食べることもなかっただろう。私たちはポテトに感謝しなければならない。ちなみに最近食べるのは、ふたりとも皮がパリパリのものと決めている。

◇◆◇

18世紀以降、西洋の家庭にはつねにじゃがいもがある（*）。私たちは安くてお腹いっぱいにしてくれるじゃがいもを頼りにしているが、愛をじゅうぶんに伝えているとは言えない。こんなに頼っておきながら、私たちはじゃがいもを褒めたたえることなく、代わりに肉やソース、あるいは季節の野菜に賛辞を捧げている。私がじゃがいもだったら、絶対に怒る。

ヴァージニア・ウルフは皿に盛られた牛肉とじゃがいもと野菜を見て「素朴な三品」と言ったが、普通に言うなら「肉と野菜二品」だろう。野菜二品のうち、一品はかならずじゃがいも料理だ。つねに変わるもうひとつの野菜料理と肉と違って、じゃがいもはいつも黙ってそこにいる。きっとダ

＊ウィリアム・シットウェルは『食の歴史　100のレシピをめぐる人々の物語』のなかで、16世紀に新世界で発見されてからイギリスのキッチンに迎えられるまで、ヨーロッパにおけるじゃがいもの歴史を解説している。

イアナ・ロスがスポットライトを浴びているときの、シュープリームスの残りの2人のような心境なのではないだろうか。

とはいえ、じゃがいもに文句を言う人もいる。心休まる愛すべき食材なのに、意見が分かれることもあるのだ。誰もが一言持っている。オリーブオイルで焼くか鴨脂で焼くかでもめる家族を私は知っている。私の父は、じゃがいもを〝ベイク〟せずに〝ロースト〟したからといって食事を食べなかったことがある。私のボーイフレンドは、それ以外の料理はすばらしくおいしかったのに、じゃがいも料理がいまいちだったために食事は台無しだったと言う。

じゃがいもは育てやすく、安く買えて、何にでも使える食材だ。だから、あちこちでいろいろな料理に使われる一方で、高価な食材、つまり肉の陰に隠れてしまうのも仕方がないと言えるだろう。

エリザベス・デイヴィッドが著書『French Country Cooking（フランスの地方料理）』で指摘したように、多くの主婦がじゃがいもの料理の仕方をわかっていなかったという事情もある。「いま私たちが目にしているのは、新聞雑誌の後ろ盾を得たイギリスの主婦たちの怒りだ。本来持っているはずの権利を奪われ、1ポンドか2ポンドのじゃがいもを買うのに並ぶことを余儀なくされる。私たちはこれらのじゃがいもがどうなるか、よく知っている。外側は煮崩れているのに、芯が残り、道具がよくないせいでつぶしきれない塊が顔をのぞかせる。その表面はまるで寄宿舎のマットレスのようだ」

なんてかわいそうなじゃがいもだろう。長雨があり、日照りがあり、戦争があり、そして平和になっても厳しい状況にあったのに（じゃがいもの配給制は厳冬による被害を受けて1947年にはじまった）、それではじゅうぶんではないと言わんばかりにキッチンでも虐待されていたのだ。

とはいえ、外側が崩れるまでゆでるのは、我が家ではおいしいローストポテトを作るコツということになっている。昔は下ゆでするときにゆですぎないようにつきっきりで見ていたが、実はそんな必要はなかったのだ。ゆですぎて崩れかけた表面は脂肪分とよくなじみ（私はいつもオリーブオイルを使う）、ローストしたときにこれ以上ないくらいにカリカリになる。これで中まで塩味の効いた、外はカリカリ、中はホクホクのローストポテトができる。

フレディのローストポテト

これはホクホク感のあるタイプのじゃがいもを使うとよい。ゆでたときに粉をふいた表面がカリカリに仕あがる。大きさをそろえずにあえて不揃いにしたければ、新じゃがを使って、ゆでてから木のスプーンの裏でたたいて崩すとよい。

材料

- じゃがいも……1kg（4つ切りにする）
- エクストラバージン・オリーブオイル……大さじ6
- 塩

❶オーブンを220℃に予熱する。大きなソースパンにじゃがいもを入れて、かぶるくらいに水を注ぎ、たっぷりと塩を入れる。中火から強火にかけて沸騰させ、30分ほどゆでる。ナ

イフを入れるとすっと通るくらいのやわらかさになり、外側が崩れてくる。水を捨てる。ばらばらになりそうだったら、オリーブオイルをかける前に水気を飛ばすといい。

❷じゃがいもを天板に並べる。オリーブオイルをからめて40分オーブンで焼く。焼き色が均一になるように、途中で2、3回ひっくり返す。黄金色になり、カリカリになったら出来上がり。塩を振っていただく。

このやり方に賛成できない人はたくさんいるだろう。私はこれが伝統を自分のものにするということだと思っている。試行錯誤を重ねながら自分がいちばんいいと思うやり方を見つければいいのではないだろうか。というわけで、試行錯誤しながら、私がじゃがいもについて学んだことは以下のとおり。

1 じゃがいもはデンプン質を多く含んでいる。デンプン質を減らせば、よりカリカリになるので、ローストポテトやポテトチップスを作るときには、カットしたじゃがいもをよく洗うのがコツ。どっちにしても洗うのであれば、土つきのまま買いたい。そうすれば、じゃがいもがどこから来たのか思い出せるから（フランス語ではじゃがいものことを〝大地のリンゴ〟と言う）。

2 じゃがいもに含まれるデンプン質は塩の吸収を妨げる。だから、ゆでるときにはたっぷりと塩を入れる必要がある。パスタをゆでるときくらいの塩辛さにしたい。

3 ゆであがったかどうか確かめたいときは（ローストするためにしっかりゆでるときをのぞく）、鍋の中のじゃがいもにナイフを刺して持ち上げてみよう。じゃがいもがナイフからゆっくりと落ちて、お湯のなかに転がっていけば大丈夫。

4 レシピで、じゃがいもの種類（ホクホク感のあるタイプとか、粘りのあるタイプとか）が指定されているのを目にすると、お店で見るだけで区別できるでしょ、と言われているような気がしていつも困ってしまう（腹立たしくなるときも）。基本的に、シャーロットやデジレ、ピンク・ファーといった粘りのあるタイプは煮崩れしにくいので、ゆでたり、サラダに入れたりするのに向いている。私がローストポテトによく使うホクホク感のあるタイプは、マッシュポテトやベイクド・ポテトに適している。このタイプでよく流通しているのはマリス・パイパーだが、ほかにゴールデンワンダーやペントランド・スクワイヤもこのタイプだ。どちらを使ったらいいか迷ったときには、万能選手のカーラやキング・エドワード、マリス・パイパーを使うことをおすすめする。

じゃがいもには塩と脂肪分、たまに香りづけのローズマリーやスパイスがあればじゅうぶんで、それだけで絶品料理ができる。そのため、レシピは重要ではない。私の場合ほとんどがそうだが、じゃがいも料理もレシピを気にせず、よく思いつきを試している。我が家ではたとえばこんな感じ。

1

新じゃがの到来は年に一度のお楽しみだ。よく出回るのはジャージー・ロイヤルズだが、ほかにはペントランド・ジャヴェリン、アラン・パイロット、マリス・バード、アルスター・セプターなどがある。新じゃがを、ミントを入れて塩ゆでしているときの香りほど、心を落ち着かせるものはない。寒い冬を過ごしたあとでアロマセラピーを受けているよう気分になる。バターと、必要なら塩を少しつけて召しあがれ（ゆでているときにすでにたっぷり塩を入れていることをお忘れなく）。私は白胡椒も一振りする。

2

ベイクド・ポテトは、絶対に皮がパリパリしているほうがいい。うまく焼けたときにはこれに勝る一品はないと思う。オーブンはしっかり予熱し（200℃）、じゃがいもはあらかじめフォークで何か所か刺しておくこと。トッピングもバター（とブランストンピックル）に勝るものはないが、私はニンニク・ヨーグルトもよくかける（大さじ5のプレーンヨーグルトにひとつまみの塩、黒胡椒、すりおろしたニンニク1片を混ぜる）。さらに、これにすりおろしたきゅうりかにんじんとオリーブオイルをまぜて、ギリシャのディップ、ザジキ風に仕上げてもおいしい。ベイクド・ポテトは焼いてすぐに食べずに二度焼きすると、さらにおいしくなる。中身は黄色みを帯び、リーズ大学の食堂で食べたような味になる。あるいは、中身を出してバター、チーズ、青ねぎ、パセリと混ぜて、ふたたび皮につめてオーブンに戻して10分焼く。これにシンプルなグリーンサラダがあれば、完璧な一食になる。

3

我が家ではトルティージャを作るときには真剣に挑む。約1キロのじゃがいも（形を保ちたいので、できれば赤いデジレのような粘りのあるタイプがいい）の皮をむき、半月切りにする。みじん切りにした玉ねぎといっしょにバターでじっくりと焼き、焼きあがったら余計な油を切る。卵6個を割って、塩で味つけし、じゃがいもと玉ねぎを入れる。中火から強火にかけた小さなフライパン（焼きムラのないトルティージャを作るために、フライパンのサイズは重要）に流し込む。5分ほど焼いて裏返し、3分ほど焼く。熱いうちに食べてもおいしいが、冷めたものをサンドイッチにするとさらに美味。

4 マッシュポテトの作り方は人それぞれだと思う。私の場合はバター、成分無調整牛乳、塩、ナツメグを使う。多めに作っておくと、翌日フィッシュケーキやシェパードパイに使えるので便利。ディジョン・マスタードや粒マスタードを入れたマッシュポテトもおいしい。別の根菜をゆでて混ぜるのも好きだ。蕪もおいしいし、セルリアックやスウェーデンカブも相性がいい。牛乳や生クリームの代わりにヨーグルトも試してみてほしい。かすかな酸味がとくに粒マスタードとよく合う。残ったマッシュポテトは卵を落としてベイクド・エッグにしたり（43ページ参照）、コロッケにすることが多い。

5 我が家ではよくローストポテトを食べる（悲しいかな、高血圧になるリスクがあるということ）。フライドポテトにもするし、サラダにもよく使う。次にあげていくレシピを見てもらえばわかるように、ドレッシングやソースと合わせることで、質素なじゃがいもはこの上なく贅沢な一品になる。

ローズマリーポテト

これは私の大好物のひとつ。

材料（2〜4人分）

- じゃがいも……1kg（皮をむかずに1センチ角に切る）
- エクストラバージン・オリーブオイル……大さじ2
- ローズマリー……4本（葉の部分のみを細かく刻む）
- ニンニク……5片（つぶす）
- 塩

❶たっぷり塩を入れた水を沸騰させて、切ったじゃがいもを入れる。

❷じゃがいもをゆでているあいだ、フライパンにオリーブオイルを入れて弱火にかけ、ローズマリー、ニンニクを入れる。数分かけて、オイルにローズマリーとニンニクの香りを移す。

❸じゃがいもに火が通ったかナイフを刺してチェックする。ゆっくりとジャガイモが落ちるようならOK。お湯を捨てて、フライパンに入れる。ひとつひとつにしっかりオリーブオイルがいきわたるようにし、火を強める。黄金色になり表面がカリカリになるまで焼く。好みで塩を振り、ブラバソース（298ページ参照）などのソースを添える。

ポテトサラダ

ポテトサラダと言えば、誰もが同じものを思い浮かべるだろう。新じゃがにマヨネーズ。それだけでじゅうぶんにおいしいし、ディジョン・マスタードや粒マスタードを入れると一層おいしくなる。ピクルスやケイパー、ディルかパセリが入れば最高だ。サルサベルデやトマトソースのように、ポテトサラダはおいしいことが保証されているアートである。

コロネーション・ポテト、アーモンドとラディッシュの即席ピクルス添え

これは言うなれば、コロネーション・チキンのポテトバージョンだ。

材料（4人分）

- 新じゃが……500g（3センチ角に切る）
- マヨネーズ……大さじ2
- プレーンヨーグルト……大さじ2
- カレー粉……小さじ山盛り1
- 塩
- 青ねぎ……1束（粗く刻む）
- アーモンドフレーク……ひとつかみ（軽くローストする）

● コリアンダー（刻む）（お好みで、仕上げに）

ラディッシュの即席ピクルス

● ラディッシュ……一山（薄くスライスする）
● 白ワインビネガー……大さじ4
● 精製糖……大さじ4
● レモン汁……1／2個分
● 塩……多めにひとつまみ
● すり潰したターメリック……小さじ1／2

❶たっぷりと塩を入れた水でじゃがいもを10分ほどゆでる（中まで火が通っているが、形は崩れない程度に）。お湯を捨て、ボウルに移す。
❷ラディッシュの即席ピクルスの材料をすべてボウルに入れて、15分から1時間くらい置いておく。
❸マヨネーズとヨーグルト、カレー粉をあわせて、塩で味を調え、じゃがいもと青ねぎと軽く混ぜる。
❹ローストしたアーモンドを散らし、上にラディッシュのピクルスをのせ、好みでその上からコリアンダーを散らす。

ブーランジェール・ポテト

この料理の名前は、フランスの家庭の主婦が、耐熱性の容器に材料を全部入れてパン屋さんに持っていって焼いてもらったところからつけられた。子どものころからよく食べた料理ではないけれど、いまは大好きでよく食べる。フランスのドフィーネ地方の濃厚なポテトグラタンと、シンプルな野菜のローストの中間に位置する料理だ。じゃがいも、玉ねぎ、ハーブ、バターという組み合わせを、これ以上おいしくするのは難しいだろう。大量のオイルや生クリームを使わなくても風味豊かにおいしくできる。うちの食卓によく登場するのは、たぶんそのせいだと思う。

材料（4人分）

- じゃがいも……1・5kg（皮をむいて薄くスライスする）
- 玉ねぎ……2個（薄い半月切り）
- タイムかローズマリーの葉（両方使ってもよい）……1束（やさしくしごいて香りをたてる）
- 野菜ブイヨンかチキンブイヨン……350ml
- バター……小さなかたまりをいくつか
- 塩と黒胡椒

❶オーブンを190℃に予熱する。

❷深さのある耐熱皿に薄く切ったじゃがいもを敷きつめる。そのうえに玉ねぎとハーブをのせ、

塩胡椒をし、残りのじゃがいもを並べる。

❸ストックを注ぎ、もう一度塩胡椒をして、バターを散らして置く。

❹オーブンに入れて1時間焼く。中まで火が通り（ナイフを刺してすっと入ればＯＫ）、表面はこんがり黄金色になるはず。これはどんな料理のつけあわせにもいいが、山盛りの新鮮なグリーンサラダとあわせてもおいしい。

ポテトとタレッジョとローズマリーのキッシュ

子どものころ、家ではよく〝ごたまぜ料理〟と呼んでいたものを食べた。それは、残り物やしおれた葉物野菜、賞味期限の切れたエダムチーズ〔訳注：オランダのチーズで輸出用のものは赤いワックスでコーティングされている〕を片づけようとするときに作られたものだ。ちなみにエダムチーズは父の好物で、父は器用に赤い部分をのぞいてダイス状に切り分けていた。父が〝大掃除〟と呼んだこの習慣はいまでも続いており、実家では土曜日のランチなどによくやっているらしい。サラミやハムなどの冷たいものとあたためなおした残り物をいっしょにして、チャツネと辛いソースとマーマイトをフル動員する、こうした食事を父は気に入っている。おそらく残り物がキッシュになることもあるだろう。

4月から初夏にかけて、私はよく、友人のシェフのオリヴァー・ロウによるキッシュの基本レシピをベースに、ゆでたじゃがいもの残りと、軽く炒めた青ねぎ、刻んだローズマリーの葉、タレッジョチーズ（すべて別のものにしてもＯＫ）を加えて作る。チーズ、レモン、ハーブとあわせたじゃがいものキッシュは、サラダを添えれば完璧な一皿になる。焼きたてをほおばってもよし、冷やして食べてもいい。

材料（キッシュ1台分）

生地

- 無塩バター……225g（さいの目に切って冷やしておく）+少量（型に塗る分）
- 小麦粉……450g+少量（打ち粉用）
- 卵……3個
- 牛乳……少量

フィリング

- 新じゃが（ジャージー・ロイヤルズがおすすめ。ゆでた残りがあればそれを使う）……500g
- エクストラバージン・オリーブオイル（炒め用）
- 青ねぎ……1束
- ローズマリー……3本
- ニンニク……2片（みじん切り）
- 卵……4個（溶いておく）
- ダブルクリーム［訳注：乳脂肪分が40〜50%の濃厚なクリーム］……200ml
- クレームフレーシュ……200ml

- ディジョン・マスタードか粒マスタード……大さじ1
- 無農薬レモン……1／2個（皮をすりおろす）
- タレッジョチーズ……100g（75gはすりおろし、25gはスライスする）
- パルメザンチーズ……50g（すりおろす）
- アスパラガス……100g（蒸すかゆでるかして2センチに切る）

❶まずパイ生地を作る。バターと小麦粉をあわせて、指先でぽろぽろになるまで混ぜる。卵2個を割って加えて混ぜ、ボール状にまとめる。手で押して厚めの円形にしてラップに包み、最低でも1時間は冷蔵庫で寝かせる。

❷30センチのタルト型（底が外れるタイプ）にバターを塗る。冷蔵庫から生地を出して15分置く。ラップをはずして軽く小麦粉を振り、タルト型より少し大きくなるまで伸ばす（厚さは4ミリくらい）。型の生地をのせ、隅々までていねいにいきわたるようにやさしく押しつける。生地の端は調理台につくかつかないかの長さで型の外に垂らす。はみ出た分を折り返してしっかりおさえ、縁を二重にする。焼くと縮むので縁の高さは型より少し高くする。底の部分にフォークの先で穴を開ける。冷蔵庫に戻す。オーブンを180℃に予熱する。

❸冷やした生地にクッキングシートを敷いて、生地がしっかり固定されるように重石のタルトストーンを敷きつめる。オーブンで縁が色づくまで焼く。重石とクッキングシートを取り除き、生地が黄金色になるまでふたたびオーブンで焼く。残りの卵を割って少量の牛乳を加えて混ぜ、生地全体に塗る。オーブンに戻し、つやが出るまで焼く。オーブンから出して冷ま

す。

❹オーブンの温度を170℃に下げる。残り物のじゃがいもがなければ、ゆでて冷ましておく。5ミリほどの厚さにスライスする。

❺フライパンにたっぷりのオリーブオイルを熱し、青ねぎ、ローズマリー、ニンニクを入れて、数分炒める。

❻ボウルに、卵、ダブルクリーム、クレームフレーシュ、マスタード、レモンの皮、すりおろしたチーズに、炒めた青ねぎ、ハーブ、ニンニク、じゃがいもを加えて混ぜる。生地に流し込み、上にアスパラガスを並べ、スライスしたタレッジョをのせる。オーブンの中段で25分焼く。フィリングが盛りあがり、色づいてくる。あまり焼きすぎると卵がひび割れるので注意。オーブンから出して冷ます。私は室温くらいに冷めたほうが好きだが、もう少し温かいほうがいいという人もいるので、お好みでどうぞ。

レイチェル・ロディのポテト・パスタ

最初は、炭水化物をふたついっしょにするなんて、と思ったが、自分はパスタもじゃがいもも大好きなのだから、試してみない手はないと思いなおした。思いなおしてよかった！

材料（4人分）

- エクストラバージン・オリーブオイル……大さじ6＋少量（仕上げ用）

●玉ねぎ……1個（角切り）
●にんじん……1本（角切り）
●セロリ……1本（角切り）
●ローリエ……2枚、あるいはローズマリー……1本
●じゃがいも……600g（中くらいの大きさのものを2個、品種は何でもOK）（皮をむいて適当な大きさに切る）
●水またはチキンか野菜のブイヨン……1・4ℓ
●パスタ（クアドルッチ、パスティーナ、ファルファッレ、折ったスパゲッティなど）……170g
●すりおろしたペコリーノチーズかパルメザンチーズ（仕上げ用）
●塩、黒胡椒

❶厚底のソースパンにオリーブオイルを入れて、弱火から中火にかける。玉ねぎ、にんじん、セロリ、塩をひとつまみ入れて半透明になるまで炒める。ローリエかローズマリーとじゃがいもを加えて、全体に油がまわるように混ぜながらさらに数分炒める。

❷水かストックを加えて、塩をひとつまみ足し、沸騰させる。弱火にして、15分煮込む（じゃがいもに火が通り、木のスプーンの裏で押すと少し崩れるくらいの固さになるまで）。パスタを加え、少し火を強めてかき混ぜながら10分くらい煮る。途中で煮詰まるようだったら水を足す。味見をして（このあと塩気のあるチーズを加えることを考慮して）、黒胡椒を入れる。器に盛り、すりおろしたペコリーノかパルメザンをかけるか、オリーブオイルを垂らしていただく。

ポテトのピリ辛トマト煮

このシチューは、スペイン料理にヒントを得て、ワイン、ニンニク、オリーブオイル、ピメントンを使っている。ポイントはじゃがいもにこれらの風味をしっかりしみこませること。だから、この料理は食べる日の前日かその日の朝に作るといい。

材料（4人分）

- エクストラバージン・オリーブオイル……大さじ10
- 玉ねぎ……1個（粗くみじん切り）
- ニンニク……4片（粗く刻む）
- 唐辛子……4本（種を取り、細切り）
- 煮崩れしない品種のじゃがいも……500g（1×2センチくらいの大きさに切る）
- プラムトマトの水煮缶（400g入り）……1缶
- 白ワイン……小さなグラス1杯
- 水……小さなグラス2杯
- ローリエ……1枚
- ピメントン……ひとつまみ
- レモン汁
- 塩、黒胡椒

❶厚底のソースパンにオリーブオイル大さじ6を入れて、弱火から中火にかける。玉ねぎを入れて数分炒めてからニンニクを入れる。さらに数分炒める。

❷唐辛子を入れ、オリーブオイルがいきわたるようにしてから、ふたをして10～15分火にかけておく。

❸じゃがいも、トマト、ワイン、水、ローリエ、ピメントン、レモン汁、オリーブオイル大さじ2を入れて混ぜ、塩胡椒をする。もう一度ふたをして中火で30分、ときどきかき混ぜながら煮込む。30分たったら火を弱め、ふたをずらしてさらに30分煮る。

❹じゃがいもをチェックする。必要なら水（あるいはワイン）を少し足して煮る。ソースがよくからむように、じゃがいもをたたいて少し崩してもよい。

❺この料理は一晩おいたほうがおいしいと思う。翌日にあたためなおして食べてほしい。皮がパリパリのパンを用意するのを忘れずに。好みでヨーグルトを添えてもよい。

肉を食べるということ

ベジタリアンだからといって、おいしい食事を拒否して、まずいものを食べているということにはならない。

——アニー・ベル『Evergreen（エヴァーグリーン）』

人間は牛を殺したり、穀物を収穫したりと、つねに何かの命を奪いながら生きている。そういうこととは無縁の清らかな場所があるとは思えないし、あると思うのはあまりにも無邪気な考えだと思う。

——デボラ・マディソン（２０１６年1月、インタビュー）

悪いのはモルタデッラだ。肉を食べるのをやめようと決意するたびに私はそう思った。土曜日の午前中には、母といっしょに〈セインズベリーズ〉のハムコーナーによく行った。そこにはモルタデッラが鎮座していた。脂肪分とピスタチオがまだらに入り、人の心をかき乱すピンク色をしている。

母も私もモルタデッラには弱かった。10歳の私は、このあとの昼食——昨夜の残り物のほかに、おいしいパンにチーズとトマトとチャツネをのせ、その上にモルタデッラを広げて豊かな風味を味わう——を想像すると、素通りはできなかった。

しかし、私は最終的には誘惑を乗り越えた。子羊が群れになって戯れ、牛がのどかに草を食み、豚が泥だらけになって遊んでいる。そんな光景が頭から離れず、私は1995年、肉を食べるのをやめた。かしましい女子高生活を送っていた当時の私にとって、友だちとしか思えない動物たちを食べるのは、受け入れられないことだったのだ。友だちのリストには魚は含めなかったが、少なくとも自分のお皿にのるはずだった陸に住む哺乳類を救っているということで、私は満足していた。なぜ魚の命より牛の命のほうが大切なのかといった疑問が頭をよぎることはあったが、正直に言えば、真剣に考えたことはない。なんとなくそのほうがいい、と思ったからそうしただけだった。母の影響もあった（母は魚は食べるが、ハムは本当にときどき、おいしそうなものだけをこっそり食べている）。それから、魚より牛のほうが人に近いような気がしたということもある。子どもの想像のなかでは牛の苦しみのほうがリアルに感じられた。それに、牛肉より魚のほうが好きだった。10歳の私にとって、それはじゅうぶんにちゃんとした理由だった。

いまの私の食習慣はこのころとは違っているが、肉を食べるということについてはずっと考えている。肉や魚を食べないことについてさまざまなアプローチがあるなかで「ベジタリアン」という一言で片づけることは少なくなってきたし、魚を食べるのであればベジタリアンと呼ぶのは適切ではないという意見には私も賛成する。とはいえ、そういうレッテルは自分の心の声を聞くきっかけになるのではないだろうか。何をどのように食べるかを考えるときの基準になり、ある意味、防御装置として機能するのではないか。私は、そこにあるから、皿に盛られて出てきたから、という理由だけで肉や魚を食べるようなことはしたくない。食べるときには、それを食べることができるということを、生き物の命をおいしくいただくということを意識しなければならないと思っている。

私が肉食を再開したのは、モルタデッラのせいではなかった。２００６年の夏、バーベキューでこんがり焼かれた鶏のドラムスティックの誘惑のせいだった。また肉を食べる日がくるとは思っていなかったし、そんなことは考えたくないとずっと思っていたが、実際にその場になってみると、苦悩のかけらもなくおいしく食べることができた。この夏のあと、私は北カリフォルニアに引っ越した。そこの人々は、私が訪れたどの地域の人々よりも、食べ物の出どころを把握しようと躍起になっており、また選ぶことに夢中になっていた。1年かけて、私は昔のように鶏肉を食べる生活に戻っていった（だいたい二日酔いもついてきた）。まるでジェットコースターのようだった。食べては高揚し、そのあとで罪悪感にさいなまれる。シェイクスピアがセックスについて言ったことに少し似ている。「体験の最中は至福を味わうが、体験の後には悲しみだけが残る」【『ソネット集』高松雄一訳　岩波文庫】

いまは自分のことを菜食主義者《ベジタリアン》とも、魚菜食主義者《ペスクタリアン》とも思っていないが、肉や魚を食べるときには吟味するようにしている。オーガニックで質のよいものは高いが、おかげで食べる回数は少なくてすんでいる。だいたい普段は肉を食べずに過ごし、たまに日曜日にローストチキンを焼いて食べ、翌日にその残りで何かを作って食べる。魚はずっと食べなくても平気だが、料理には調味料としてアンチョビを使っている（136ページ参照）。

つまり、私はおおむねベジタリアンだ。こういう呼び方が受けいれられるのかわからないが、世間は何を食べて何を食べないか、個人で決めるだけでは納得できないようで、すぐにベジタリアンとかビーガンといったレッテルを貼りたがる。しかし、私にとっては、サンドラ・M・ギルバートが『The Culinary Imagination（料理の想像力）』で述べている二択の方が重要だ。「工業化された世界に住む私たちの前には、〝スローフード〟と、技術の力で開発された〝ファストフード〟というふたつの食の選択肢がある」動物の飼育状況にも大きな違いがある。片や、狭い場所にとじ込められて、陽の光を浴びることもなく、仲間とは隔離されて、大量生産された餌を食べる。もう片方は、自由に動きまわり、仲間といっしょに餌を食べる。持続可能な農業を考えれば、動物と植物が連携して機能することが望ましいだろう。動物は植物を食べ、植物にお返しし、それが繰り返される。このしくみをサポートすることが重要だと思う。それは生き物と大地がバランスを保って共存する体制だ。より倫理的に維持できるなら、それに越したことはない。

最近の議論は「肉を食べるか否か」ではなく、「どの肉を食べて、どの肉を食べないか」という方向に向かっている。意味するのは基本的なことだ。アリス・ウォータース（93ページ参照）が言う、食べるものの由来を知ったうえで、それを使っていちから作ろうという姿勢を思い出す。デボラ・マディソンはインタビューしたときに私に言った。（188ページ参照）「中道を行くほうが難しいこともある。命を落としたがるものはいないから」こうした議論の先にあるのは、マイケル・ポーランが著書のタイトル（*）でジレンマと表現したように、人間は雑食動物である、という普遍の真理だ。私たちは動物も植物も食べる。だからといって、両方食べなければならない、ということはない。動物より植物を多く食べるほうが良識ある行動なのだろう。だが、一方で、動物を食べるのを完全にやめるより、避けることができない食肉製造をよりよくしたほうがいい、と意見もある。思うに、私たちに求められているのは、肉や魚がどのように生産されるかを知り、コストのバランスを考えながら、より上質なものを買うことなのではないだろうか。

余談　大豆の思い出

部屋のなかにはリラックスした空気が漂っている。エクスタシーは去り、みんなは死体のポーズを取って寝転がっている。目を閉じ、身体は汗ばみ、産毛は逆立っている。

私は天井を見つめる。虹色の旗が連なってぶら下がっている。左手にはマントルピースがあり、その上にはブッダがいる。その片側には本日のお供え物、ポルトガルのコンデンスミルク

＊マイケル・ポーラン『雑食動物のジレンマ』（ラッセル秀子訳　東洋経済新報社）

の缶があり、反対側には半裸状態の3人が写っているリオのカーニバルの古い写真がある。視界の隅に、ヨガマットに横たわる友人が見える。彼女は、大工をしているという新しい友人といっしょにいる。ほかのカップルと同じように、呼吸を整えようとしている。

私はチャクラ呼吸の1時間のワークショップに参加していた。ドーセットで過ごしたこの週末の時間を凝縮したような1時間だった（いっしょに参加した友人が、私の30歳の誕生日にとプレゼントしてくれた。普通のヨガ合宿と言われていたが、どちらかといえば、タントラヨガに近かった）。45分間、音楽に導かれながら7つのチャクラに意識を向けていくのだが、みんなふたつめのチャクラ（性のチャクラ）でとまっていたと思う。ワークショップのあいだは目を閉じることになっていたが、私はうなり声をあげている人が気になってこっそりと目を開けた。ひとりの女性が激しく動いていた。片手で恥骨をおさえ、もう片方の手を高くあげて、そのうち天井を突き破って飛んでいきそうな勢いだった。

しかし、もう音楽は鳴りやんでいる。聞こえてくるのは、フェロモンのささやきと隣のキッチンで発していると思われるお皿のぶつかり合う音だけだ。みなが感覚のエピファニーを（とくに下腹部のあたりに）迎えているときに、私は鼻をひくひくさせる。ランチのにおいだ。この状況には似つかわしくない、なつかしいにおいがする。

ナッツ系の香ばしいにおい。使っているのはきっと全粒粉だろう。ニンニクのにおいもするが（ここにいる人たちはみんなニンニクのにおいをまとっている）、豆と、つぶした根菜の甘いにおいもする。

私の予想はすべて当たっていた。ほかには葉物野菜もある。もちろんプレーンヨーグルトはたっぷり。それから、セメントみたいに見える、粒の荒い自家製フムス。いわゆる〝見た目はひどいが食べるとおいしい〟ベジタリアン料理だ。大量の大豆が使われている。ベジタリアン料理の評判を落とす食材のひとつだが、私は好きだ（声を大にして言いたい）。

子どものころは本当にたくさん食べた。当時のベジタリアンが食べるものは、本当に限られていた。そんななかで大豆は高タンパクで栄養があり、風味を加えることができる数少ない食材のひとつだった。母はたいてい乾燥したものを使っていた。そのパッケージはよく覚えている。なぜか透明で、中には食べ物とは思えないような灰色の粒がびっしり入っていた。その名もずばり〝植物性タンパク質〟。水に浸すとひき肉のような見た目と食感になるというものだ。母はこれを使ってラザニアやパスタを作り、味つけにはよく醤油を使っていた（いまでも醤油は好きだが、ここで語るのはやめておく）。

子どものころから食べてきたからというのもあるし、とくに母が作ってくれたものだからということもあって、大豆はいまでもなじみの食べ物だ。淡白な味にほっとするし、安くて何にでも使えるところは心強い。このワークショップでいちばんの収穫は、とろ火で煮込んだ大豆の味と香りだったかもしれない。

インタビュー

デボラ・マディソン

金曜日の午後。カンパリを飲もうかと思案する私に対して、デボラ・マディソンは朝のコーヒーを飲んでいる。マディソンが故郷と呼ぶニューメキシコ州の小さな町ガリステオと、ロンドンのあいだにはそれくらいの時差がある。マディソンには直接会ったことはない。だが、電話をするに先立ってEメールのやりとりをしていたときに、すでに温かいものを感じていた。実際に受話器を通して、彼女の暮らしについて聞いていると——夫のこと（画家のパトリック・マクファーリン）、犬の散歩のこと、いま飲んでいるコーヒーのこと——仕事でインタビューしていることを忘れそうになる。しかも、昔から彼女の料理本は大好きだった。『The Greens Cookbook（グリーンズ・クックブック）』に、最近新しくなった『Vegetarian Cooking for Everyone（みんなのためのベジタリアン料理）』、植物をベースにした料理を解説した『Vegetable Literacy（ベジタブル・リテラシー）』、ひとり用の食事を作るときのバイブルで、マクファーリンとの共著となる『What We Eat When We Eat Alone（ひとりのときに食べるもの）』など。

マディソンはアメリカでたまたまベジタリアン料理の第一人者になった。たまたまというのは、彼女の言葉を借りれば、〝菜食主義のほうが自分を見つけたから〟だ。1969年、彼女は座禅を習いたくて、サンフランシスコにある禅センターの扉をたたいた。移り住んですぐに、共同生活をした50人でベジタリアンを目指すことになった。「グループのなかに看護師がいて、彼女が病院から七面鳥をもらってきたの。それが議論のはじまりだった……命を奪うことについては戒めがあったから」

料理を作る人が必要だったため、マディソンは手をあげた。肉へのこだわりはなく、食べなくても困らなかったし、ベジタリアン料理は挑戦のしがいがありそうだと思ったからだ。まずはマクロビオティックスを試した。「だけど、全員に好評というわけにはいかなくて、早々にあきらめるしかなかった。確かに重要なのは禅の瞑想であって、食事ではない。でも、みんなでいっしょに食べることには意味があったし、人は食と向きあう必要がある」そこで彼女は、ひじきや味噌といったあまり知られていない日本の食材を、主要な食材である卵やチーズと組みあわせることにした。

1970年代のベジタリアン料理は、マディソンに言わせれば「見た目が冴えない、それまでの常識を覆すもので、ヘイトアシュベリー［訳注：ヒッピームーブメントの発祥地とされている］あたりで起きていた流れの一部だった」。つまり、食のカウンターカルチャーということだ。「加工食品は危ないということになって、若者たちが作りはじめたんだけど、あのころのベジタリアン料理は穀物を中心とした味気ないもので、作るのに腕はいらなかったわね」

そんな時代にマディソンは禅センターに足を踏み入れ、肉を含まない食材だけで食事を作ることになったのだが、やがて、食材を自分で育てることに目覚める。父と兄が植物学者だったにもかかわらず、30代半ばまで作物を育てることについては何の知識もなかった。ところが、禅センターの狭い土地にセージを植えることを思いついて、実際にやってみたところ、あっという間に夢中になった。

受話器越しに、マディソンがコーヒーを飲む音が聞こえる。彼女の話を聞いていると、カンパリは頭から消えさった（この本を書くにあたって感傷的にならないように気をつけていたが、1970年代のカリフォルニアを想像しながらロマンを排除するのは難しかった）。当時のカリフォルニアには、質の良い在来作物を売っている場所は少なく、品種も限られていたという。現在のベイエリアを考えると信じられないような話だ。いまではさまざまな種類のトマトや季節の野菜が手に入る。夢のスーパーマーケット〈バークレー・ボウル〉からフェリー・ビルディングのマーケットまで、地産地消を求める人にとってはユートピアのような場所なのだ。1970年代に登場したカリフォルニア料理は、肉も含めて地元の新鮮な食材をベースにしていた。しかし、そこには季節に合わせて食べるという、季節のものへの強いこだわりがあったため、やがて地元で育てて料理して食べられる食材の種類を増やそうという動きが生まれた。「野菜への関心が高まり、新しい品種が求められるようになったの。

私もフランスから種を持ち帰って、いろいろ試したわ」

このころには、マディソンは非営利のベジタリアン・レストラン〈グリーンズ〉に活動拠点を置いていた。1979年、禅センターとともにサンフランシスコのマリーナ地区にオープンさせたレストランだ。マディソンはそこでシェフをつとめた。「たぶん、〝ファーム・トゥ・テーブル（農園から食卓へ）〟をうたうレストランのなかで、本当に農園を持っているはじめてのレストランだったんじゃないかしら」とマディソンは言う。彼女はサニーレタス、ゴールデンビーツ、ルッコラなど、フランスで見つけた新しい野菜を次々と試したり、かぼちゃをくりぬいて器にし、果肉と生クリーム、セージ、グリュイエールチーズで作ったスープを盛って出したりした。地元で採れたものを中心にした料理は素朴で、それでいて新鮮だった。「芽キャベツとパセリ、オレンジのスライスは絶対に使わないと決めていたの」

食材に関して言えば、ボリジやラベージ、ソレルなどのハーブ、きゅうり、チェリートマト、かぼちゃなどはよく育ったが、すべてを自分の農園で収穫できたわけではなかった。「カリフォルニアの海岸沿いは霧が多くて、ピーマンやトマトや茄子など、ナス科の作物は育たないのよ。だから、そうした作物を作る生産者とのネットワークづくりをはじめたの」

〈グリーンズ〉が評判になり、マディソンはベジタリアン料理の第一人者として世間に知られるようになった。「〈グリーンズ〉と言えば私、ということになっちゃって」とマディソンは言う（実は、あとから教えてもらったことだが、マディソンはレストランをオープンするずっと前から〝グリーン〟だった。彼女のミドルネームはLeafy［訳注：「葉の茂った」という意味］なのだ。植物学者の父が遊び心を発揮したのか、彼女を取りあげてくれた産科医のLeary先生に謝意を示そうとしてスペルを間違えたのかは定かではない）。彼女自身、肉よりも野菜のほうが直感的に扱えるし、文章も書きやすいと言っている。それでもベジタリアンのレッテルには苦しい思いをしていると言う。窮屈だし、的外れな話だと思うからだ。「ベジタリアンを自分のベースにするつもりはなかった。だって、いまのシステムに背を向けるより、システムを変えていくほうがいいでしょう」そう話す声には、うんざりしているという彼女の気持ちがにじんでいた。

ベジタリアン・シェフというレッテルもさることながら、ジャーナリストたちにいちいち説明することにもあきあきしているのだろう。彼女が関心を持って取り組んでいるのは生物の多様性を実現することであって、ベジタリアンに肉の代用品を提供することではない。それは作物を基本とする料理を追求したときに生まれた、いわば副産物にすぎない。「私の基本的な立場はこういうこと。自分で肉を買うことはない。近所には牧場がたくさんあってよくもらうから。そういうときにはありがたく受けとって、料理して、食べる。食べ物を拒絶することは、それをくれる人を拒絶することになるような気がするから」

なんでも食べるが、選びながら食べるというのは、食品が工場で製造されるようになったことで生まれた問題に取り組むことを意味する。さらに食物連鎖を、一貫性のある全体的な統合システムのように機能させるべく、直接かかわることにもなる。マディソンはこれをバランスをとりながら実践している。「(動物性タンパク質を一切取らないという道を避けて)中道を行くほうが難しいこともある」ビーガン(絶対菜食主義者)向けレシピを書いているように見えるが、彼女はこう言うのだ。「ビーガンは最近注目されているでしょう? 完全菜食を実践することが名誉であるかのように思われている。だけど、絶対菜食主義は思うほど、明確でもないし、きれいでもない。たとえば、トウモロコシを育てるために畑を耕すとする。すると、そこに鳥が巣を作るかもしれない。そうしたら、その巣を取り除くことになるでしょう。そこまで考えているのかどうか。生きるって複雑で大変なことなのよ。誰が何をしたってすべては死にゆく。ビーガンだからといってフリーパスを手にするわけじゃない」

ビーガンが普及すれば、人間の側にも影響がある。「食べ物を作る文化に背を向けることになるのよ。たとえばチーズのように、何世代にも渡って大事にしながら作り続けてきたものがあるでしょう。こうしたものを切り捨てるとすれば、何百年分もの能力、芸術、技術も捨てることになってしまう。そんなこと考えただけでぞっとする」ビーガンが世界を制覇するとは思えない(少なくとも当分はないだろう)が、彼女の言いたいことはわかる。大きな枠組みのなかで考えずに食べ物を切り捨てていけば、思わぬしっぺ返しにあうかもしれない。「動物性タンパク質を含んでいるからといって、残酷な行為があったことを意味するとは限らない」彼女は昔会ったチベットの僧侶から聞いた話をしてくれる。食べるなら一羽の鶏よりも一頭のヤクのほうが倫理的だという。ヤクのほうがたくさんの人を満たすことができるからだ。この話に私は胸を突かれた。魚は食べて、ときどきは鶏を食べるというベジタリアンがばかばかしく思えた。

私は本書のテーマにそって、マディソンにも子どものころから食べてきたものについても訊くつもりでいた。それで、会話の舵をそちらへ切ったところ、ためらうような間があった。実は私からその質問をされるのを恐れていたという。ひどい食事だったというのだ。母親のウィニフレッドは芸術家で料理には興味がなく、食費を削ってでも子どもたちに音楽のレッスンを受けさせるような人だった。父親がニューヨーク北部に酪農場を所有し、ガンジー種の牛乳でおいしいバターや生クリームを作っていたというので、にわかには信じられない話だ。

のちに家族はカリフォルニアのサンホアンキン・バレーに引っ越し、クルミ農園に囲まれた家に住んだ。質の高い食材に囲まれて育ったことが、のちの彼女の料理への情熱につながったのかもしれないが、高品質な食材イコールおいしい食事ではなかったようだ。「我が家の食事はかなりひどかった。毎晩家族そろってテーブルについたけど、ただもくもくと食べるだけだった」母親は〈グリーンズ〉をはじめて訪れたとき、マディソンがどんなにすすめても、スープ1杯とグリーンサラダしか食べなかった。

それでも、どんなに小さなことでもいいので何か食べ物の思い出を、とお願いすると、毎年9月にコンコードブドウで父とパイを作ったという話をしてくれた。果肉と皮をすり潰し、小麦粉とコーンスターチと砂糖を混ぜてパイを焼いたという。「コンコードブドウがアメリカに生まれたのは1853年で、うちの一家がカリフォルニアに引っ越したのが1953年。ちょうど100年後なの。きりのいい数字も気に入っている」マディソンはいまでも年に一度そのパイを焼く。それから感謝祭にはプルーンとアーモンドカスタードのタルトを作る。もちろん、かぼちゃのパイも。「そういう機会がなかったら寂しいでしょうね。思い出のよすがとして」

3品ともデザートだが、特別な機会に食べたものなので、マディソンのなかでは思い出としてきらめいているのだろう。それから、両親からジャンクフードを厳しく制限されていたという。「1950年代から60年代にはすでにたくさんあったんだけど、たとえば、ルートビア・フロートは年に一回だったかしら。コーラを飲みたかったし、ポテトチップスとかキャンディとかすごく食べたかった。みんなと同じようにね。だけど、いまでは両親に感謝してる。おかげでジャンクフードをおいしいと思わなくなったから」マディソンが砂糖に対して相反する感情を持っていることを聞いて、私はビー・ウィルソンが著書『人はこうして「食べる」を学ぶ』のなかで、食習慣は幼少期に作られるとした話を思い出す。

大人になったいま、マディソンはコーヒーを好み、私はカンパリを好む。ニューメキシコの一日がはじまろうとしていて、ロンドンの一日は終わろうとしている。私たちは「また話しましょう。今度はベジタリアンについてではなく、生物の多様性について」と約束して、電話を切る。マディソンはこれから犬の散歩に行き、私は一目散にキッチンにおりていって飲み物を作る。

野菜

マドリードにいたとき、〈エロスキ〉という名前の小さなスーパーの上に住んでいた。それは大型スーパーが小さなスーパーに転生したような店舗で、必需品はすべてそろっていた。私にとっての必需品とは、ワイン、特大サイズの瓶詰レンズ豆、最高においしいプレーンソルトのポテトチップス。どれもロンドンだと高くて、私にとっては小さな贅沢品だ。だが、何よりも――雑誌『Hola!』よりも――すばらしいのは、野菜だ。ああ、野菜！

スペイン全体で見れば、〈エロスキ〉の野菜がとくに際立って魅力的ということはない。おそらく、チュエカ近くにある新しいサンフアン市場に行ったほうが心躍るだろう。そこではオーガニックのトウモロコシ、レタス、ブロッコリなどを買うことができる。山のように積みあげられたそれらの野菜を見ていると、階下のスーパーの品ぞろえが貧しく見えてくるほどだ。それでも、平凡な地元スーパーが魅力的に見えたのは、何気なく並んでいる野菜が私にとって未知のものばかりだったからというだけではなく、圧倒的にスペインの野菜が多く、それも季節のものが占めていたからだ。

薄暗いなかで輝くホワイト・アスパラガスは発育不全に見えたが、料理してみると、驚くほどやわらかかった。甘味を備えた巨大な黄色い玉ねぎは、早く飴色にして、と叫んでいる。すっかりお気に入りになったラフトマトは、見た目はかなり不格好だ。青みを帯びているうえに、皮が厚くて深い溝が入っている。おばあちゃんがせっせと積みあげるのを見て不思議に思っていた――まだ熟していないのになぜ？ 赤くならないと甘くないんじゃない？ 買ってみて、ラフトマトはびっくりするほど甘く、中に詰め物をするにも適していることを知った。楔形にカットして、美しくお皿に並べ、質の良いオリーブオイルとアンチョビを1切れか2切れ、そしてハーブをかければ完璧だということも。

小さなスーパー〈エロスキ〉には地元で採れた新鮮な品が並んでいた。同じことはヨーロッパ中のスーパーに言える。シチリアでは〈カルフール〉で、ネーブル、レモン、キンカン、長茄子、アーティチョーク、ダッテリーニトマトの山を見た。フランスでは、ロワール渓谷やブルゴーニュのにおいたつ泥だけの玉ねぎ畑や、たわわに実ったリンゴや洋ナシ、ミラベルプラムの木々を横目に見ながら車を走らせ、それらが近くの〈モノプリ〉に並んでいるのを目の当たりにした。何もかもスーパーで買うべきだというつもりはないが、多くの人がそうしているのが現実だ。だから、スーパーが地元で採れた旬のものをそろえて、高級品扱いせずにリーズナブルな価格で売ってくれるならそれに越したことはない。私の経験では、ヨーロッパにはそういうスーパーがたくさんある。（もちろん、ファーマーズ・マーケットをひいきにする人はたくさんいる。そういうところでは、たくさん作ることよりいいものを作ることに重点を置いた品物が手に入る。しかし、私は地元産の新鮮な野菜や果物は、できるだけリーズナブルな価格で、できるだけ多くの人に渡るべきだと思う）。

実際に自分でたくさん野菜を料理したことで、買い物をする際の野菜を見る目は養われたと思う。

たまたま自宅の近くにいい八百屋さんがあるので、私はスーパーではなくそこで買うようにしている。週が変わるごとに、並ぶ野菜の種類と質が変わっていくのがわかる。たとえば2月。鮮やかな紫色のブロッコリが出はじめ、代わりにロマネスコが減っていく。さつまいもがあふれて場所を占拠し、一方で太陽を求める茄子は姿を消す。その数か月後、5月の終わりには、ワイ渓谷のアスパラガスが一気に増え（今年は早かった）、その隣には新じゃがのジャージー・ロイヤルズやラディッシュが山になっている（色鮮やかなラディッシュを見るとついピーター・ラビットを思い出してしまう）。

私の食べ物の思い出のなかで野菜にまつわるものが多いのは、季節とつながっているからだと思う。野菜は1年を鮮明に彩る。新じゃがをミントといっしょにゆでて、バターと塩で味つけしてかぶりつく。口に広がる甘さは、ノーフォークで過ごす夏休みへのカウントダウンとなる。向こうにいるあいだに小麦畑は緑色から黄金色になり、収穫の時期を迎える。刈り取られた後の切り株を踏みしめながら歩いて楽しむ。ベイクド・ポテトやカリフラワーチーズは新学期のはじまりと、冬が近くまで来ていることを告げる。子どものころの時間――何にも縛られず、すべてが単純明快だった時間――は季節の食べ物によって色づけされ、それが連なって1年が形作られていた。

料理をするときにはできるだけ旬の食材を使うようにしている。理由は、そのほうがおいしいから。それだけだ。野菜のほうが、いまはこれを食べなさいと指示するのは理に適っている。季節に従えば、おのずと新鮮な野菜が手に入るはず。夏の緑――アスパラガス、ズッキーニ、豆――を楽しみ、冬の根菜――キクイモ、ビーツ、蕪――を楽しむ。毎年6月にみずみずしいきゅうりをポリポリかじっていると、プルースト効果を感じずにはいられない。とはいえ、季節を絶対視するつもりはない。さきほども触れたように、高級志向につながる恐れもあるからだ。この章を読んで、できるだけ旬の野菜を食べようという気になってもらえたらうれしいが、それより大切なのは、手に入る野菜で料理をすることだ。店で見てよさそうなものを買えば、それはめずらしくもなんともない普通の野菜かもしれない。それを大胆においしく料理すればいい。

レストラン業界にも変化が見られる。私が子どものころ野菜は脇役だったが、いまは違う。オトレンギのように、野菜を主役にして、テーブルという舞台でスポットライトを浴びるスターのように扱うシェフもいる。もはや茄子がイヤリングやサンダルのような扱いをされることはない。夕食会にベジタリアンが来ると言っても昔ほどがっかりされることはなくなった。最近は、主要な女性誌から、茄子やアボカドやカリフラワーをメインにした料理が流行っていることについて、記事を書いてほしいと頼まれることも多くなった。野菜はクールなのだ。私自身がクールだったことはないが、料理をするときにはできるだけクールに見えるように作ろうと心掛けてきた。いつも意識していたわけではないが、肉を嫌う貧乏ベジタリアンでいるあいだはそうしなければ、と思っていた。

野菜料理で大切なのは、それぞれの味や食感を消したり、ごまかしたりすることなく、その野菜が持つ良さを引き立てることだ。以下に、私が野菜――季節のものもそうでないものも――をおいしく食べるために気をつけていることをまとめてみた。そのあとに日常に使えるレシピを紹介している。使っているのは、国産にせよ、輸入ものにせよ、いつでも入手できる基本的な野菜ばかり。ビーツ、ブロッコリ、カリフラワー、にんじん、さつまいも、玉ねぎ、キャベツ、サヤインゲン、かぼちゃ、茄子など、私が子どものころから食べているものだ。

サラダはオーケストラだ。構成するひとつひとつの食材がいっしょになってハーモニーを奏でる。だが、音楽と違って、どのようなハーモニーとなるかはその人次第。そこには好みの問題がある。そう、サラダとは個人的なものでもある。生ものと火を通したもの、生鮮食品と保存食品、酸味、塩味、脂肪分、ときには甘味。そうしたものがいっしょになってできる。私はいつもサラダを食べているが、それはそのときあるものと自分が好きなものを適当にあえて食べているという意味だ。ときにはかなり変わったものができることもある。誰かに見られていたら、隠したくなるような。だから、私はサラダをこっそりとひとりで食べることが多い。

子どものころの私のメイン料理は、ゆでたパスタにヴィネグレット・ソースとマヨネーズとケチャップをかけて、缶詰のオリーブやコーンやツナなどをトッピングしたものだった。GCSE（全国統一試験）の休暇のあいだは、アイスバーグレタスとツナ（やっぱりツナ）とフェタチーズとバルサミコ酢のサラダばかり食べていた。ある夜などは、昼間に八百屋さんで見かけたクレソンとディルがどうしても食べたくなって、それらをボウルに入れて、すりおろしたビーツとシナモンとレモンとニンニクのドレッシング（273ページ参照）で食べた。私にとってサラダを盛ったボウルは、欲望が集結し、それが報われる場所なのだ。一口にサラダといってもその間口は広く、アプローチのしかたも人それぞれとなる（人によってはかなり厳しい姿勢でのぞんでいる）。私が大切にしているのは、口に入れたときにすべての材料がおいしく味わえるようにすること。葉物だけではなく、米や大麦だってサラダのベースになる。野菜にあうものならなんでもいい。

万人受けするサラダとしてよく作るのは、中東風のチョップドサラダだ（めずらしくはないけど、味は保証する）。レタス、トマト、きゅうり、青ねぎ、数種類のグリーンハーブをすべて角切りにして、オリーブオイルとレモン汁と塩のドレッシングであえる（これにトーストしたピタパンを入れたものをファトーシュという。レタスをのぞき、青ねぎの代わりに赤玉ねぎを入れ、オリーブとフェタチーズを追加すれば、ギリシャ風サラダが出来上がる）

2 ゆでる

我が家では野菜をゆでるときには歯ごたえが残るようにゆでていた。とくに茎はそのほうがおいしいと思う（ブロッコリは茎の部分がいちばんおいしい。うれしいことに賛成してくれる人は少ない）。とはいえ、固すぎる野菜を食べていると罰を受けているような気がするときもある。大好きなブロッコリで言えば、ナイフが茎にすっと入るくらいまでゆでればじゅうぶんだろう。蒸すよりゆでるほうが好きだ。そのほうがゆでるときに入れた塩でうっすらと味をつけることができるから。この場合は最後に加える塩を減らす（もしくは使わない）ことになる。ブロッコリのような野菜はゆでて次のようにして食べるとおいしい。

a　エクストラバージン・オリーブオイルとしぼったレモンをかけて。
b　醤油とすりおろした生姜で。
c　大さじ2のエクストラバージン・オリーブオイルに、ニンニク1片のみじん切りを軽く炒めたものと、唐辛子フレークを多めにひとつまみ入れたドレッシングであえる。
d　下ゆでした野菜をココナッツミルクで煮て、ライムのしぼり汁とひとつまみの塩で仕上げる。

e　同僚のデール・バーニング・サワ（日本の食材を自由に使いこなす達人）から教えてもらった方法。野菜（さつまいも、蕪、大根、かぼちゃなど）をゆでるか蒸すかしてから、フライパンで中火から強火で両面を5分ほど焼く。味噌と醤油と蜂蜜を大さじ1ずつ合わせたたれを入れてからめれば、きれいな照りが出る。ご飯の上にのせてもいいし、お弁当のおかずにもいい。

3　ローストする

根菜など固い野菜をローストするときには、切り分けてから料理するとよい（皮をむく作業を面倒だと思ったことはほとんどない）。オーブンを200℃に予熱し、そのあいだにロースト用の器にカットした野菜を入れ、エクストラバージン・オリーブオイルをかけて全体にいきわたるようにする。塩胡椒で味つけする。私は半分に切ったレモンをひとつかふたつと、横方向に切れ目を入れたニンニク丸ごと一個をいっしょによく入れる。オーブンでやわらかくなるまで焼く（途中で焦げるときにはアルミホイルをかぶせるとよい）。焼きあがったらニンニクをつぶし、黒くなったレモンをしぼって野菜にかける。243〜247ページのヨーグルトソースもよくあう。

あるいはローストした野菜が冷めるまで待って、オイルベースのドレッシングをかけてもいい。残ったロースト野菜をサラダに入れるという手もある。私が好きなのは、ルッコラなどのぴりっとした葉にローストしたかぼちゃをのせて、細かく刻んだ塩レモンと、あれば何かシードスパイスをそのうえに散らしてから、質のよいオイルとレモンか酢と塩のドレッシングであえたものだ。ローストしたニンニクをドレッシングに加えればさらにおいしくなる。

残ったロースト野菜はスープにすることもできる。（たとえば、211ページのかぼちゃとココナッツのスープ）。みじん切りにした玉ねぎとニンニク1片を炒めてから、ロースト野菜を加え、野菜ブイヨンを注ぎ、好みでココナッツミルクを入れる。これを煮立てて野菜がじゅうぶんにやわらかくなってから、ブレンダーにかける。塩胡椒で味つけし、酸味が欲しければレモンをしぼる。オリーブオイルを垂らし、ヨーグルトをひとすくい落して召しあがれ。

4 焦がす

私はふたつの理由でIHを使わない。ひとつは火力を目で見て確かめたいから。もうひとつは、茄子や玉ねぎなどの野菜をあぶるときに炎が必要だから。言わなくてももうおわかりかもしれないが、直接火であぶった野菜にはヨーグルトソースが合うので、ぜひ試してもらいたい。

5 蒸し煮《ブレゼ》する

ブレゼとは炒めてから蒸し煮にすることを言う。つまり2工程からなる。『ガーディアン・クック』のコラムニスト、レイチェル・ロディからは、ゆでてからソテーする方法を教えてもらった。材料は、ゆでるだけでおいしいという野菜ならなんでもいい。たっぷりと塩を入れた水でゆでてから、質のよいオリーブオイルとニンニク1片で静かに炒める。ブロッコリ、ロマネスコ、カリフラワー、フェンネル、ズッキーニなどには、このやりかたが最適だ。ある意味、カレーの作り方もブレゼと言えるのではないか。スパイスと玉ねぎ、ニンニクなどの材料を炒めてから水分を加えて煮込むのだから。シンプルなカレーの作り方は次のとおり。クミンとコリアンダーとオニオンシードをそれぞれ小さじ1ずつフライパンに入れて弱火で乾煎りし、香りをたてる。オイルを加え、刻んだ玉ねぎ、みじん切りにしたニンニクと生姜を入れ、さらに小さじ1のガラムマサラかカレー粉、同じく小さじ1のすり潰したターメリック、塩を加える。好きな野菜を入れて炒める。大さじ1のトマトペースト、ココナッツミルク1缶、レモンかライムのしぼり汁を加える。沸騰させて、野菜に火が通るまで煮込む。一度冷ましてからあたためなおしたほうがおいしい。白米といっしょに盛りつけ、ヨーグルトとチャツネを添えて出来上がり。

ビーツカレー

これはプリンスのように紫を賛美する料理で、食べたらきっと踊りたくなるはず。とはいえ、プリンスと違って驚くほど単純で、信じられないくらい簡単に作ることができる。ビーツは豊かな風味が持ち味。すりおろせば料理も短時間ですむ。最後にビーツを入れるまで、かかる時間はわずか15分。私はこの料理をダール〔訳注：レンズ豆のスープ〕といっしょに食べるのが好きだ。どちらもサイドディッシュだが、組みあわせると完璧な食事になる。最後にプレーンヨーグルトを落として仕上げてほしい。

材料（4～6人分）

- 固形ココナッツオイル……大さじ2
- マスタードシード……小さじ1

- クミンシード……小さじ1
- 玉ねぎ……2個（みじん切り）
- ニンニク……3片（みじん切り）
- 生姜……4センチ分（すりおろす）
- 乾燥唐辛子フレーク……小さじ1／2
- ビーツ……大きなものを2個（粗くすりおろす）
- すり潰したカルダモン……小さじ1／2
- すり潰したクミン……小さじ1
- ガラムマサラ……小さじ1
- すり潰したターメリック……小さじ1
- 塩、胡椒

❶深さのあるフライパンか厚底のソテーパンにココナッツオイルを入れて弱火から中火にかけ、マスタードシードとクミンシードを入れて数分炒める。シードがはじけて香りがたちはじめる。

❷玉ねぎ、ニンニク、生姜、唐辛子を加え、中火でさらに数分炒める。

❸ビーツと残りのスパイスを加え、よくかき混ぜる。ビーツに火が通ってスパイスがなじむまで、中火のまま3分ほど炒める。塩胡椒で味を調え、ライスとヨーグルトといっしょに盛る。あるいはほかのカレーといっしょに並べてもいい。

ビーツとフェタチーズのサラダ

フェタチーズはよく使う。ローストした野菜に砕いてかけることが多い。ビーツやパースニップ〔訳注：セリ科のにんじんに似た根菜〕やにんじんなどの根菜が持つ自然な甘さはおいしいが、単調ですぐあきてしまう。フェタチーズはそこにさわやかさと塩気を足してくれる。山羊のチーズならほかのものでも合うはず。ディルはお店でその都度買うが、レシピにあるほかの材料は常備している。ディルを加えるのはハーブ好きならではだが、主張の強いディルの香りはビーツの甘さとフェタチーズの塩気と実によくマッチする。

材料

- ビーツ……中くらいの大きさのものを4~5個
- エクストラバージン・オリーブオイル……大さじ2
- ワインビネガー（赤でも白でも可）かシェリービネガー……大さじ1
- フェタチーズ……適量（砕いてぽろぽろにする）
- ディル……1束（刻む）
- 塩、黒胡椒

❶大きな鍋にビーツを入れ、かぶるくらいに水を入れる。一度沸騰させてから火を弱め、やわらかくなるまでゆでる。お湯を捨てて冷まし、皮をむく。

❷ビーツを適当に刻み、オリーブオイルとビネガーであえ、塩胡椒で味を調えてから、フェタチーズとディルを散らす。

ロマネスコのアンチョビパン粉がけ

この料理はカリフラワーでもブロッコリでもできるが、ここはぜひ、とんがった花蕾がぎっしりつまって見た目はちょっと恐ろし気な緑色のロマネスコを使いたい。パン粉をかける前にオリーブオイルを使うかどうかは、ほかのメニューとのバランスを考えて決めればいいが、野菜とオリーブオイルとレモン汁の組みあわせは最強だと思う。

材料（2〜4人分）

- ロマネスコ……1個（小房に分ける）
- レモン汁……1個分
- エクストラバージン・オリーブオイル……適量（お好みで）
- 塩

アンチョビパン粉

- エクストラバージン・オリーブオイル……大さじ2
- アンチョビフィレのオイル漬け……1／2缶分（25gくらい）　そのオイル……大さじ1

- 乾燥唐辛子フレーク……ひとつまみ（私のお気に入りはトルコのプルビベル）
- 無農薬レモン……1個（皮をすりおろす）
- パン粉……40g

❶大きな鍋に水を張り、塩をたっぷり入れて沸騰させる。分けたロマネスコの小房のうち大きなものを先に入れ、1、2分後に小さいものを入れる。ナイフを入れるとすっと入り、抜くと鍋のなかにころんと落ちていくくらいになるまでゆでて、お湯を捨てる。

❷ロマネスコをゆでているあいだにアンチョビパン粉を作る。オリーブオイルとアンチョビのオイルの両方をフライパンに入れて温める。唐辛子とアンチョビフィレを入れて1分炒め、そこにレモンの皮とパン粉を加えてカリカリになるまで数分炒める。

❸ロマネスコの水気を切り、レモン汁を入れ、好みでオリーブオイルを垂らし、アンチョビパン粉の半分を入れてあえる。皿に盛りつけ、残りのパン粉を散らす。

カリフラワーの丸ごとロースト

友だちのロージー・バーケットがこれを作ってくれたおかげで、カリフラワーを見下していた私のボーイフレンドはすっかり心を入れ替えて、カリフラワーをあがめるようになった。しかも、めったに肉を料理することのない我が家の食卓風景に新しい風を吹きこんでくれた。ステーキのように切り分けて、ソース――243ページのニンニク・ヨーグルトソースや294ページのタラゴン入りアボカドディップなど——を添え、じゃがいもかライスとにんじんで飾れば、見栄えのする主役になる。マーク・トウェインは「カリフラワーは大学教育を受けたキャベツにすぎない」と言ったが、私としては最優等学位を授与したい。

材料

- カリフラワー……1個
- エクストラバージン・オリーブオイル
- 海塩

❶オーブンを200℃に予熱する。カリフラワーの葉を取り、下から芯をくりぬく（半分にしたピンポン玉のような形の芯がとれる）。こうすることで固い茎もほかの部分と同じように火が通る。

❷オリーブオイルを全体に行き渡るようにかける。天板にのせて塩を多めにひとつまみ振る。

❸オーブンに入れ、1時間から1時間半焼く。上が黄金色になればだいたい火が通っているはず。茎は少し歯ごたえが残るくらいがいい。ステーキっぽくカットして盛りつける。

❹ほかには、カリフラワーを生の状態で先にカットして、少し蒸して軽く火を通してからオリーブオイルを垂らして焼く、という方法もある。

かぼちゃとココナッツのスープ

かぼちゃはそれだけだと甘さがしつこくて飽きてくることがある。嫌いではないが、何かを足したいと思うことが多い。このレシピのように、柑橘類と生姜をいっしょにローストすると、ココナッツミルクに入れる野菜に、食欲を刺激する風味が加わり、奥行きのある味になる。ヨーグルトを落として召しあがれ。

材料（4〜6人分）

- バターナッツかぼちゃ……1個（皮をむいて種をとりのぞき、角切りにする）
- エクストラバージン・オリーブオイル……大さじ4
- 海塩……多めにふたつまみ
- 固形ココナッツオイル……大さじ2
- 生姜……4センチ分（みじん切り）
- ライム……1個（汁をしぼり、皮はすりおろす）
- 蜂蜜……小さじ1
- 玉ねぎ……1個（みじん切り）
- ココナッツミルク（400g入り）……1缶
- 野菜ブイヨン……500ml
- 黒胡椒

●ヨーグルト（仕上げ用）

❶オーブンを200℃に予熱する。耐熱性の容器にかぼちゃを並べ、大さじ3のオリーブオイルをかけて、塩を振り、全体にいきわたるように軽くまぜあわせる。オーブンに入れて25分焼く。

❷オーブンから容器を取り出し、ココナッツオイル、生姜、ライムの皮、ライムのしぼり汁、蜂蜜をかけてあえ、オーブンに戻してさらに10～15分、かぼちゃがやわらかくなるまで焼く。

❸かぼちゃを焼いているあいだ、フライパンに残りのオリーブオイルをあたため、玉ねぎを入れて軽く色づくまで炒める。大きなソースパンに移し、ココナッツミルクと野菜ブイヨンを加える。

❹オーブンからかぼちゃを出し、ソースパンに入れる。中火で一度沸騰させてから火からおろし、ハンドブレンダーにかける。仕上げに黒胡椒をたっぷり振って、ヨーグルトを落として出来上がり。

カポナータ

この甘酸っぱいシチリア伝統の一品は、ほかの野菜料理と違って容易に主役を張れる。（たぶん茄子のおかげだと思う）。私のレシピはかなりオーソドックスだが、ほかとは違ってハリッサを足している。たまたまトマトペーストがなかったときに入れてみたら、ぴりっとした心地よい辛さが加わっておいしかったのだ。正統なレシピとは言えないが、シチリアと北アフリカの距離を考えれば目くじらをたてることもないだろう。私はこの味が好きだが、もし、もう少しマイルドにしたければ、酢と砂糖は大さじ1ずつにするとよい。

材料（4〜6人分）

- エクストラバージン・オリーブオイル……大さじ6
- 茄子……2〜3個（角切りにする）
- 玉ねぎ……2個（粗くみじん切り）
- セロリ……2本（粗くみじん切り）
- 乾燥オレガノ……小さじ1
- トマトピューレ……大さじ1
- ハリッサ（あれば）……大さじ1
- 種を取ったオリーブ……ひとつかみかふたつかみ
- ケイパー……大さじ2
- ワインビネガー（赤でも白でも可）……大さじ2
- 砂糖……大さじ2
- 塩、黒胡椒

❶大きなフライパンにオリーブオイル大さじ2をあたためて、茄子を入れて塩をひとつまみ振

る。茄子に焼き色がつき、外側が崩れてくるまで炒める。必要ならオリーブオイル（大さじ2くらいまで）を足しながら炒める。火からおろす。

❷厚底のソースパンに残りのオリーブオイルを入れて、弱火から中火にかけ、玉ねぎ、セロリ、オレガノを入れ、10分ほど炒める。

❸残りの材料を入れてよく混ぜ、火を小さくしてふたをする。ときどきかき混ぜながら30〜40分火を通す。焦げつきそうだったら、少しだけ水を足す（たくさん入れないこと。ゆるいソースになってしまうので）。

焼き茄子とニンニクとクルミのディップ

この甘い焼き茄子とニンニクの組み合わせを口にすれば、思わず踊りだしたくなるかもしれない。これを作るには、ガスレンジか直火で調理できる器具が必要。

材料（4人分）

- 茄子……2本
- クルミ……100g
- スモークしたニンニク……1片
- エクストラバージン・オリーブオイル……大さじ2＋少量（仕上げ用）
- ザクロシロップ……小さじ2

- レモン汁
- 塩……多めにひとつまみ
- ディル……多めにひとつかみ
- ザクロの種（あれば、仕上げに）

❶茄子の上部にフォークなどを突きさす。直火にかざし、ときどき当たるところを変えながら10分ほど焼く。次第に皮が焦げてくる。そのうちなかから蒸気が出てきて、皮が裂けてくるはず。全体が黒くなり中身がやわらかくなったら、火からはずし、まな板へ。上部を切り落とし、縦半分に切る。

❷クルミを砕き、フライパンで軽く乾煎りする。焦げやすいので目を離さずに、フライパンをゆすりながら煎ること。

❸茄子が触れるくらいに冷めたら、皮をむく。焦げた皮が残らないようになるべくきれいにむくこと。ざるに入れて5〜10分ほど放置し、余分な水気を切る。

❹水気を切った茄子、スモークしたニンニク、オリーブオイル、ザクロシロップ、レモン汁、塩をミキサーに入れてかける。中身をボウルに移し、乾煎りしたクルミとディル入れて混ぜる（クルミとディルは飾り用に少し取りわけておく）。オリーブオイルを垂らし、クルミとディル、あればザクロの種を飾り、トーストを添えて出す。

サヤインゲンのトマト煮込み

こういうソースと豆――あるいはほかの野菜――を合わせるなら、歯ごたえを残すような煮込み方をしてはいけない。食材には火を通すのに最適な時間というものがあるが、この料理の場合、サヤインゲンはワインの風味豊かな深紅のソースのなかで、垂れたウサギの耳のようにくたっとなっていてほしい。温かいうちに食べてもおいしいが、翌日、冷たくしたものをパンと、サラダやチーズを添えていただけばもっとおいしい。

材料（4人分）

- エクストラバージン・オリーブオイル……大さじ4
- 玉ねぎ……1個（半月切り）
- ニンニク……2～3片（みじん切り）
- プラムトマトの水煮缶（400g入り）……1缶
- サヤインゲン……300g（両端を落とし、半分に切る）
- 辛口の白ワイン……グラス1杯
- ワインビネガー（赤でも白でも可）……小さじ1／2
- レモン汁……1／2個分＋少量（仕上げ用）
- すり潰したシナモン……小さじ1／2
- ディル……ひとつかみ（刻む）

- 塩

❶ソテーパンにオリーブオイルを入れて弱火にかける。玉ねぎとニンニク、塩を少し入れて、色づくまで10分ほど炒める。
❷トマトを加えて崩しながらよく混ぜる。さらに5分煮る。
❸サヤインゲンを入れて、トマトソースによくからませてから、ワイン、ワインビネガー、レモン汁、シナモンを入れて沸騰させる。火を弱めて、ふたをして45分から1時間ほど煮込む。塩とレモン汁で味を調え、刻んだディルを入れて混ぜてから、盛りつける。

サヤインゲンのカレー炒め

カレーリーフの香りは移りやすく、豊かな風味を約束してくれる。その持ち味を生かしたいので、私はシンプルに使う。リーフをオイルに浸してじゅうぶんに風味を移し、さらにそこに唐辛子の辛さとライムの刺激とニンニクの香りを追加して、すべてをインゲンにからめるようにしたい。

材料（2～4人分）

- サヤインゲン……400g（両端を落として3つに切る）
- 固形ココナッツオイル……大さじ山盛り1
- ニンニク……2片（みじん切り）

● カレーリーフ……10枚
● 乾燥唐辛子フレーク……小さじ1／2
● ピーナッツ……150g　乾煎りして砕く（お好みで）
● ライム……1個（汁をしぼる）
● コリアンダー……ひとつかみ（ちぎる）
● 塩

❶塩をたっぷり入れて沸かしたお湯に、サヤインゲンを入れてやわらかくなるまで4〜5分ゆでる。お湯を捨て流水にさらしておく。
❷フライパンにココナッツオイルを入れて中火にかけて溶かす。ニンニク、カレーリーフ、唐辛子フレーク、サヤインゲンを入れて3〜4分炒める。インゲンのところどころが膨らんできたら、取りわけ用の大皿に移す。
❸ピーナッツを使うのであれば、フライパンで乾煎りして砕く。
❹サヤインゲンにライムのしぼり汁、コリアンダー、塩、ピーナッツを入れてあえて、出来上がり。

サヤインゲンの味噌炒め

ときどき、ルイスにある〈生野菜〉という農場から野菜ボックスを取り寄せている。イギリス人夫と日本人妻が経営している農場で、イギリス南部の気候にあった日本の野菜——蕪、大根、水菜、シソ、ゴボウ、かぼちゃ、ニラなど——が送られてくる。これらの野菜が手元に届いたときには、日本の味つけをして食べることにしている。日本の味を本格的に追求したいからではない。ごく普通の野菜が、日本の味つけをすることでまったく別のものに変わってしまうところが面白いからだ。

サヤインゲンも、残ったニラとシソ（どちらもなくても可）といっしょに試しに味噌で味つけしてみた。いまでは定期的に作っている。理由は、ひとつには、味噌と醤油はいつも手元にあるから。それからもうひとつ。サヤインゲンが大好きだから！

材料

- サヤインゲン……約300g（両端を落とす）
- バター……大さじ1
- ニンニク……1片（みじん切り）
- 味噌（赤味噌でも白味噌でも可）……大さじ1
- 醤油……大さじ1
- レモン汁……1／2個分
- 塩
- ニラ、シソ（刻む）（仕上げ用。どちらもなくても可）

❶大きなソースパンに水とたっぷりの塩を入れて沸かし、サヤインゲンを入れて、やわらかく

なるまで4~5分ゆでる。お湯を捨てて、置いておく。
❷フライパンにバターを入れ、弱火から中火にかけて溶かし、ニンニクを加えて1分ほど火を入れてから味噌、醤油、レモン汁を加える。よく混ぜる。味噌が固いようだったら、小さじ1のお湯を足す。
❸火を強めてサヤインゲンを入れる。ざっと炒め合わせてから、取りわけ用の大皿に盛り、仕上げに刻んだニラとシソを散らす（ニラとシソはどちらかでもいいし、両方使わないならそれでも可）。

赤キャベツとリンゴの煮込み

もし、1年を通じて新鮮な食材が手に入る地域——たとえば地中海沿岸——に暮らしていたら、食事の支度で問われるのは、料理の腕よりも、素材の持ち味を生かすためになるべく手を加えずにどう組みあわせるかという直感力なのだろう。ところがイギリスでは、野菜は手助けが必要だと思われている。冬にはじゃがいもとキャベツだけではなく、いろいろな種類の野菜が食べたいと思うこともあるけれど、北ヨーロッパの気候による制約のおかげで、畑で何も取れないときに備えて保存食が豊富に作られるようになったことは感謝している。保存食がなければ、この甘酸っぱい伝統の一品は存在していなかったかもしれない。

これは母方の祖母がよく作っていた二品のうちのひとつだ。もう一品はキジのローストだった。どちらも、母が子どものころの食卓によくいっしょにのぼったという。祖母は年を取るにつれて次第に料理をしなくなり、とくに1980年代に祖父と離婚してからはその傾向が顕著になった。

祖母の食事で私が覚えているものといえば、マークス&スペンサーのビスケットと出来合いのカナッペくらいしかない。だから、祖母がキジのローストとこの甘酸っぱい料理を家族のために作っているところを想像すると、温かい気持ちになる。この料理は酢と砂糖を最低でも大さじ3ずつ使う。私は好きだが、好みで調節してほしい。

材料（6～8人分）

- オリーブオイル（炒め用）
- 玉ねぎ……1個（みじん切り）
- 赤ワイン……グラス1杯
- リンゴ……1個（皮をむかずに小さな角切りにする）
- 赤キャベツ（中）……1玉（千切り）
- 赤ワインビネガーとブラウンシュガー……同量ずつ（お好みで）
- 野菜ブイヨン……200ml
- 塩、黒胡椒

❶厚底のソースパンにたっぷりとオリーブオイルを入れて火にかける。玉ねぎを入れて透きとおるまで炒める。

❷赤ワイン、リンゴ、キャベツ、赤ワインビネガー、ブラウンシュガーをそれぞれ半量ずつ加えて、よく混ぜる。続いて残りの半量も同じようにする。

❸ブイヨンを注いで一度沸騰させてから、火を弱め、ときどきかき混ぜながら30分ほど煮込む。キャベツはくたっとして、鮮やかな紫色になる。塩胡椒をする。
❹酸味か甘味が足りなければ、赤ワインビネガーか砂糖を足して、好みの味に仕上げる。

にんじんとベーコンの炒め物

これも子どものころによく食べた一品で、いまでも口にするたびに、祖母の家で過ごした日曜日のランチを思い出す。レシピの分量は厳密にとらえないで、だいたいのところで作ってほしい。あらかじめ作っておいてしばらく味をなじませれば、さらにおいしくなる。叔母のメアリーの言葉を借りれば、「作りすぎたっていいじゃない。いくら食べてもおいしいんだから!」

材料(4〜6人分)

- バター……小さなかたまりをひとつ
- オリーブオイル(炒め用)
- 玉ねぎ(白か黄色)……1個(みじん切り)
- ベーコン……数枚(細かく刻む)
- にんじん……6本(0・5センチ角に切る)
- 塩、黒胡椒

❶フライパンにオリーブオイルとバターを入れて火にかけ、玉ねぎとベーコンを入れて、色づくまで炒める。

❷にんじんと塩をひとつまみ、水を少量加えて、混ぜてふたをする。にんじんがやわらかくなるまで数分火にかけておく。黒胡椒を振って仕上げる。食べる前にしばらく置いておくとさらにおいしくなる。

執着心

……女の子のほうは、毎回、〝アレルギー〟反応を示す子が少なくとも16人はいた……彼女たちのお母さんが一時的な流行に流されて特定の食べ物を嫌悪しているのを見て、食べてはいけないものだと思うようになったのだろう。

——ガブリエル・ハミルトン『Blood, Bones & Butter（血と骨とバター）』

身体にはその人が育った家庭の歴史が刻まれている。

——スージー・オーバック『Bodies（ボディーズ）』

とにかく、いつも食べ物のことを考えている。朝、目が覚めるとまずそのことを考え、身支度をして仕事に行く準備が整うころには、その日一日、どこで何を食べるかは決まっている。そういう作業は楽しくもある。食べることだけではなく、そこにいたるまでの行程も大好きだから。食材を買うこと。料理すること。もちろん味見も。食べるものがどこから来たのか知り、理解したいとも思っている。どの国のどの地方で作られたのか。どういうレストランで、どんなシェフなのか。どんな畑で育ったのか。それから、この本を書いていることが物語っているように、食の文化的な側面や食べ物にまつわる家族や個人の話にも興味がある。

そんな私にとって、空腹は恐怖以外の何物でもない。身体が食べるものを要求しているときにそれにありつけないなんて。心穏やかに過ごすためには、次の食事はつねに決まっていなければならない。母によれば、私がここまで恐怖を感じるのは、赤ちゃんのころの出来事に原因があるかもしれないとのこと。夜泣きがひどかった私に、母は睡眠不足で疲れ果て、医者のところに連れていったという。医者は私の毛髪を検査し、乳製品、小麦、ほとんどの果物を食べさせないように、と言った（禁止されたものは、私が食べていたほぼすべてのものだった）。母の言葉を借りれば、私は飢え死にしかけたらしい。豆乳、米粉のお菓子、マッシュしたアボカドなどを与え、好きにさせようと数カ月がんばったが、私の夜泣きはいっこうにおさまらなかった（たぶん、お腹が空いていたから）。母はついにあきらめ、私はふたたび普通の食事にありつけるようになった。

このエピソードを聞いて驚いたが、同時に、子どものころ、お腹がすくのを恐れて満腹になっても食べ続けた理由がわかったような気もした。次にいつ食べられるかわからないうちにお腹がすいたら困るから、たくさん食べておこうという私の食習慣の起源が、自分の記憶のない時代にさかのぼるというのは面白い。いまでもおなかが空くと、自分の感情をどうコントロールしたらいいのかわからなくなっていらいらする。

そんな私なので、人々がときどき言う「今日、ランチ食べるの忘れちゃった」というセリフは、まったく理解できない。え？　食べるの忘れる？　どうしてそんなことができるの？　おなか鳴るでしょう？　誰かがランチ食べているところを見るとか、においをかぐとか、あったでしょう？　そしたら、自分も食べたくならない？　ランチ食べなかったら午後は力が入らなくなるよね？　お茶とビスケットが欲しいな、と思わない？　こうして私の頭のなかは、答えの出ない問いでいっぱいになる。

私の場合、冗談交じりに「食い意地が張ってるのは仕事上必要だからよ」と言うこともできるし、ジュリア・チャイルドの「食べるのが好きな人に悪い人はいない」というセリフを引き合いに出すこともできる（実際に私もそう思っている）。必要以上に食べ物のことを考えているのも、私の職業を考えればそれほどおかしなことではないだろう。胃袋の欲求には素直に向き合って、きちんと食事をとっている。これまで一度も摂食障害などを患ったことはない。私の食への執着はヘルシーなものだ……と思う。

実は、確信はない。そもそも〝ヘルシーな執着心〟というものはないだろう。執着という言葉が示すのは、バランスを崩したゆがんだ考えなのだから。ここ2年のあいだ、数え切れないほどの数のブロガーから売り込みの連絡をもらった。主に「ヘルシー」で、「クリーン・イーティング」［訳注：加工食品を避け、できるだけ自然に近い食材を取ろうとするライフスタイル］を実践しているという若い女性たちからだ。こちらから連絡を返したことはほとんどない。若い女性たちがこうした料理への情熱を広めようとする活動に意味がないと思うからではない。ヘルシーな食事は記事にならないと思うからでもない（もちろん、なる）。ただ、それが本当に「ヘルシー」なのかどうか確信がないからだ。

私としては、「クリーン・イーティング」という流行が、若い女性たちの食への執着に変化を起こしているのではないかという気がして、そちらのほうが気になる。極端なこだわりが肯定され、特定の食品群（小麦、グルテン、乳製品、肉、砂糖、炭水化物、加熱した食品など）を避けたり、自己診断でアレルギーだと言うことにお墨つきを与えることで、苦悩を伴う食との関係を正当化しているように見えるからだ。「クリーン・イーティング」という名前もどうかと思う。ケールやアボカドやキヌア以外のものを食べることはクリーンではない、とほのめかすことにならないだろうか。「クリーン・イーティング」という考え方は、フード業界のなかでヘルシーさを売りにする分野を成長させ、大金を生み出す一方で、矛盾するメッセージを送っているように見える。

スージー・オーバックに会ったとき、彼女から食べすぎを防ぐための簡単な方法を教えてもらった。いわく、お腹がすいたら食べて、お腹がいっぱいになったらやめる。それまでそんなふうに考えたことは一度もなかった。子どものときは空腹になることがないように、食事どきにはとにかく食べた。おてんば娘で通っていたので大食いと言われても気にならなかった。だが、いま思えば、おてんば娘というのは大食いを正当化する便利な称号だったのだろう。一般的には、男の子がたくさん食べると、その食欲は好ましいものとされ、「どんどん食べて大きくなれよ」などと言われたりする。ところが、女の子が何回もお代わりをすると、「この子は食い意地が張っている」などと言われる。まるで女の子の身体は大きくならなくてもいいかのような言いぐさだ。男の子のようにふるまうことは、私にとって、好きなものを好きなだけ食べるためのすべだったのかもしれない。当然の結果として、私は太った。公園で遊んでいるうちは、身体が大きいことは強くて元気な印だとして気にしなかったが、それもティーンエイジャーになるまでのことだった。いつのまにか、スリムな身体がもてはやされるようになっていた。

とつぜん、私は、食べているところを見られることに耐えられなくなった。自分の大きな身体が恥ずかしくなり、私が食べているところを見た人は、ああ、だからその身体なのか、と思うんじゃないかと思うようになったのだ。私は人前で食事をすることをやめた。朝、食べられるだけ食べて、学校では食べないで過ごし、ダッシュで帰ってきて、ソリーンのモルトローフ［訳注：麦芽エキスで作る甘い菓子パン］にかぶりついたりした。あのころの私は食べ物のことばかり考えていた。それもお腹が空いているか、食べすぎて自己嫌悪を陥っているかのどちらかだった。こうした極端な姿勢は、そのときは意識しなかったが、典型的なティーンエイジャーのものだった。オーバックはその著書『Bodies』のなかでこう述べている。「（ティーンエイジャーの女の子には）食欲と満腹感という概念がない」食と体形に因果関係を見出す形で食に執着する姿勢は、とくに女の子に顕著に見られるものだ。おそらく母親その他のロールモデルから受け継ぐのだろう。

「Man v. Food」［訳注：番組のホストがレストランを訪れて大食いにチャレンジするリアリティーショー］というテレビ

番組は、男は肉と脂をもりもり食べるべきだ（サラダは女の子っぽいので、それほど推奨しない）という考えを後押ししているように見える。と同時に、それは一般に思われている女性の食べ方というものとは対極をなしているように見える。家庭の食卓を囲むときも、フード業界においても、女の子と男の子は違うものとして扱われているのは間違いない。

子どものころ、兄と比べて食べ方に違いがあったかと訊いたとき、母はこう言った。「おにいちゃんのほうが執着心が強かったわね」ちょっと意外だった。執着心が強いのは女の子のほうだと思っていた。母が言うには、多くの男の子がそうであるように、兄も好き嫌いが激しかったが、子ども時代を通じてずっと食べたり、飲んだりしたものがあった。それがないと大騒ぎをしたので、兄の希望はいつも満たされた。兄はいつもジュースを入れるプラスチックのカップをロザリオのごとく持っていた。チキンナゲット、小さなバニラケーキ、チョコレート・ヨーグルトが大好きで、我が家にはいつもストックがあった（出されたものを素直に食べていた自分は損をしていたような気がする）。兄には同じような友だちが何人かいた。ひとりはピーナッツバターのサンドイッチしか食べず、別の子は他人が作ったものは食べないので、遊びに来るときにはいつも自分の夕食を持参していた（腹立たしく思ったのをよく覚えている。母のご飯を拒絶するなんて！）パートナーのフレディも、いまでこそ好き嫌いはない（きゅうりをのぞく）が、ドミノピザばかり食べていた時期があって、クレジットカードの明細書を見て驚いた母親にとめられたことがあるという。13歳のフレディは3カ月で60枚のピザを食べたらしい。

私にこだわりがあったらこんなふうに通っただろうか、と考えずにはいられない。男の子の親というのは、（おそらく無意識のうちに）食卓で気を配っているのではないだろうか。たくさん食べるように言い、栄養にならないようなものでも食べていいと許す。男の子は食べ物を称賛しながら育ち、特定のものへの執着も好ましく語られる（フレディとピザのように）。そういう時期があることを許されているのだ。しかし、女の子は違う。たくさん食べることを食い意地が張っていると見なされたり、食べる量や食べるものでとやかく言われたりすることで、食べることに対する罪悪感や抵抗感を覚えるようになる。男性の食への執着は肯定から生まれるのに対して、女性の食への執着は、多くの場合、否定から生まれているのではないだろうか。

食べることで人は成長する。身体を大きくし、ひいてはこの世界でより大きな存在にしている。そう考えれば、男性に食べるようすすめることは、もっと大きな存在になるように後押ししていると言える。一方、子どものうちからより少なく食べるように、とプレッシャーを受けて育つ女性は、成長と縮小という矛盾とともに生きることになる。

インタビュー

スージー・オーバック

スージー・オーバックはパネトーネ［訳注：イタリアでクリスマスに食べるドーム型の菓子パン］を私とは違う切りかたでカットする。普通のパンのようにスライスしている。もし私が家で書きものをしながらそれを食べるとすれば、きっとケーキのようにくさび形にカットして食べてから、その日一日、切り取ったあとのくぼみに手を伸ばしては、焼きこまれたドライフルーツをつまみ出して口に運んでいただろう。オーバックの切りかたには意表を突かれたが、そのほうがどれだけ食べたかよくわかる。次回からは私もそうしようと思う。

とはいえ、オーバックの研究のことを多少なりとも知っている人なら、大切なのは食べる量を測ることではないと察するだろう。彼女の著作すべてに共通するテーマ——マントラと言ってもいい——は、食欲と満腹感の因果関係だ。「食べてもいいんですよ」とオーバックはパネトーネをトーストして、戻ってきて言った。「お腹がすいたときに食べて、お腹がいっぱいになったらやめるのであればね」つまり、パネトーネの切りかたは問題ではないし、一切れをどのくらいの大きさにすればいいのかと考えても意味がないということだ。慎重に大きさを測ったパネトーネを口に運んだとしても、大切なのはじゅうぶんに食べたと自覚すること。パネトーネを食べたいという欲求を意識し、食べ、満たされたことを認識する。これがオーバックの本に書いてあることだ。単純なことのように聞こえる。実際、単純な話だ。ただし、簡単ではない。

私はロンドン北西部のハムステッドにあるオーバックの住居兼診療所にいる。すぐ近くには、フロイトが晩年を過ごした家があり、患者をすわらせたという有名な長椅子もそこにある。おそらくロンドンでもっともセラピストが集中している地域だろう。オーバックは8年前にここで開業したが、それ以前からずっとこの地域に住んでいる。サイコセラピストとしてカウンセリングにあたりながら、現在は13冊目の本を執筆している。ダイアナ妃のセラピストとして、摂食障害を公表する決意をさせたことでも有名だ。そのキャリアを通じて、増え続ける食にまつわる問題に取り組んでいる。女性に多い問題だと思われているが、必ずしもそうではない。彼女によれば、カウンセリングに訪れる人のうち女性は65パーセントくらいだと言う。「私が診る人のほとんどは食べることについて何かしらの問題をかかえていますす。といっても、食べ物の問題を訴えてここに来る人はほとんどいません。セラピーのなかで、自分の身体とのつきあいかたに問題があることが自然と浮かびあがってくるんです」

オーバックの理論は、最初は腑に落ちないものが多い。たとえば、1978年に刊行された『Fat is a Feminist Issue』(『ダイエットの本はもういらない』落合恵子訳、飛鳥新社)では、体重を落としたい、痩せたいと思っているのに食べずにはいられないという女性は、本人は意識していないが、男性社会で自分の場所を確保するために大きな体になりたいと願っているという。最初にこれを読んだとき、面白いとは思ったが、共感はできなかった（まさにずっと食べすぎてきた人間なのに）。『Bodies』（2010年）では、21世紀において、スリムな体形を異常なまでに求める傾向は、「西側が得た豊かさの結果であり、豊かさのなかでその対極にあるものを見せなければならないという思いのあらわれである」という。これも最初はよくわからなかった。フィッシュ・アンド・チップスをやめてサラダを頼むとき、あるいはジョギングに出かけるとき、西側の富について考えたことはない。ただ痩せたいだけだ。

だが、これは重要なことだが、自分の欲求の源をはっきりと認識していれば、その欲求はコントロールしやすくなるだろう。空港で待ち時間にオーバックの『Bodies』を読みながら、パネトーネにひっきりなしに手を伸ばしていたら、気づいたら外側の皮だけになっていた、というような事態は避けられるはず（そう、実体験。お恥ずかしい限り）。サラダやジョギングはパネトーネの食べすぎと表裏の関係にある。つまり、食欲の手綱を握り、空腹を無理やり押しやり、罪の意識を持つことなく、自分の身体的特徴を傷つけようとしている。第一印象で判断される世界では、体形はセルフコントロール力を示すシグナルとなる。太っていれば失敗、痩せていれば成功。そう考えれば、少しわかってきたような気がする。

オーバックは1946年、ユダヤ人の両親のもとに生まれた。父親は労働党の議員で、アメリカ人の母親は教師だった。パネトーネが入っていた〈リナ・ストア〉の袋を見てオーバックが喜んだのは、ソーホーにあるイタリア食材を扱うそのデリが、母親のお気に入りの店だったからだ。母親は食べ物にはそれなりにお金を使う人だったという。ニンニクと玉ねぎをたっぷり使うなど、当時のイギリスにはあまりない味の料理を好んで作った。キッチンにはアーティチョークのような異国の素材がいつも常備されていたが、その一方で、冷凍食品、とくに豆の冷凍食品が登場したときには大喜びしていたという。鶏を料理するときには、絞めた鶏の体内にある卵のほうを目当てにしていた。この卵黄を使うと、最高においしいチキンストックができたからだ。「ユダヤ流の高級コンソメね」とオーバックは言う。

子どもたちのランチには、ライ麦パンにサラミやレタスなどをたっぷりはさんだニューヨーク・スタイルのサンドイッチを作ってくれたが、オーバックも兄も学校に行く途中で捨てた。学校のほかの子たちが食べているものと同じものが食べたかったからだ（オーバックが母親になったとき、子どもたちはまったく同じことをした。オーバックが作るランチに入っているブドウの葉やファラフェル［訳注：すり潰したヒヨコ豆とスパイスを混ぜて揚げたコロッケのようなもの］よりも、マークス・アンド・スペンサーのチキンの串焼きがいいと言うのだった）。子どもたちは、自分の身体が欲するものよりも、社会的に求められるものを優先しているように見え、心と身体意識のあいだに溝があることをうかがわせる。

オーバックの実家には、当時の栄養学では重視されていたパンもじゃがいもも米もなかった。反抗心のあらわれだった。母親はメイヨー・クリニック・ダイエット（*）（卵とグレープフルーツばかり食べるダイエット法）を試したかと思えば、夜中に戸棚に隠してあったチョコレートをあさるといった行動を半年ごとに繰り返した。オーバックは家のなかに「食に対する狂気」があったと言う。母親は食べることと食べないことの両方にとりつかれていた。食べないことで食べる行為を罰していたのだろう。私はそのことについて問いただしたことはあるかと訊いてみる。彼女は私をじっと見つめて言う。「私は、神なんていない、と口にするような左翼的な家庭で育ちました。そんな子が教会学校に行けば、当然、疑問に思うことが次から次へとわいてくるわけです。だから、いつも議論を戦わせていました。私はそういう人間なんです」

そして、彼女はいまでもそうしている。オーバックは2010年、ルイーズ・アイケ

* アメリカのメイヨー・クリニックの名を付したダイエット法で、フルーツと野菜を基本にしているが、ほかの食品（炭水化物、砂糖、脂肪、タンパク質）も含めてピラミッド状に構成されているので、ほかの食品も少ない量ながら食べることができる。目指すところは、たとえばテレビを観ながら食べるといった悪い習慣を、運動するなどのよい習慣に変えていくことだが、なかには2週間で5キロ減量を約束するという短期集中ダイエットとしてとらえている人もいる。

ンバウム（女性心理療法センターの共同設立者）といっしょにエンデンジャード・ボディーズという団体を立ちあげ、西洋の文化に支配的な体への嫌悪感を減らそう、できればなくそうとする活動を行っている。自分たちの体に満足できずに、あるいは、幼児期から自分の体を拒否し、変えるように教えられてきたために、私たちの体は危機に瀕《エンデンジャード》している。オーバックは、フォトショップで子どもの写真を修整する親を例にあげた。あるいは「プラスティック・サージェリー・プリンセス」といったアプリもある。4歳以上なら誰でも写真をアップロードして、好きなように見た目を変えることができる。鼻を高くしたり、脂肪を吸引したり、豊胸したりと自由自在だ。団体はさまざまな問題に取り組んでいるが、すでにフェイスブックから「太った気分」という顔文字を削除させることに成功している。

オーバックは、自分の子どものころのことを客観的に振り返る。デンプンと高タンパク質の食品は食べさせてもらえなかった。食事が先に出てくるのはたいてい兄のほうだった。兄は好きなときに外に行けたし、16歳になると車で出かけることもできた。女の子なんだから、とオーバックは静かに少ない量を食べることを要求された。「そこに性差別があったことは、大人になるまで気づきませんでした」と言う。私たちが話しているのは、60年前だったら普通のことだ。それがいまでも普通であることにオーバックは困惑している。女たちのあいだには恐怖をあおる文化があり、食べ物と身体を憎む気持ちにはドミノ効果があると言う。苦しむ母を手本に育つ少女たち。これでは未来の女性は危うい。ダイエットをするのは普通のことで、食べ物はおそろしい敵となれば、喜びを感じるべきときに不安を感じ、前進すべきときにブレーキがかかることになる。

「娘に、自制できない母親が投影されたときには、つまり母親の振る舞いが娘に投影されたときには問題が起きます。母親にとっては娘が自分の印、つまり〝もの〟になってしまいますから」これにはぞっとした。私自身、母のようにスリムになれなくて恥ずかしい思いをしたことを覚えている。実はいまでもときどきそういう思いにとらわれることがある。世の中の人が私と母をじっと見て、どうして違うのかと考えているような気がするのだ。母のような体形になろうとあらゆる努力をした。遺伝子の半分は母のものなのだから、がんばればきっと同じようになれるはず、と自分に言い聞かせながら。12年間はベジタリアンとして暮らし、小麦と乳製品とアルコールを避け、昔ながらのダイエットに取り組み、〝クリーン・イーティング〟を掲げるブログのレシピで食事を作った。

「根底にあるのは食べ物への恐怖なんです」とオーバックは言う。「自分自身に言い聞かせているんですね。『食べ物を避けることができれば、安全な場所にとどまれるって』って」こうしてダイエットにより、食との不健全な関係が築かれる。しかもダイエットは社会的に受け入れられているだけではなく、フード業界や飲料業界を潤している。ばかばかしい話だ。

私だけではない。みんながこんなたわごとを真に受けているように見える。どうしてそんなことになるのか。私たちは馬鹿ではない。ただ健康《ヘルシー》になりたいだけのはず。しかし、オーバックに言わせれば、すでにそこに問題がある。彼女は『Bodies』で、肥満——マスコミが言う「肥満問題」——は、健康の問題として扱われており、食欲と痩せたいという思いの裏にある心理的な問題は無視されている、と指摘する。医者はＢＭＩを計算して、「太りすぎ」かどうかを判定するよりも、空腹であるかどうかを尋ねるべきだろう。空腹を感じているかどうか、空腹を感じる理由はあるか、おなかが空いていないのに、なぜ食べるのか。「肥満問題は医学的な見地から取り組まれていて、そもそもなぜ人々が食べ物におぼれるのか、という視点が欠けているんです」私が思うに、彼女が言いたいのは、精神と胃袋の調和がとれた、健全な統一体として機能できるように、心と身体意識をもう一度つなぎなおそうということではないだろうか。

オーバック自身、気をつけていると言う。食べ物はときどき、何かにきちんと向き合っていないことを思い出させてくれる。そんなときには精神的安定のためだけに食べていないか、自分の食をチェックする。オーバックはもう40年以上、食べ物と問題を起こしていないと自負する。その本棚をちらりと見る限り、彼女は食べるのが好きな人だと思う。そこには、イタリア料理店〈リヴァー・カフェ〉の本、クローディア・ローデンの本、デイヴィッド・トンプソンの『Thai Food（タイ料理）』が並んでいて、中東の影響を受けながら、基本はイタリアンを食べ、最近は東洋の味にも興味を持っている彼女の食生活が反映されている。ほぼ毎日パスタを食べる彼女には仲間意識を感じる。「料理は毎日してますよ。楽しいですから。リラックスしたいときにふらりと庭に出る人がいるでしょう。私の場合はとくに当てもなく玉ねぎを炒めるんです」そう言って、オーバックはパンナイフを手に取り、自分用にパネトーネを薄くスライスする。

ヨーグルト

ヨーグルトは私を鎮めてはくれなかった。むしろ、怒りのもとだった。背筋を伸ばしてすわり、お皿は空っぽ、ナイフとフォークをきちんとそろえ、毎回、私は笑顔で訊いた。

「デザートは何?」

「フルーツヨーグルトよ」

この言葉を聞くたびに、私の癇癪メーターはふりきれた。笑顔からしかめっ面に変わり、一度か二度は、そろえたカトラリーを投げつけたこともある。児童虐待防止協会に電話をかけて、ネグレクトされている、と訴えようかと思った。まわりの友だちはマクドナルドに連れて行ってもらっているのに、うちの行き先はストレッタムにあるベジタリアン・カフェ。友だちはバービー人形を買ってもらっているのに、私は1列につながった木製の操り人形。ほかの家のデザートは、アイスクリームとか、フォンダン・ファンシーとか、エンジェル・デライトなのに……なのに、私のデザートはナシ入りのプレーンヨーグルト? ふざけないでよ!

振り返ってみれば、両親が私のために選択してくれたものの多くを、いまでは自ら選択している。プレーンヨーグルトに対する評価も変わった。あのころは、酸っぱいだけでおいしくないし、見た目も冴えないと思っていたが、いまでは違う。食べるとほっとするプレーンヨーグルトはキッチンには欠かせない食材となった。デザートで出てきても、児童虐待防止協会に電話しようとはもう思わない。

レイジー・ヨーグルト・ブレックファスト

もし、ヨーグルトがいつも冷蔵庫にあって、キッチンのそのへんにフルーツがころがっているというなら（私がそう）、食品棚にあるものを利用してヘルシーな朝食ができる。好きなものをなんでも入れてほしい――ナッツ、アプリコットやプルーンといったドライフルーツ、フルーツのコンポートなど本当に何でもOK。材料リストにあるのは、私がふだんよく入れるものだ。タヒニ（ごま）ペーストやターメリックも試してほしい（ただし、別々に）。熟したバナナやローストしたルバーブ（282ページ参照）を添えるととくにおいしい。

材料（1人分）

- プレーンヨーグルト……大さじ2
- 細挽きオートミール……大さじ2
- ココナッツフレーク……大さじ1
- 蜂蜜……小さじ1
- タヒニ……小さじ1、あるいはすり潰したターメリック　小さじ1／2（いずれもあれば）

● すり潰したシナモン（お好みで、仕上げに）
● フルーツかコンポート（仕上げ用）

❶すべての材料をボウルに入れて混ぜる。蜂蜜はもっと入れてもいい（好みでシナモンを振りかけても）。フルーツかコンポートといっしょに食べる。

ラブネ

次はランチにいこう。ヨーグルトがあれば家でクリームチーズを作ることができる。中東で「ラブネ」と呼ばれるものだ。ヨーグルトから水気を抜くだけでできる。ヨーグルトをふきんに包んでしぼり、それを一晩、蛇口からつるしておけばいい。朝にはクリームチーズ状の、もう少し酸味の強い塊ができている。味は使うヨーグルトによって異なる。プレーンヨーグルトならマイルドで食べなれた味になり、羊や山羊のヨーグルトなら独特の味わいになるだろう。

ラブネはトーストに塗って食べるとおいしい。ピクルスをのせてもいいし（輸入されるようになったザータル［訳注：中東の混合スパイス］入りのピクルスが最近のお気に入り）、あるいは、蜂蜜を垂らしてタイムを振ってもおいしい。ラブネそのものに味つけすることもできる。シナモンやニンニク、レモンの皮など好きなものを足してみてもらいたい。ラブネは数日冷蔵庫に保存すると少し固くなるので、そのときは小さなボールにまとめてみよう。きれいな瓶に入れて、好きなハーブとオリーブオイルで満たしておけば保存できる。冷蔵庫に常備しておけば、お昼に便利だ。トーストにさっと塗ることができる。
ヨーグルトは熱を冷ます。温度という意味でも、スパイスの辛さという意味でも。そのため、調味料として使えば、料理の表情を一変させることもできる。たとえば、カレーに添えたり、スープに落としたり。そういう意味では、ほかの乳製品にはない特徴を持っていると思う。クリーミーでさっぱりしていて、脂肪分の多い食材をまろやかにしてくれる。また、ほかの調味料――塩、オリーブオイル、ニンニク、スパイス、柑橘類――との相性も抜群だ。うちでは冷蔵庫の中央に鎮座し、ハーブやナッツ、レモンの皮、オリーブオイルと合わせて攪拌されてディップやソースになるのをじっと待っている。作るたびに味が変わり、同じものができた試しはない（と言いながら、5つの基本レシピを紹介する）。

ニンニク・ヨーグルトソース

これは夜遊びのためにドレスアップしたヨーグルトといったところ。オリーブオイル、ニンニク、塩、胡椒を加えることで風味が強調されて、一気にゴージャスになる。野菜料理やベイクド・ポテトにたっぷりかけると最高。これをベースにいろいろ試すこともできる。加えるものに制限はない。以下に紹介したレシピのいくつかは、実際、そうやって試してみておいしかったものだ。とくにレモンの皮、レモン汁、フレッシュハーブ（とくにディル）との相性がいい。

材料

●プレーンヨーグルト……400g
●エクストラバージン・オリーブオイル……大さじ2
●ニンニク……1片（みじん切り）
●塩、黒胡椒

❶すべての材料をボウルに入れて混ぜ、塩胡椒で味を調える。

タヒニ・ヨーグルト

ローストした野菜にたっぷりかけて食べてほしい。ローズマリーポテト（170ページ参照）に、刻んだトマトとパセリといっしょにかければ、パタタス・ブラバス［訳注：スペイン風フライドポテト］の中東版の出来上がりだ。あるいは、サラダとグリルしたハルーミチーズ［訳注：山羊と羊の乳から作られるキプロス島のチーズ］といっしょにピタパンに詰めてもいい。『ガーディアン・クック』で取りあげたロンドンのレストラン〈ダックスープ〉には、「ウズラの炭焼き、カレー・タヒニと焼きライムのソース」というメニューがある。これはくらくらするほどおいしかった。マイルドなカレー粉とゴマの甘さと、ライムの酸味と、ウズラのうま味がデリケートなバランスを保って口いっぱいに広がるのだ。小さじ1杯のカレー粉を足してみてほしい。とくに肉料理にはあう。カレーリーフを炒めたオリーブオイルを使えばなお良し。

材料（2～4人分）

- タヒニ……大さじ1
- ヨーグルト……大さじ3
- レモン汁……1／2個分
- エクストラバージン・オリーブオイル……大さじ1
- カレー粉……小さじ1（お好みで）
- 塩

❶材料を全部混ぜて、塩をひとつまみ入れて味を調える。

フェタ・ヨーグルト

フェタチーズはおいしいが、塩辛く感じるときがある。ヨーグルトを入れれば、この塩気がやわらいでクリーミーになる。ローストした野菜にかけてもいいし、ディップとして生野菜やポテトチップスに添えてもいい。

材料（2～4人分）

- フェタチーズ……125g
- ヨーグルト……大さじ4

・エクストラバージン・オリーブオイル（仕上げ用）

❶フェタチーズとヨーグルトをミキサーかブレンダーにかけてなめらかにする。
❷器に盛り、オリーブオイルを垂らす。

ザジキ（キャロット、ビーツ、フェンネル）

うちでは同居人がきゅうり嫌いのため、普通のザジキを作るわけにはいかなかった。しかし、そのおかげで、ヨーグルト、オリーブオイル、ニンニクで作るこのシンプルなギリシャのソースは、ほかの野菜もあうことがわかった。にんじん、ビーツ、フェンネルで試してみてほしい。私はスウィート・スパイス・チキン（274ページ参照）や、シンプルにポテトと合わせて食べることが多い。

材料（4人分）
・にんじん2本か、ビーツ（大）1個か、フェンネル1株（にんじんかビーツならすりおろし、フェンネルならみじん切りにする）
・フェンネルシード……小さじ1（フェンネル・ザジキを作るのであれば）
・プレーンヨーグルト……200g
・ニンニク……1片（みじん切り）

● エクストラバージン・オリーブオイル……大さじ2
● 塩、胡椒

❶すべての材料を混ぜ、好みで味をつける。

ババ・ガヌーシュ

ババ・ガヌーシュをヨーグルトの章に入れるなんて、本場レバント地方だったら許されないかもしれない。この焼き茄子とタヒニを混ぜたディップ兼サラダといったメニューに、普通はヨーグルトは入らない。それなのにヨーグルトを入れてみたのは、タヒニが好きすぎて、つい使い過ぎてしまうのでどうにかしたいと思ったからだ。以来ずっとこのレシピで作っている。こっちのほうが絶対においしいと思う。焼いた茄子の香ばしさとゴマとオリーブの風味に、白いヨーグルトはさわやかさを加えてくれる。さらに、ここに刻んだプラムトマトや、同じく刻んだパセリかミントをかけてもいい。焼き茄子を作るには、ガスレンジか直火で調理できる器具が必要。

材料（4人分）

● 茄子（大）……3本
● タヒニ……大さじ1
● プレーンヨーグルト……大さじ1

・レモン汁……1個分
・ニンニク……1片（つぶす）
・エクストラバージン・オリーブオイル……大さじ2＋少量（仕上げ用）
・ザータル……ひとつまみ（仕上げ用）
・塩、黒胡椒

❶茄子の上部にフォークなどを突きさす。直火にかざし、ときどきあたるところを変えながら、黒くなるまで10分ほど焼く。
❷触れるくらいに冷めたら黒くなった皮をむく。黒いところが残るかもしれないが、できるだけきれいに取り除く。茄子をボウルに移し、ナイフとフォークで割く（茄子の食感を残したいのでブレンダーは使わない）。
❸茄子をざるに入れて5～10分放置し、水気を切る。
❹茄子をボウルに戻し、タヒニ、ヨーグルト、レモン汁、ニンニク、オリーブオイルと混ぜる。塩胡椒で味を調える。
❺最後に、あなたの家にあるなかでいちばん質の良いオリーブオイルを上から垂らす（茄子のあいだに泉ができるくらい）。ザータルを振りかけ、ピタパンといっしょに召しあがれ。

子どものときにヨーグルトといい関係を築けなかったのは、ヨーグルトはデザートとして食べるものだと思いこんでしまったからだと思う。だから、ヨーグルトがたくさんの料理に使われていることや、中東ではそれが一般的であることを知ったときにはびっくりした。数年前にイスタンブールを訪れたとき、〈チヤ・ソフラス〉という有名レストランで、ヨーグルトとマリアアザミのスープをいただいて、完全にノックアウトされたことがある。次に紹介するレシピは、このときのスープをヒントに考えたものだ。あのとき母がこういう料理を作ってくれていたら、児童虐待防止協会に電話するぞ、なんて脅すこともなかったのに。

ヨーグルト・スープ

これは、ヨタム・オトレンギとサミ・タミーミの『Jerusalem（エルサレム）』に載っているヨーグルトと大麦のスープ（もともとはアルメニア料理）にもヒントを得ている。大麦の代わりに半量の米を使い、調味料や質のよいオリーブオイルで風味をつけ、それから好きなものをトッピングするようにした。私はソラ豆やサフラン水（118ページ参照）をトッピングによく使う。また、玉ねぎとニンニクをスパイスやハーブといっしょに炒めて風味をつけることもできる（オトレンギは乾燥ミントを使っている）。出来上がったら、すぐにいただくこと。そうしないと米が水分を吸って、スープがライス・プディングになってしまうから。

材料（4〜6人分）

- バスマティ米……100g
- 有塩バター……50g

・玉ねぎ……2個（みじん切り）
・ニンニク……2片（みじん切り）
・ギリシャヨーグルト……450g
・卵……2個
・レモン汁……1／2個分＋少量（仕上げ用）
・エクストラバージン・オリーブオイル（仕上げ用）
・青ねぎ……2本（みじん切り）（仕上げ用）
・ミントかパセリ……ひとつかみ（刻む）（仕上げ用）
・塩、黒胡椒

❶米を流水で、水が透明になるまで洗い、大きなソースパンにたっぷりの塩（小さじ山盛り1杯くらい）といっしょに入れる。水を1・5リットル注ぎ、中火にかける。一度沸騰させてから、火を弱め、少し芯が残るくらいになるまでゆでる。お湯を切り（ゆで汁は取っておく）、米を流水にさらしてから水気を切っておく。

❷フライパンにバターを入れて弱火にかけて溶かし、玉ねぎを加える。弱火で10分ほど炒め、玉ねぎがバターの香りに包まれてやわらかくなったら、ニンニクを入れ、さらに5分炒める。

❸水気を切った米を加え、バター、玉ねぎ、ニンニクと合わせて、火からおろす。

❹ヨーグルトを耐熱性のボウルに入れ、卵を割り入れ、塩胡椒をする。

❺取っておいたゆで汁を1・2リットル用意し、ボウルに入れる。入れるときはお玉1杯ずつ、

かき混ぜながら。少しずつ入れるのは分離するのを防ぐため。

❻ソースパンに移す（米をゆでたソースパンを使ってもよい）。そこに炒めた米と玉ねぎ、レモン汁を加え、たっぷりと塩胡椒をする。中火にかけてあたためる。

❼火からおろし、器に盛り、エクストラバージン・オリーブオイルを回しかけ、青ねぎとハーブをひとつまみのせ、レモン汁を少し加える。追加のトッピングはご自由に。

ヨーグルトには食材をやわらかくする力がある。次に紹介するレシピでは、ヨーグルトにマスタードとニンニクとスパイスを合わせてソースを作り、肉を48時間漬けこむことで、肉をやわらかくし、さらに味もつくようにしている。その次のレシピでは、ナンをふわふわにするのに一役買っている。どちらもうちでよく食べるメニューで、レモン風味のチョップドサラダをつければ言うことなし。

ヨーグルト・チキン

ふだんは手早くできる料理ばかり作っているが、このチキンは漬けこんで待つ価値がある。すべてがあわさって増すうま味を、しっかり肉に浸透させたい。

材料（2～4人分）

- プレーンヨーグルト……400g

●ディジョン・マスタード……大さじ山盛り1
●ピメントン……小さじ山盛り1
●ニンニク……大きなものを2片（みじん切り）
●エクストラバージン・オリーブオイル……大さじ2
●塩……多めにひとつまみ
●鶏モモ肉（皮つき、骨なし）……8枚
●玉ねぎ……2個（皮をむいて4つ割り）

❶大きなボウルにヨーグルト、マスタード、ピメントン、ニンニク、オリーブオイル、塩を入れて混ぜる。鶏肉を漬けこんで、全体にソースがいきわたるようにする。チャックつきのフリーザーバッグに移すか、ボウルにラップをするかして、冷蔵庫に入れて一晩、可能なら二晩置く。

❷オーブンを200℃に予熱する。鶏肉を天板に並べ、玉ねぎを残りのソースで軽くあえて、それも並べる。30～40分焼く。鶏肉の表面がカリカリになって、いい色になるはず（玉ねぎは焦げるところもでてくるだろうが、私はそのほうが好き）。もし、鶏肉をもっとカリカリにしたければ、さらにフライパンで数分焼くといい。

❸焼きあがったら、鶏肉を斜めにスライスして器に盛る。チョップドサラダと、鶏のうま味たっぷりのヨーグルトソースも残さずいただくために、白米かナン（253ページ参照）を添える。

ヨーグルト・ナン

ヨーグルトを入れると、やわらかくてかすかに酸味のあるパンができる。カレーやひとつ前のヨーグルト・チキンといっしょに食べて、食べきれなかったら、翌朝あたためなおして、焼いたベーコンと甘辛い唐辛子ジャムをはさめば、絶品サンドイッチになるから、ぜひ試してほしい。

材料（6枚分）

- ドライイースト……3・5g
- 蜂蜜……小さじ1
- ぬるま湯……125ml
- 強力粉……250g＋少量（打ち粉用）
- 塩……多めにひとつまみ＋少量（焼くときに振りかける）
- 有塩バター……50g（溶かす）＋少量（焼くときに塗る）
- プレーンヨーグルト……大さじ4
- すり潰したクミン……大さじ1
- ブラックオニオンシード（仕上げ用）

❶ドライイーストと蜂蜜、ぬるま湯をボウルに入れて混ぜる。イースト菌が活動をはじめ、数分で泡がたってくる。

❷大きなボウルに小麦粉と塩を入れて混ぜ、中央をくぼませる。そこに溶かしたバターと、1の予備発酵させたイースト、ヨーグルト、クミンを加え、ふたたび混ぜる。その際、小麦粉を外側から内側に崩していくようにして混ぜてまとめていく。まとまり始めたら、手に取って固さをチェックする。やわらかくて伸びる生地にしたいので、固ければ湯を足す。

❸生地がまとまったら、打ち粉をした台に移し、5~10分こねる。なめらかで弾力のある生地にまとめたら、小麦粉を振ったボウルに入れ、濡れふきんをかけて室温で1~2時間、2倍の大きさになるまで置いておく。

❹膨らんだ生地を6等分にし、それぞれを丸めて、厚さ1センチくらいの楕円形になるように伸ばす。

❺フライパンを強火で熱し、一度に1枚、両面を3分ずつ焼いていく。ひっくり返したときに、溶かしバターを塗り、塩とブラックオニオンシードを振る。焼きあがったら、ほかの料理が出来上がるまで、低い温度に設定したオーブンに入れておく。

❻スリー・ココナッツ・ダール（110ページ参照）、ソラ豆とほうれん草のカレー（276ページ参照）に、白米といっしょに添えて食べるといい。もちろん、プレーンヨーグルトもたっぷり添えて。

私はデザートとしてのヨーグルトに対する態度も改めた。そう、私は間違っていた。その反省をもとに、ヨーグルトとフルーツ――若き日の私を怒らせた組み合わせ――を、甘くて固い絆で結ばせることにした。いまではしょっちゅう作るほどのお気に入りだ。

ヨーグルト・ライムケーキ

これはフルーツ（夏ならラズベリーとか）を入れて焼いてもいいし、フルーツのコンポートとクレームフレーシュを添えてもいい。もちろん、紅茶を入れて、そのまま味わってもよし。きめが細かくしっとりしているのに、軽い口当たりのケーキが楽しめる。このレシピは、２０１５年の『ガーディアン・クック』に掲載したクレア・トムソンのヨーグルトケーキにヒントを得ている。バターの代わりにオリーブオイルを使ったが、どちらでもＯＫだ。

材料（８人分）

- オリーブオイル……１８０ml＋少量（型に塗る分）
- 松の実……１００g
- 卵……2個（割って溶いておく）
- 精製糖……１８０g
- プレーンヨーグルト……１８０g
- セルフ・ライジング・フラワー［訳注：ベーキングパウダー入りの小麦粉］……１８０g
- ベーキングパウダー……小さじ1
- ライム……1個（汁をしぼり、皮はすりおろす）

❶オーブンを１８０℃に予熱する。底が抜けるタイプのケーキ型（25センチ）にオリーブオイ

ルを塗る。松の実の4分の1を型に散らす。底の部分がケーキの上になるので、きれいに見えるように、まんべんなく散らすこと。

❷卵と砂糖とヨーグルトをボウルに入れてかき混ぜる。さらに、オリーブオイルを加えてかき混ぜる。

❸小麦粉、ベーキングパウダー、ライムの皮と果汁、残りの松の実を加える。

❹オイルを塗った型に生地を流し込み、オーブンで45分ほど焼く（串を刺してみて、何もついてこなければ大丈夫）。オーブンから出し、そのままで冷ます。それから、お皿をかぶせてひっくり返し、型をはずす。ナシやリンゴやプラムなどのコンポートを添えると美味。

いっしょに食べる

食べるというのは個人的なことです。官能的な行為なのです。誰かを招き、食事を作ってあげたいと思うとき、あなたはその人を自分の人生に招き入れているのです。

——マヤ・アンジェロウ［訳注：アメリカの詩人、活動家、歌手、女優］

自然のままの食品を食べてください。ただしあまり食べすぎずに。野菜中心の食事をしましょう。

——マイケル・ポーラン『ヘルシーな加工食品はかなりヤバい』【高井由紀子訳　青志社】

「みんなでいっしょに食べる。これが何よりも大切なことなんだ」毎年クリスマスの食事を前に、叔父のジャスティンはこうしめくくり、ようやく私たちは食事をすることができる。最近は、みんなが声をそろえて叔父の物まねをするようになったので、本人が出る幕はない。みんなにセリフをうばわれて、２メートル近い長身の叔父は、腕組みをしたままうなずく。「そのとおりだ」

ジャスティンの感傷的な演説が実は真実だったということを、私は、フレディとふたりでシチリア島でクリスマスを過ごすまで、わかっていなかったのかもしれない。家族と離れ、独り立ちした気分をかみしめつつ、島に向かいながら、私はふたりだけで過ごすはじめてのクリスマスに必要な食材を心のなかでリストにしていた。ターキーじゃなくて、チキン。ローストポテトは鴨脂じゃなくてオリーブオイルで。芽キャベツじゃなくて、地元でとれるカラシナで。なんでも自分たちの思い通りにできる……はずだった。

だが、滞在したアパートメントの暖房は壊れていて、シャワーは冷たい水しか出なくて、ブレーカーはときどき落ちて、コンロは電気で、しかも、最悪なことに、チキンを焼こうと思っていた新しそうなオーブンは、なんと電子レンジだった。つまり、クリスマス料理のすべてを電気コンロで作らなければならないということだ。確かに、地中海沿岸の美しい町を眺めながら、トマトソースのパスタを食べるのは幸せな時間だったが、それはクリスマスのランチとしてイメージしたものではなかった（作ろうと思っていたポットローストチキンは、フレディが鶏の頭を落とすことができず、結局あきらめた。シチリアの肉屋さんは処理してくれないのが普通のようだ。私たちは翌日、鶏をチーズ屋さんに持っていって、ペコリーノチーズと交換してもらった。終わりよければすべてよし。いまとなっては笑い話だ）。

とにかく、ふたりっきりでパスタを食べてクリスマスを過ごすのはなんだか悲しかった。自由はあったかもしれないが、クリスマスの核心が抜けていた――あれにしようかこれにしようかとメニューを考え、お決まりの音楽が流れるなか、じゃがいもの皮をむき、芽キャベツを調理し、そして店が閉まる直前に酒を買いに走る。すべてはクリスマスに向かって進んでいくあの時間。そう、私たちは忘れていたのだ。みんなといっしょに食べることが、何よりも大切だということを。

お祝いの席でも、弔いの席でも、大切な人たちと、あるいははじめて会った人たちと集うとき、その場の中央にはかならず食べ物がある。食べることで魅力を失う人もいることを思えば、不思議なことだ（結婚前に父が母をパスタや寿司を食べに連れて行ったとは思えない。向かいにすわった母がスパゲッティをフォークとスプーンで食べているところを見たら、ましてや箸を使っているところを見たら、絶対に結婚しようとは思わないだろう）。だが、とにかく、私たちは食べ物のまわりに集まる。絶好調という人もいれば、失敗して落ち込んでいる人もいるだろうが、食事をともにするということは、そういったことを抜きにして時間を共有するということだ。

私の両親の世代の人たちが子どものころには、毎晩、家族みんなで食卓を囲んだのだろう。食卓が日々を区切り、日常生活を定義し、リズムを刻んでいたのだろう。それが、女性がフルタイムで働く時代の到来とともに、インスタント食品や冷凍食品があふれるようになり、神聖な儀式としての食事は、単なる燃料補給の場となった。

ところが、家族での食事が日常の一コマから特別な機会に変貌したのにあわせて、メディアに登場する料理人があがめられるようになった。人々が喜んで観る料理番組は、いまではゴールデンタイムに放送されている。セレブ扱いされるシェフも多い。皮肉なことだ。私たちはナイジェラ・ローソンがいちからケーキを作って焼いているのを喜んで観る一方で、利便性を追求して、すでに出来上がっているものを買ってきて食べているのだから。私たちは食材を買い、料理して栄養豊かな食事に変えるという行為より、利便性に重きを置いている。料理番組を楽しんだからといって、自分で料理しようという気になるとは限らない。むしろ逆のことが起きているように見える。料理はファンタジーになったのだろうか。

こうした傾向が特別な機会をより特別なものにしている。クリスマスに感傷的になって一席ぶつ叔父を私たちは笑うけれど、叔父は正しい。現代では、みんなで作って食べる機会は貴重なのだ。そうした機会はどんどん少なくなっている。

インタビュー

ジェイミー・オリヴァー

ジェイミー・オリヴァーにとってはこれが日常なのだろう。

レストランは喧騒に包まれている。キーボードをたたく音、まぶしいライト、光を反射するレフ板、飛び交うあやしげな英語、食器が触れ合う音、広げられたメイク道具袋から飛び出しているブラシ。中央のエリアは誰も立ち入れないように、ハンガリーの撮影スタッフが仕切っている。最近、ジェイミーがブタペストで立ちあげたレストラン事業について撮っているらしい。いかにも撮影スタッフという彼らはいかにも忙しそうに動いているのに、すべてはのろのろとしか進まない。この喧騒のど真ん中にジェイミーは腰をおろし、顔にライトをあびながら、ときおりブラシで顔を撫でられている。もう何回目かわからないが、撮影が中断しているため、ジェイミーは辛抱強く静かに水を飲んでいる。

私はバーエリアにいる。そこには彼のスタッフと、どんどん列が長くなっていくジャーナリストたちがいる。くしゃくしゃの長い髪に、年代ものらしいレザージャケットを着込んだ、デジタルメディアの「ヴァイス」の記者が到着する。インタビューを待つ私たちは、地階を示され、各自でジェイミーと話す場所を作ってほしいと言われる。各媒体はそれぞれテーブルに拠点を作り、数分ずつ順番に話していくお見合いパーティーのようになると思われるインタビューに備える。「ザ・アンドリュー・マー・ショー」のスタッフがフロアの中央に陣取る。オープンキッチンでは若いシェフがスタッフの朝食を作っている。ベーコンやソーセージの焼けるにおいが広がり、ジャーナリストたちの鼻をくすぐる。ここ〈フィフティーン〉はオリヴァーの社会支援レストランで、さまざまなバックグラウンドを持つ若者に仕事を提供している（「服役していた者もいるし、ホームレスだった者もいる。多くは社会的、経済的に恵まれない若者だ」とオリヴァーは話してくれた）。

料理業界で彼ほどの知名度を得る人はほんの一握りしかいない。私は有名シェフという扱いにはいつも疑問を持っている。セレブの持つ非日常性が、食べ物の日常性にそぐわないような気がするのだ。その知名度の高さと、ごく普通の人という見た目とのギャップが大きい、ジェイミー・オリヴァーの場合はとくにそう思う。彼自身が言う。「なんだか自分じゃないような気がしている。これは世間の人が作った自分だと思う」

オリヴァーは自分が普通の人であることを強調する。エセックスで育ち、両親はパブを経営し、食べ物に対する鋭い感覚が磨かれるような環境では決してなかった。親しみやすさは彼の成功の大きな要因だ。1990年代の終わりごろに放送された『裸のシェフ』と題する料理番組が人気を博したのもそうだし（この番組により、料理は女の子がするものから、女の子と仲良くなるためのものとなった）、現在、子どもたちの栄養状態を改善しようとする運動においてもそうだ。その庶民的なイメージは、食について親や子どもたちをどう啓蒙すればよいか、という問題を提起するうえで役立っている。オリヴァーがあげた声はほかの誰よりも聞いてもらえる。

ハンガリー人による撮影はようやく終わり、オリヴァーは私のところにやってくる。私のインタビューは彼にとって小休止になるはず。カメラから離れた彼の顔には疲れが透けて見える。私が訊きたいのは現代の子どもたちのことや、食との関係を築く大切さであり、そのことは事前に伝えてある。まさに最近の彼の活動テーマであるが、彼は見るからに元気がなく、テレビで観るはつらつとしたジェイミー・オリヴァーはそこにはいない。彼は自分の立ち位置について悩んでいると言う。「僕は医者じゃない。政治家でもないし、どこかのCEOでもない。じゃあ、僕の役割って何だ? 僕は自分のことを世の中の人の代弁者だと思っている。だけど、なかなかうまくいかない。僕たちが訴えていることにはドラマ性がないから」

キャンペーンの裏側をのぞかせてもらっているような気がした。彼は口当たりのいい言葉にはうんざりしている。今日のイギリスにおける、数百万とは言わないまでも、かなりの数の子どもたちは決して望ましいとは言えない食生活を送っている。だから、その現実をみんなに見てもらうために、あえて厳しいことをはっきりと口にしたほうがいいのだろう。「僕たちは、ここは民主主義の国でみんなそれぞれ選択する権利がある、それはすばらしいことだと思いたがる。国が個人の生活に干渉しすぎるのはよくないと言う人もいる。まったくいいかげんにしてほしいよ。必要なことをしたって、自由が減るわけじゃないだろ」となれば、何が必要なことなのか。

オリヴァーは、売られているすべての製品にわかりやすいラベルをつけてほしいと思っている。できれば、表示内容を再検討したうえで。「現状では、責任（responsibility）がどこにあるのかはっきりしない。取りざたされているのは説明責任（accountability）ばかりで、企業が前向きに取り組んでいるのは、そうしなければいけないからだ」それから、子どもたち全員が、栄養ある食事を学校でとれるようにしたいと言う（「11年前、僕がこの運動をはじめたとき、ドッグフードには厳しい基準があったのに、5歳から18歳までの子どもたちの食事にはなんのルールもなかった」）。

学校できちんとした朝食と昼食をとれるように国が保証すれば、家でどんな食事をとっていても必要な栄養の半分はとることができる。「それは最悪のケースだけど、学校でも家でもろくなものを食べていない子はたくさんいる。少なくとも学校でちゃんとしたものを食べられるようにすれば、流れを変えることができるだろう」昼食には法的なルールが必要だと考えている。「学校の先生は、7歳の子どもからランチに持ってきたレッドブルを取りあげようとはするけれど、法的な後押しはまったくない」彼が砂糖税の導入を推進していることは有名だ。精製糖は「毒」であるとして、経済的なペナルティーを課そうというものである。これは、炭酸飲料に含まれるグルコースやフルクトースなどのいわゆる「遊離糖」を対象としている。「炭酸飲料を大きなボトルで家に置いておくべきじゃない。なのに、それが普通になっている。ミドルクラスぶって、とか言われるのは心外だよ。僕自身、子どものころからコカ・コーラやセブンアップに囲まれて育ったんだから」

オリヴァーのところには、何を食べるかとやかく言われたくないという人たちから苦情が届く。しかし、自分のアドバイスを受け入れるとしても、甘いものをあきらめる必要はないと言う。マーマレードをたっぷり塗ったトースト、アップル・クランブル、チョコレートバーなどの甘いものは嗜好品であると、すでにみながわかっているので問題ない。砂糖を一切とるなと言っているのではなく、子どもたちが知らず知らずのうちにジャンクフードに支配された人生を送ることがないように、基本ルールを作ってほしい、と言っているのだ(「だって、どんなゲームだってルールが必要だろ」)。それなのに的外れな文句を言ってくる人はたくさんいる。彼が怒るのも無理はない。

私が子どもの味覚を変えるのは可能なのか、と尋ねると、質問を言いきらないうちに「もちろん、できるよ」という返事が返ってきた。どのように? と問えば、「普通のもの、反復性、一貫性を大切にすること」と言う。週に一回買い出しに行って買ってくる品々がだいたい同じになるのが理想だそうだ。「毎回だいたい同じ品を買って帰ってくれれば、それは標準的な品々ということになる。そういう環境にいるなら、親はお祭りで子どもに綿菓子を買わせてあげたっていい。基本がちゃんとしていれば、甘いものは問題じゃない」

さらに続ける。「食材には慣れ親しんだほうがいい。だから、豆はサヤに入ったまま、コーンは軸つきのままのものを子どもに見せてあげる必要がある。マクドナルドが好きで、じゃがいもとポテトチップスの違いがわからないとなれば、肥満に糖尿病に虫歯とたくさん問題をかかえることになるだろう」

オリヴァーは世間をシニカルに見る技を身につけたようで、しばしば厳しいことを言っては人々の注目を集めている。たとえば、スーパーでシリアルが並ぶ列にはふたつの見方があるという。ひとつは単なるシリアル、もうひとつは企業の利益のもとだというのだ。「食品業界は、イギリス国民を洗脳して、朝ご飯を食べる時間は30秒しかないと思わせている」その結果、選択肢は甘いシリアルしかなくなり、人々は血糖値を一気に上昇させてから家を出る。彼は、スーパーで何を買って食べさせるか、という子どもの将来を左右するもっとも基本的な選択でさえ、政治的な力が働いていることを暴露する。

「食べ物以前の問題もある。まず、イギリス人はヨーロッパのなかでいちばん水を飲まない。それから母乳育児。世界で見ても、イギリスの水準は最低レベルだ。いくつかの理由があると思う。昔より働く母親は忙しくなっているんだろうし、いまの時代の女性は体形へのこだわりもあるんだろう。だけど、これは文化の問題だよ。飛行機に30分乗れば、同じように忙しい同じ女性たちがうまくやっている国があるんだから。イギリスには問題がある」

ＰＲ担当がやってくる。アンドリュー・マーが到着し、カメラマンがオリヴァーに視線を送っているのが見える。オリヴァーが自分の子どもにどう接しているのか、家族のためにどんな食材を買って帰るのか、といった話はまったく聞けていないが、すでに私がこの本に書きたかったことを代弁してくれたように思う。人生は子どものときに何をどのように食べたかにかかっており、彼はそれを改善したいと思っている。ここで私の持ち時間は終わり。だが、オリヴァーの話はとまらない。

「僕は政治には関心はなかった。学校の成績は悪くて、得意なことは料理だけ、という普通の子どもだった。こんなふうになるなんて思いもしなかったよ。子どもたちが健康でいるという基本的な権利を求めて運動するようになるなんて。まさかこんなに難しいことだとも思わなかったけどね」

そう言ったところで、ふたたびライトがついてカメラが回りだす。

スパイスとハーブ

ときには自分の殻を打ち破ることも必要だ。そう思ったとき、私は21歳で、反りのあわない人といっしょにいるときのような閉塞感を覚えていた。いろいろなことがあって、変化を求めていた。とはいえ、変化は怖い。慣れ親しんだ状況が快適で、かつ落ち着かないなんて、なんだかおかしいけれど。

そういうわけで、思い切って1年間、留学することにした。行先は遠い遠いアメリカ。そう考えるだけで、何かを達成したような気分になり、申込書を埋めただけで大きな成果をあげたような気がした。いま思えばあのとき本当に行くつもりだったのかよくわからない。実現の可能性が低くなるように、わざと高いハードルをいくつも設定した。いちばん競争率の高い大学を選び、キャンパスを選び、コースを選んだ。ところが、どの段階でもチャンスは両手を広げて私を迎えてくれた。

いまでは本当に行ってよかったと思っている。北カリフォルニアで過ごした1年は、人生はすばらしいものだということを思い出させてくれた。悲しいことがあったロンドンから遠く離れて、すべてが新鮮で輝いて見えた。未来は私を駆り立てた。味つけしていないスープにこれから塩が加わる。そんな気がした。

このときの私はとくに気持ちを新たにする必要に迫られていたが、思うに旅というのはそういうものではないだろうか。背筋を伸ばして人生に向きあう。いまの生活に満足していたとしても、違うやりかたを試してみることで新しい発見があるかもしれない。

ロンドンを離れた1年のあいだ、料理についていろいろと考えさせられ、たくさんの発見があった。まず、カリフォルニアでは新鮮な地元の食材が重視されていること。カリフォルニアの有名シェフ――本書ではアリス・ウォータースやデボラ・マディソンにインタビューしている――は、小さくてもいいから自分の食べるものを自分で育ててみて、とすすめている。それから、味覚に関するボキャブラリーは格段に増えたし、イランや韓国、メキシコといったほとんど知らなかった国の料理もわかるようになった（これは私の初著書『食べる世界地図』の主要テーマだ。この本には旅をしながら、場所が変わるごとに味も変わることを綴った。グリーンソースひとつとっても、場所によって全然違うものになる。イタリアのサルサベルデ［パセリ、バジル、ケイパー、アンチョビ］と、カナリア諸島のモホベルデ［コリアンダー、クミン、ニンニク、レモン］はまったく違うソースだ）。

カリフォルニアでの暮らしが私の人生のアクセントになったように、ローズマリーやナツメグや唐辛子は料理のアクセントとなる。1年間の外国生活が私に刺激を与えてくれたように、風味の豊かな食材は料理に刺激を与えてくれる。なかでもとくにハーブやスパイスを使うときは、雲間から明るい光がさすような気がする。パスタ用のトマトソースや、ポテト用のサルサベルデを作るときに、レシピ通りに作りたくないと思うのはおそらくそのせいだろう。トマトソースもサルサベルデもしょっちゅう作るメニューで週に数回は食べているが、毎回使う材料や分量を変えているので、いつも新鮮な気分で味わっている。マンネリ化を防ぐのは大事だと思うし、それにハーブやスパイスは冒険のチャンスも与えてくれる。同じメニューでも、同じ場所にとらわれる必要はない。香り豊かな葉や種子は、私たちをキッチン・オデッセイにいざなってくれる。

グリーンソース

グリーンソースの唯一の決まりは、緑色であること。パセリの緑をベースに、好みでほかの緑色のハーブを足してもいい。トマトソースと同じように、ここでも基本的な作り方を書くにとどめておこうと思う。ファーガス・ヘンダーソンは、基本のグリーンソースを作るには、5つの食材——ケイパー、アンチョビ、エクストラバージン・オリーブオイル、ニンニク、パセリ——があればいいという。ニンニクはたっぷり（12片も！）使うのがファーガス流。一方、『Beaneaters & Bread Soup（ビーンイーターズ・アンド・ブレッド・スープ）』を書いたローリ・デ・モリとジェイソン・ロウの場合はニンニクは1片と控えめだ。私の場合は、ニンニクはかすかに感じる程度が好きで、ベジタリアンのために作ることが多いのでアンチョビを抜いたレシピになっている（もちろん入れてもおいしい。その場合は塩を入れないように）。また、最後に刻んだ片ゆで卵を入れると、こくのあるソースができる。こちらもおすすめ。

材料

- イタリアンパセリ……たっぷり1束（細かく刻む、あるいは半分は細かく刻んで半分は粗みじんでもよい）

●バジル、ディル、ミントの好きなものを1／2束、あるいは好きなだけ（細かく刻む）
●ニンニク……1／2片（みじん切り）
●ケイパー……ひとつかみ（さっと洗って粗く刻む）
●きゅうりのピクルス……ひとつかみ（粗みじん切り）
●エクストラバージン・オリーブオイル……大さじ6
●白ワインビネガー……小さじ1
●塩、黒胡椒

❶全部の材料を混ぜて、塩胡椒で味を調える。ドレッシングくらいのとろみがほしい。10分ほど置いて味をなじませてから使うとよい。

スパイス

子どものころに抱いたスパイスに対する気持ちは、猫に対する気持ちと似ていた。好きなことは好きだが、ちょっと怖い。どちらにも触れる機会はあったが、ごくたまに、しかも短時間だった。どちらもたいていは優雅な顔を見せてくれたが、一度か二度、泣かされたことがある（忘れられないのは、バトンズという名の白黒の雄猫と、四川料理の店でクランベリーと間違えて食べた唐辛子）。どちらも接するときには用心が必要だった。

私はあまり節度ある人間ではない。好きになったら、ワインでもチーズでもチョコレートでも、まっしぐらだ。しかし、スパイスには節度が求められる。だから、スパイスの使い方については、この章で紹介したものも含めて、いまでも試行錯誤しながら学んでいる。スパイスは研究のしがいがある。ものにできたら、秘密兵器となる。ポイントは主張しすぎないこと。ナツメグやカルダモンやスウィートパプリカの繊細な風味は、私の味覚を刺激し、育ててくれた。スパイスをうまく使った料理からは学ぶことが多い。それを作った人が試行錯誤の末にそのスパイスをものにしたということも伝わってくる。

以前、シェフのエイプリル・ブルームフィールドにインタビューしたことがある。『ガーディアン・クック』の「最後の一口」というコラムで、人生最後に食べたい料理について語ってもらった。豚ロースのトマトソースが食べたいということだった。豚肉よりも味つけのほうに興味がある私に、彼女は「はっきりとあれ、と言えないけど、かすかに記憶のある味」と表現してくれた。彼女が言いたいことはわかる。何かを口に入れて、かみしめ、舌で味わいながら、頭のなかで「えーと、えーと、なんだっけ、これ？」と特定しようとする。確かに知っている味。だけどなんだっけ？　私はそんな風にスパイスを使いたい。特定できないかすかな風味。

最近いちばんよく使っているのはシナモンだ。あの甘い香りをかぐと、デニッシュペストリーやアップルパイ、それからクリスマスを思い出し、子どものときに感じたのと同じうれしさがこみあげてくるが、シナモン（ナツメグ、カルダモン、クローブ、スターアニスも同様）を「甘いスパイス」と決めつけてしまうのはもったいない。確かに砂糖との相性は抜群だが、私はデザートよりも料理によく使う。ベイクド・エッグ（43ページ参照）のトマトソースで、合うことは証明されているから、エイプリルの豚ロースのトマトソースにも合うはず。あとはシンプルにドレッシングに入れるのがお気に入りだ。ぴりっとした苦味の質の良いオリーブオイルにレモン汁、ニンニク（*）を少し、すり潰したシナモンを多めに、そして塩を入れて振れば出来上がり。サラダ菜から熟したトマト、炒めたほうれん草、穀物まで何にでもあう。さらにフレッシュハーブを足せば言うことなし。

シナモン・ドレッシング

これはヴィネグレットではない（ビネガーを使わないから）。シンプルなグリーンサラダはもちろん、どんなサラダにでもかけてほしい。３０１ページで紹介するタブーリにもあう。大家族でなければ、これは多すぎる量だが、心配不要。冷蔵庫で寝かせることで味がなじんでさらにおいしくなるので、数日間は楽しめる。

材料

- エクストラバージン・オリーブオイル……大さじ8
- レモン汁……1個分

*ドレッシングに入れる生のニンニクついては、「伝統」の章で書いたように、ちょっと複雑な思いがある。だが、このシナモン・ドレッシングについては、かすかにニンニクを感じるくらいにしたほうがおいしい。ニンニク1片の半分をみじん切りにするか、1片まるごとを木のスプーンの裏でつぶすかして、ドレッシングに入れるとよい。スパイスとレモンとニンニクの香りの共演を楽しんでほしい。

- すり潰したシナモン……小さじ3／4
- ニンニク……1片（みじん切り）
- 塩

❶すべての材料を瓶に入れてふたをして振ればOK。

スウィート・スパイス・チキン

これはサミュエル&サマンサ・クラークの『Moro East（モロ・イースト）』に載っていたメニューにヒントを得ている。スマック［訳注：ウルシ科の植物の果実を乾燥させたもの］と松の実を使う彼らのローストチキンとは異なるが、スパイスを効かせた玉ねぎの上でチキンを焼き、上から香ばしい松の実をかけるというテクニックを使わせてもらった。使ったスパイスは、カルダモン（cardamom）、シナモン（cinnamon）、クローブ（clove）という甘い3Cミックス。この料理は、レンズ豆入りターメリックライス（113ページ参照）、タヒニ・ヨーグルト（244ページ参照）、そしてシンプルなグリーンサラダといっしょにいただくことをおすすめする。

材料（たっぷり2人分）

- エクストラバージン・オリーブオイル……大さじ2
- 鶏モモ肉（骨、皮つき）……6本

- すり潰したカルダモン……小さじ1
- すり潰したシナモン……小さじ1
- すり潰したクローブ……小さじ1／2
- 玉ねぎ……4個（半月切り）
- 無農薬レモン……1／2個（皮つきのままさいの目に切る）
- 松の実……100g
- 塩、黒胡椒

❶オーブンを220℃に予熱する。
❷キャセロール鍋にオリーブオイルの半分を入れて中火から強火にかける。塩胡椒した鶏肉をきつね色になるまで焼く。鍋から取りだし、置いておく。
❸スパイスを混ぜる。鍋が熱いうちに玉ねぎを入れ、塩胡椒をして、混ぜたスパイスの4分の3を入れる。香りが立つまで1分ほど炒める。
❹レモンを加えて混ぜ、そのうえに鶏肉を皮を上にして並べる。そのまま中火で数分焼く。玉ねぎが色づいたら、残りのオリーブオイルを回し入れ、残りのスパイスを振りかける。オーブンに入れて20分焼く。
❺途中で松の実を加える（最初から入れると焦げてしまうので）。松の実が色づいたら出来上がり。クラークのレシピでは、鶏肉を取り出し、玉ねぎに少し水を足して煮詰めて、甘いスパイスの効いたソースに仕上げている。こちらもおすすめ。

スパイスは主張しすぎないように使うことが大切だが、バランスも大切だ。スパイスを使ったときにはかならず別のもので相殺、もしくは緩和する必要がある。だから、私はインド料理を食べるときには、辛さによる熱を冷ますためにかならずヨーグルトをいっしょに注文する。肉の脂肪分やすましバターやブレンドされたスパイスによる、ときにしつこく感じる濃厚な味わいは、ヨーグルトの酸味が相殺してくれる。多くのシェフが、甘さと辛さ、なめらかさと歯ごたえ、食材の持つ味と味つけのバランスについて書いている。ここで紹介するレシピはこのバランスを重視している。スパイスはキッチンにおいて強力な武器になる。スパイスによってたくさんの秘伝のレシピが生まれてきた。みなさんも自分自身でちょうどいいバランスとなる地点を見つけてほしい。

ソラ豆とほうれん草のカレー

このメニューは、パウダータイプの基本的なスパイスをそろえておけば、オリジナルのスパイスミックスを簡単に作れることを示している。基本的なスパイスとは、クミン（カレーの王様）、派手な黄色のターメリック、熟成させた乾燥生姜、そしてもちろん、シナモンと唐辛子だ。私は肉厚なソラ豆が好きだが、なければエンドウ豆でもいい。

材料（4～6人分）

- オイル……大さじ2（できればココナッツオイルがいいが、菜種油でもいい）

・すり潰したクミン……小さじ山盛り1
・すり潰したシナモン……小さじ山盛り1
・すり潰したターメリック……小さじ山盛り1
・すり潰した生姜……小さじ1
・唐辛子パウダー……小さじ1／2
・塩……小さじ1
・トマト水煮缶（カットタイプ、400g入り）……1缶
・プレーンヨーグルト……大さじ6
・ニンニク……6片
・カシューナッツ……150g
・冷凍ソラ豆（もしくはエンドウ豆）……300g
・レモン汁……1／2個分
・ぬるま湯……200ml
・ほうれん草……200g

❶厚底のソースパンにオイルを入れて弱火にかける。スパイスと塩を混ぜてオイルに加える。混ぜながら1分火を通す。
❷トマトとヨーグルトを入れて、火を強めて沸騰させる。火を弱めて10分ほど煮込む。
❸ニンニクをすりおろして加え、カシューナッツを入れる。中火でさらに5分煮る。

❹ソラ豆とレモン汁とぬるま湯を加え、火を強めてふたたび沸騰させる。10分ほどぐつぐつと煮ると、半分くらいの量になる。
❺盛りつける2分前にほうれん草を入れてさっと火を通す。お皿に盛り、たっぷりのチャツネを添える。

ほかに好きなスパイスをいくつかあげておく。

1　キャラウェイシード

キャラウェイシードは強い主張を持つスパイスなので、それに匹敵するものと合わせる必要がある。たとえば、ケイパー、塩レモン、塩漬けのオリーブ、ビネガー、香りの強いハーブなど。あとで紹介するクラッカーは、フェンネルシードの代わりにキャラウェイシードを使ってもいいが、キャラウェイは甘味ともよくあう。グレート・ギャッツビーをテーマにしたディナーパーティーでは、ニック・キャラウェイにちなんで、巨大なキャラウェイ・ケーキを焼いた。星を飾り、ブルーベリーとイチゴでアールデコ調にデコレーションし、もちろんキャラウェイはたっぷりと使った。また、キャラウェイは甘い根菜類とも相性がいい。あぶったシードを、ローストしたビーツやにんじん、オリーブオイル、ビネガー、塩、刻んだミントをいっしょにすれば、一年中いつでも楽しめる。次に紹介するのは、キャラウェイがキャベツとバターと玉ねぎの甘さを引きだしてくれる、お気に入りのクリスマス・メニューだ。

ちりめんキャベツとキャラウェイシード

材料（サイドディッシュとして4〜6人分）

- バター……50g
- 玉ねぎ……1個（みじん切り）
- キャラウェイシード……小さじ2
- ちりめんキャベツ……1玉（千切り）
- 水……200ml
- 塩、黒胡椒

❶厚底のソースパンを中火にかけてバターを溶かし、玉ねぎとキャラウェイシードを加える。2、3分炒めてから、キャベツを加え、さらに2、3分炒める。水を加える。

❷ふたをして5分煮てから、ふたを取って中身をかき混ぜる。キャラウェイシードが均等にいきわたり、キャベツに多少歯ごたえが残るように仕上げたい。キャベツの大きさによって、足りなければ水を足す。

❸塩胡椒で味を調えて、盛りつける。

2　フェンネルシード

この緑がかった小さな種子は、アニスのような香りがする。フェンネルという植物からとれるものだが、甘い香りが強いので、私は一度にたくさんは使わない。ほんの少しを玉ねぎとニンニクといっしょに炒めてパスタソースにしたり、天板に撒いて鶏肉、玉ねぎ、レモンといっしょに焼いたりする（おいしいグレービーソースができる）。スズキやタイなどの魚をローストしたときのソースにすることも。溶かしバターとオリーブオイルを合わせ、レモンを半分しぼり、フェンネルシードを少々。簡単にできるクラッカーもある。

フェンネル・クラッカー

材料（約24枚分）

- スペルト小麦もしくは全粒粉……150g＋少量（打ち粉用）
- 有塩バター……80g（さいの目に切って冷やしておく）
- フェンネルシード……大さじ2
- 無農薬レモン……1個か2個（皮をすりおろす）
- 塩……多めにふたつまみ
- 挽きたての黒胡椒……たっぷり
- 冷水……小さじ3から4

❶オーブンを180℃に予熱する。天板にクッキングシートを敷く。

❷ボウルに水以外の材料を入れ、ぽろぽろになるまで指先で混ぜる。粒の大きさがそろったら、

小さじ2の冷水を入れて、ひとつの生地になるようにこねていく。粒を集めて少し大きなボール状にし、水を少し加えてこねる、という作業を繰り返し、最終的にはひとつにまとめる。

❸打ち粉をした台のうえで生地を2〜3ミリの厚さに伸ばし、24個になるように四角くカットする。クッキングシートに並べる。きつね色になるまで15分ほど焼く。焼きあがったらオーブンから出して冷ます。

3 ナツメグ

名前はかわいらしく、香りは華やか。ときどき思うのだが、ナツメグを一振りすれば、ベージュ色の料理（カスタードやライス・プディング、マッシュポテトなど）もワンランクアップさせることができるのではないだろうか。最近、シェフのアナ・ハンセンと話をしたとき、トンカ豆の使い方について教えてもらった。トンカ豆とは、彼女が育ったニュージーランドの甘いスパイスで、それほど広くは知られていない。彼女によれば、ナツメグと同じように使えばいいという。スモーキーなバニラのような香りで、かすかに甘草に似た香りもする。バランスがよくて主張しすぎないスパイスだが、私は最近、これをルバーブに合わせると信じられないほどおいしいということを発見した。次に紹介するレシピはナツメグでもトンカでもいい。冬に温室で育てたルバーブならナツメグのほうがあうし、茎がしっかりした夏のルバーブならトンカがぴったり。

ロースト・ルバーブのナツメグ（もしくはトンカ）風味

シロップは割ればドリンクにもなる。砂糖は何でもいいが、ブラウンシュガーのほうがコクのあるシロップができる。

材料（6人分）

- ルバーブ……6本（洗って、葉を取り除き、茎を3センチくらいにカットする）
- 生姜……6センチ（粗く刻む）
- 冷水……200ml
- 砂糖……大さじ6
- ローリエ……2枚
- ナツメグ……1個かトンカ豆……1、2個（お好みで）

❶オーブンを190℃に予熱する。耐熱性の容器にルバーブを並べ、みじん切りにした生姜を散らし、水を加える。アルミホイルで覆い、20分から30分オーブンで焼く。途中、オーブンから取り出して、ルバーブをひっくり返して戻す（形を崩さないように注意すること）。

❷オーブンから出して、砂糖を均一に振りかけ、ていねいにあえる。

❸水分をソースパンに移し、ローリエを加え、ナツメグかトンカをすりおろして入れる。沸騰させて、とろみのあるシロップになるまで煮詰める。

❹ルバーブ（温かいままでも冷やしても可）を盛りつけ、クレームフレーシュかアイスクリームを添え、シロップをかけていただく。

芽キャベツのナツメグ風味

休日にしか食べないなんてもったいない！

材料（サイドディッシュとして4人分）

- エクストラバージン・オリーブオイル
- 玉ねぎ……1個（みじん切り）
- ニンニク……1片（みじん切り）
- 芽キャベツ……300g（千切り）
- オレンジの皮……1個分（すりおろす）
- オレンジ……1／2個（あれば、しぼる）
- ナツメグ（挽きたてを使う）
- ヘーゼルナッツ……ひとつまみ（半分にしてローストする）（仕上げ用）
- 塩、黒胡椒

❶オーブンを180℃に予熱する。フライパンにオリーブオイルをたっぷり入れて熱し、玉

ねぎを入れて3分ほど炒める。ニンニクを加えて、さらに1分ほど炒め、火からおろす。

❷刻んだ芽キャベツを耐熱性の容器に入れ、炒めた玉ねぎとニンニクをオリーブオイルごと加えて、さらにオレンジの皮とナツメグを入れ、塩胡椒をして混ぜる。オーブンに入れて20分焼く。そのあいだ5分ごとに中身を混ぜる。

❸ローストしたヘーゼルナッツを入れてあえ、好みでオレンジをしぼって食べる。

4　ピメントン

このスペインのパプリカには、甘いものから辛いものまでいろいろあって、スペイン料理を支える柱となっている。チョリソや煮込み料理に特徴的なスモークした風味は、このピメントンによるものだ。私はこれが大好きで、豆の煮込みやローストポテト、ときには、魚料理にも振りかけるが、口に入れた瞬間に満足そうに目を細める人の顔をたくさん見てきた。ラ・チナータのものが有名だが、まだそれほど普及していないため、使えば料理上手に見えること請け合いである。ぜひ1缶買って、いろいろ試してほしい。ソースに入れてもいいし、251ページのヨーグルト・チキンのようにマリネ液に足してもいい。43ページのベイクド・エッグで使ってもいい。友人のオリヴァー・ロウから、細かく刻んだローズマリーの葉と海塩を合わせて、ピメントン入りのブラバソースを教えてもらった。ローストしたポテトとあえて食べれば、病みつきになること間違いなし。

5　唐辛子

唐辛子はあまり深く研究したことはない。ほかの調味料と同じように、シンプルに味を引き立てるために使っている。いつも手元にあるのは3種類。唐辛子パウダーと乾燥唐辛子フレーク、それからプルビベルだ。プルビベルはトルコの赤唐辛子を粗挽きにしたもので、あまり辛くなく、独特の甘味がある。次に紹介するメニューにはとくによくあう。

スパイシー・ベイクドフェタ

ぴりっとした辛さと塩気が、おいしい飲み物にぴったり。

材料（2〜4人分）

- フェタチーズ（板状のもの）……200g
- 無農薬レモン……1個（皮をすりおろす）
- 乾燥唐辛子フレーク（おすすめはプルビベル）……多めにひとつまみ
- ニンニク……1片（すりおろす）
- タイム……5本
- エクストラバージン・オリーブオイル

❶オーブンを180℃に予熱する。アルミホイルを長方形に切り、中央にフェタチーズを置く。まわりのアルミホイルで壁を作り、フェタチーズにかけるものが流れないようにする。

❷レモンの皮、唐辛子、ニンニクをフェタに振りかける。タイムは3本の葉を取ってかけ、オ

リーブオイルをかける。残りのタイム2本を上にのせる。

❸アルミホイルでふたをして天板にのせる。オーブンに入れて10～15分、やわらかくなって、いい香りが広がるまで焼く。おいしいパンといっしょにどうぞ。

ケジャリー

祖父母の家に行くとかならずこれが待っていた。キッチンからは、燻製タラを牛乳で煮るにおいが漂ってくる。このにおいをかぐといまでも胸がいっぱいになる。大きな声では言えないけれど、私はケジャリーにはケチャップを添える。私にとってケチャップ抜きのケジャリーはケジャリーじゃない。それから、バターは大胆に使ってほしい。母は長年、自分のケジャリーが祖母のような味にならないのを不思議に思っていたが、ある日、作っているところを見て納得した。祖母は鍋にバターケースの半分をどーんと入れていたのだ。

材料（2～4人分）

- 卵……4個
- 燻製タラの切り身……400g
- ローリエ
- 成分無調整牛乳……かぶるくらい
- バスマティ米……150g

• バター（できれば有塩バター）……50g
• 玉ねぎ……1個（みじん切り）
• ニンニク……2〜4片（大きさによる。みじん切り）
• 生姜……4センチ分（皮をむいてすりおろす）
• カレー粉……山盛り大さじ1
• ブラックオニオンシード（あれば）……小さじ1
• レモン汁……1個分
• コリアンダー……ひとつかみ（みじん切り）
• 塩

❶ソースパンに水を張り、卵を入れて中火にかける。沸騰させて10分ゆでる。卵を冷水にとって冷やす。

❷タラの切り身とローリエを別のソースパンに入れ、かぶるくらいまで牛乳を注ぐ。沸騰させてから火を弱め、ふたをして5分ほど煮込む。火からおろし、そのまま冷ます。

❸米を流水で洗う。水が濁らなくなるまで洗ったら、鍋に入れてかぶるくらいまで水を注ぎ、中火にかける。沸騰したら火を弱め、そのままコトコトと煮る。火が通ったら水気を切り、置いておく。

❹大きなフライパンを弱火にかけてバターを溶かし、玉ねぎとニンニクと生姜を入れる。5〜10分炒める。やわらかくなり、色づきはじめたら、カレー粉と、使うのであればオニオン

シードを加える。数分炒めてから、タラを煮た牛乳を大さじ何杯かと、レモン汁を加えてよく混ぜる。米とタラを加えて、好みで塩を振る。米にバターたっぷりのソースがいきわたるようによく混ぜる。

❺コリアンダーを混ぜ、器に盛り、殻をむいて4つ割りにした卵を飾る。ヨーグルトかバター（またしても！）かケチャップを添えて出す。

ハーブ

好きなハーブのトップ5って何だろう、とよく考える。果物、野菜、炭水化物、チーズといったくくりでも、それぞれのトップ5を考えることがあるが、たぶんハーブについて考えることがいちばん多い。好きなハーブが多くて、しかも接戦で、日によって順位が簡単に入れ替わるから。いちばん悩ましいのはミントかバジル。このふたつは使い道が似ている。トマトはもちろんのこと、イチゴや桃、アプリコットなどのおいしさをひきたて、サラダやドレッシングに香りを添え、ピムス［訳注：夏によく飲まれる、レモネードや炭酸水で割ったカクテル］やイートン・メスにも欠かせない。バジルと言えばイタリアだろう。パルメザンチーズを使った料理に顔をのぞかせ、ペストでは主役を張り、パスタソースに趣を添える。一方、ミントと言えば、こちらは断然イギリスだ。

たぶん、鼻差でミントの勝ちだと思う。鼻差というのは文字通りの意味だ。摘みたてのミントの香りや新じゃがといっしょにゆでるときに漂う香りをかぐと、プルーストのマドレーヌさながらに、子ども時代の記憶が蘇ってくる。家にはいつもミントがあった。母がたくさん育てていたから、というより、うちの小さな庭を征服するほど生い茂り、コントロール不能になっていたので、夏のあいだはとにかくせっせと使うしかなかったのだ。私はいまでもよく使う。冬も根菜類の、ときにしつこいと感じる甘さをさっぱりさせたいときにはよく利用する。

バジルもまた古いつきあいで、全幅の信頼を寄せている。やわらかくて色鮮やかな葉は、そのまま使ってもいいし、刻んでもいい。パスタソースのベースにもなるし、蒸し煮にした野菜料理のてっぺんに飾ってもいいし、パンツァネッラ〔訳注：固くなったパンを利用したイタリアのサラダ〕のようなサラダにも入る。それから、もちろんペストはこれがなければ存在しない。

ペスト

いまさらペストのレシピなんて必要ないだろうが、私のレシピを記しておく。ざっくりとした枠組みだと思ってほしい。純粋主義者に怒られそうだが、私はペストという言葉をゆるく使っていて、刻んで作ることもあるし、材料を変えることもある。葉は、基本的にはバジルがいちばんだが、タラゴンやルッコラ、ワイルドガーリック、ソレルなどもおいしい。ナッツは、ローストしたカシューナッツがなめらかになって好きだが、クルミも捨てがたい。チーズはパルメザンの代わりにペコリーノを使えばより個性的なものができるが、塩気のあるハードチーズならだいたいなんでもOK（最近、羊のチーズ、マンチェゴを試してみたが、これもうまくいった）。ワイルドガーリックのシーズンはペスト狂にとって特別なシーズンだ。私はワイルドガーリック2束に50gのバジルを加え、ニンニクなしで作る。ソレルを使うときにはレモンを少し控えめにするとよい。

材料（2〜4人分）

- バジルの葉……（最低でも）50g
- 松の実……100g（ローストする）
- レモン……1／2個（汁をしぼり、皮はすりおろす）
- ニンニク……1片（みじん切り）
- パルメザンチーズ……50g（すりおろす）
- エクストラバージン・オリーブオイル……大さじ3＋適量（調整用）
- 水（できればパスタか野菜のゆで汁）……適量
- 白ワインビネガー……少量（あれば）
- 塩、黒胡椒（お好みで）

❶バジル、松の実、レモン汁と皮、ニンニク、パルメザンチーズ、オリーブオイルをフードプロセッサーに入れて攪拌し、塩胡椒をする。

❷濃度を水で調整する。パスタソースにするなら少しゆるいほうがいいし、ディップにするなら濃いほうがいい（パスタの場合は、ゆで汁を捨てないで。ゆでるときのコツは76ページを参照）。もっとコクがほしければ、オリーブオイルで伸ばしてもいい。さっぱりさせたかったら、ビネガーかレモン汁を足してもOK。要するに、何でもありということ。

香り高いバジルは桃やサクランボなどの果物とよくあう。それを証明するのが、友人のロージー・バーケット考案の次のレシピだ。

ロージー・バーケットの桃とサクランボとバジルのプディングパイ

このレシピはロージー・バーケットの『A Lot On Her Plate（ア・ロット・オン・ハー・プレート）』から拝借したもの。果物が牛乳と卵といっしょになって、普通のカスタードよりずっとおいしくなっている。

材料（8〜10人分）

- 無塩バター……型に塗る分
- バジルの葉……6枚
- 桃（蟠桃《バントウ》）……4個（半分に切って種を取る）
- サクランボ……300g（種を取って半分に切る）
- アーモンドフレーク……30g
- 小麦粉……100g
- アーモンドパウダー……200g
- ベーキングパウダー……小さじ2
- 塩……ひとつまみ

・卵……4個
・三温糖……100g
・成分無調整牛乳……100ml
・エクストラバージン・オリーブオイル……大さじ1
・バニラエッセンス……小さじ1

❶オーブンを180℃に予熱する。底が抜ける24センチのケーキ型にバターを塗り、底にバジルを敷く。半分に切った桃とサクランボを断面を下にして置き、アーモンドフレークを散らす。
❷小麦粉とアーモンドパウダーとベーキングパウダーと塩をボウルに入れて混ぜる。別のボウルに卵と三温糖を入れて、白っぽくなるまで混ぜる。牛乳とオリーブオイルとバニラエッセンスを、卵液に足し、かき混ぜる。小麦粉とアーモンドパウダーを合わせたものを加え、空気が入るようにさっくり混ぜる。
❸果物を並べたケーキ型に生地を流し込み、1分ほどそのままにしてから、オーブンに入れて、黄金色になるまで35~40分焼く。オーブンから出し、パレットナイフを型にそって入れる。数分置いてから、網台を上にかぶせてひっくり返し、型を取って冷ます。

タラゴンは、私のなかでは3番目に好きなハーブだ。アボカドディップ（294ページ参照）をより一層おいしくしてくれるし、サルサベルデにはひねりを加えてくれる。チキンと合わせれば最強だ。乾燥させたものは香りが弱まるが、それでも独特の風味は残っている。タラゴンを使ったチキン料理といえば、叔母のメアリーのレシピに勝るものはない。ここでは生のタラゴンを使って、さえないベージュの料理に色を添えた。それからサワークリームを使うとさっぱりしておいしい。ライスとブロッコリといっしょに盛りつけてレモンを添えてどうぞ。

タラゴン・チキン

もし、生のタラゴンが手に入らなければ、大さじ1の乾燥タラゴンを使ってほしい。チキンは胸肉の代わりにモモ肉（骨なし）でもOK。

材料（6人分）

- バター……30g
- 小麦粉……30g
- チキンブイヨン……430ml
- 白ワインビネガー……大さじ2
- サワークリーム……150ml
- チェダーチーズ……60g（すりおろす）
- 乾燥タラゴン……小さじ2
- 生のタラゴン……4本（使うのは葉の部分のみ）

・ディジョン・マスタード……小さじ1
・オリーブオイルか菜種油（炒め用）
・鶏の胸肉か、モモ肉（骨なし）……750g（一口大に切る）
・塩、黒胡椒

❶ソースパンを弱火から中火にかけてバターを溶かし、小麦粉を入れて1分ほど混ぜながら、ペースト状になるまで炒める。
❷チキンブイヨンとビネガーを加えて、火にかけたまま、とろみがつくまで数分泡だて器でかき混ぜる。
❸火を弱め、サワークリーム、チーズ、生のタラゴン、乾燥タラゴン、マスタードを加え、塩胡椒をして、数分煮る。
❹そのあいだに、フライパンに油をひいて熱し、鶏肉を入れて、完全に火が通るまで10分ほど焼く。
❺鶏肉をソースに移して完成。

タラゴン入りアボカドディップ

これはディップとして出してもソースとして出しても、いつも喜ばれる。アボカドとヨーグルトというマイルドな食材と、タラゴンとシナモンと柑橘類というパンチの効いた3品が、意外かもしれないが、うまくかみ合う。レシピに載せているのは目安の分量だ（いつも適当な量で作っているが、おいしくなかったことはない）。私は小型のフードプロセッサーを使っているが、フォークで混ぜるだけでもできる。

材料（2～4人分）

- アボカド（熟したもの）……1個
- タラゴン……5本（使うのは葉の部分のみ）
- ナッツ（カシューナッツ、アーモンド、松の実など）……多めにひとつかみ
- プレーンヨーグルト……大さじ2
- 無農薬レモンかライム……1／2個（汁をしぼり、皮はすりおろす）
- エクストラバージン・オリーブオイル
- すり潰したシナモン……小さじ1／4、もしくはお好みで
- 塩、黒胡椒

❶アボカドを半分に割り、種をとる。半分のうち片方の果肉をすくってプロセッサーかボウルに入れる。

❷プロセッサーを使わない場合にはとくに注意してタラゴンの葉だけを外し、細かく刻む。ナッツをすり鉢にいれてすりこぎで粗く砕く。

❸アボカドの果肉に、タラゴン、ナッツ、ヨーグルト、レモンかライムの皮と果汁、たっぷり

のオリーブオイル、シナモンを入れて、プロセッサーにかけるか、つぶして滑らかにし、塩胡椒をする。味を見て必要なら塩、胡椒、レモン（あるいはライム）、オリーブオイルを足して調整する。

❹残り半分のアボカドを細かく刻んで加える。これで異なる舌触りを楽しめる。

❺ディップをボウルに盛り、オリーブオイルを回しかけて出来上がり。

4番目に来るのはディル。豆料理に混ぜるのも、ゆでたじゃがいもにかけるのも、ヴィネグレットに足すのも、スクランブルエッグに散らすのも大好きだ。ヨーグルトとオリーブオイルとあわせてビーツにのせてもおいしい。ディルはピクルスとキャラウェイシードと仲がよく（ビーツのピクルスとローストしたキャラウェイとサワークリームとディルという組みあわせを味わってみればわかる）、トリオで東欧を思わせる。すでに書いたように、ニンニク・ヨーグルトソース（243ページ参照）にはよく入れる。それから、塩レモンとキャラウェイをあわせて作る薬味《レリッシュ》もとても気に入っている。これを添えればローストした根菜はレベルアップするし、肉料理にかけるグリーンソースの代わりとしても使える。

ディルと塩レモンのレリッシュ

何人分かは用途による。肉料理の薬味として使うなら一人あたり小さじ1か2でいいだろう。野菜のドレッシングとして使うならもっとたくさんかけていい。

材料（4～6人分）

- ディル……1束（みじん切り）
- エクストラバージン・オリーブオイル……大さじ2
- 塩レモン……60g（みじん切り）
- 塩レモンの漬け汁……大さじ1
- キャラウェイシード……小さじ1
- コリアンダーシード……小さじ1（ローストして砕く）
- 精製糖……小さじ1
- 白ワインビネガー……小さじ1

❶すべての材料をボウルに入れて混ぜる。

トップ5を決めるのはつらい。最後の一枠だというのに、絶対にはずせないハーブが5つもあるのだから。一年中お世話になっている相手に忠義を示すべきか、それとも夏に燃えあがる相手を選ぶべきか。もしセージ（バターと合わせてスパゲッティのソースにする）を選んだら、タイム（香りのよい万能ハーブ）、パセリ（あのボリューム感はサラダ用といってもいいくらい）、ローズマリー（野性味あふれるとがった葉先が特徴的）、ローリエ（スパイスとしても使うので、しょっちゅう使っている）を落とすことになってしまう。ブラバソースはこのうち3つを使うというのに！

ブラバソース

このソースはパタタス・ブラバスについてくる。揚げたじゃがいもにスパイシーなトマトソースをかけたこの料理の名前は、発祥の地であるスペインの海岸名にちなんでいる。だが、イタリア語の「ブラバ（ブラボの女性形）」がもとになっている、と言われても疑わないだろう。ピメントン、唐辛子、ワイン、ローズマリー、ローリエ、トマトの見事な共演は、まさに拍手喝采にふさわしいからだ。ローズマリーポテトにかけて、チーズやスパイシーなソーセージ、赤ワインといっしょに楽しんでほしい。

材料（170ページのローズマリーポテト、4～6人分用）

- エクストラバージン・オリーブオイル……大さじ5
- ニンニク……2片（みじん切り）
- 乾燥唐辛子フレーク……小さじ1／2
- タイム……2本（使うのは葉の部分のみ）
- ローズマリー……3本（使うのは葉の部分のみ、みじん切り）
- ローリエ……1枚
- 赤ワイン……50ml
- プラムトマトの水煮缶（400g入り）……1缶
- 砂糖……小さじ1／2

●ピメントン……小さじ1／2

❶ソースパンにオリーブオイルを入れて中火にかけ、ニンニク、唐辛子、タイム、ローズマリー、ローリエを入れる。くっつかないように混ぜながら、香りが立つまで2、3分炒める。
❷ワイン、トマト缶、砂糖、ピメントンを加えて、10分ほど煮る。火からおろしてハンドブレンダーで攪拌する。
❸ふたたび火にかけ、10〜15分煮る。ケチャップくらいの濃度になるまで煮詰めて出来上がり。

パセリが主役のメニューも紹介したい。冬は戸外で育てるのは難しいが、うちの冷蔵庫には一年中常備している。

グレモラータ

これは、とろみのないサルサベルデというようなもので、肉の煮込み料理（ミラノ名物の子牛のすね肉を煮込んだオッソ・ブーコにつけることが多い）や魚料理に合わせることが多い。85ページで紹介したパントリー・パスタなどのシンプルなパスタに加えてもいい。私は小型のブレンダーで作っているが、手でも簡単に作れる。

材料（4人分）

- イタリアンパセリ……1束（使うのは葉の部分のみ、みじん切り）
- 無農薬レモン……2個（皮をすりおろす）
- ニンニク……2片（みじん切り）

❶材料を全部混ぜる。緑と黄色と白が混じったグレモラータの出来上がり。

自分のなかでハーブのトップ5を決めようとすると、いつも決められずに、結局、全部好きということで終わる。とはいえ、ハーブを語るのに、タブーリを紹介しないわけにはいかないだろう。しかも、タブーリはアレンジしやすいメニューでもあるので、この章を閉じてみなさんをキッチンに向かわせるのにふさわしいレシピだと思う。これは私が子どものころからよく食べていて、大人になってからもよく作って食べるメニューだ。ただし、作るときにはかならずアレンジするので毎回少しずつ違っている。だから、本書を閉じるにあたってもふさわしいレシピじゃないかと思う。

これを夏の料理と決めつけるのは簡単だし、実際にそうなのだが、使う材料を季節のものに変えるだけで一年中楽しめる。ここに紹介するのは基本のレシピなので、旬の食材に変えてみてほしい（春はエンドウ豆やソラ豆、夏はベビープラムトマトやきゅうり、秋はイチジクやスライスしたプラム、ナッツ、冬はやはりナッツ、苦味のある葉物野菜、カリフラワーやロマネスコなど）。分量としてはだいたい400gほど用意してほしい。ハーブは、春夏はディル、秋はタラゴン、冬は刻んだセージを加えてみてはいかがだろうか。もちろん、ドレッシングに入れるスパイスもアレンジ可能だ。

タブーリ

祖母もよくタブーリを作っていたが、ここで紹介するものとは似ても似つかぬものだった。タブーリとは、たっぷり使ったハーブと挽き割り小麦の歯ごたえをいっしょに楽しめるサラダのはず。

材料（4人分）

- 挽き割り小麦……50g
- レモン……1個（汁をしぼる）
- イタリアンパセリ……1束
- ミント……1束
- トマト（大）2個、あるいはベビープラムトマト……10個（細かい角切り）
- 青ねぎ……4本（みじん切り）
- シナモン・ドレッシング（273ページ）……大さじ4
- ジェムレタス［訳注：葉が厚い、小ぶりのレタス］（仕上げ用）

❶挽き割り小麦を流水で洗ってからボウルに入れる。レモン汁を加えて10分ほど浸しておく。フォークで軽く混ぜて、レモン汁を切る。

❷パセリを洗って水気をしっかり切ってから、葉と茎を細かく刻む。ブレンダーにかけるとどろどろになってしまうのでかならず手作業でやること。同じようにミントも刻み、大きなボ

ウルに入れる。
❸角切りにしたトマトの余分な果汁を切り、ボウルに加える。刻んだ青ネギも入れる。
❹挽き割り小麦を振りかけ、ドレッシングをかける。
❺レタスをサラダのまわりに飾る。レタスですくって食べてもいい。

終わりに

食べ物との関係はその人を語る。何をどのように食べてきたかという歴史が、その人を形作ると言ってもいい。お母さんのお腹の中にいるときに、お母さんが食べたもの。離乳食。はじめて口にする固形物。子ども時代に食べさせてもらうもの。そして、自分で選べるようになってから食べるもの。これ以降はすべてを自分で選択する。食事の時間にこだわるのか。食事のマナーは気にするか。自分で作るのかどうか。作るならどのくらいの手間暇をかけるのか。どこで食材を買うのか。どんな食材を常備しておくか。好きなメニューは何か。食べることは安らぎか、あるいは恐怖か。エピジェネティクス――親から受け継いだ遺伝子が機能するかどうかを左右する環境や経験について研究する学問分野――の研究によれば、先祖が食べていたものがその人の身体だけではなく、精神、感情、社会性にも影響を与えることがわかっている。

この本の根底にあるのは、食べることには生物学的機能を超えた意味があり、食べ物は単に生命を維持するだけではなく、その人の人生において目に見えない複雑な役割を担っているという思いだ。生存、儀式、祝い、悲しみ、価値観、自然、執着、迷信、ジェンダー、記憶など、あげていけばきりがないだろう。何よりも、食べ物には物語がある。人間として、食べ物は人と共有するものであると同時に、個別に経験するものでもある。しかも、ひとつひとつがその人特有の経験となる。人は誰でも、食べ物そのものについて、あるいは食べ物にまつわる何かについて物語を持っている。それらを語り、自分の細部を人と共有すれば、人との違いが明確になるとともに、相手を知り、理解し、感じることができるようになるのではないか。

これは辞書的な本ではなく、私が自分の目で見て考えたことを綴ったものだ。8つのテーマについて、私の個人的な体験を含めて語ることで、食べ物には生物学的機能を超えた役割があり、人を語り、さらには想像力を刺激する力があるということを示してきたつもりだ。すでに述べたように、私たちは物語を通じてつながることができる。この本で語ったことがみなさんの刺激になり、自分が日々食べているものとどのようにつきあっているか、食がどのように自分を形作っているかを見直すきっかけになればうれしく思う。

謝辞

まず、オリオン社のアマンダ・ハリス。本書のアイデアを信じてくれたことに心から感謝します。最初に担当してくれた編集者のタムシン・イングリッシュ、そのあとで担当してくれたルーシー・ヘンライン。ハードワークときめ細かいサポートをありがとう。広報のマーク・マッギンレー、権利のジェシカ・パデュー、マーケティングのエイミー・デーヴィス、デザイン・チームのみんな、とくにカバーをデザインしてくれたルル・クラーク。ありがとう。それから、ローラ・ニコル。細かいところまでチェックして直してくれてありがとう。あなたみたいに優秀な人に見てもらえて本当に私はラッキーだと思う。

エージェントのジョン・エレク。この本を現実のものとしてくれて本当に感謝しています。それから、ユナイテッド・エージェンツのミリー・ホスキンズとエイミー・ミッチェルも。

本書のために話をしてくれた人たちに心からお礼を申し上げます。アンナ・デル・コンテ、デボラ・マディソン、ジェイミー・オリヴァー、スージー・オーバック、ヨタム・オトレンギ、クローディア・ローデン、スタンリー・トゥッチ、アリス・ウォータース。それから、フェリシティ・ブラント、マーゴット・ヘンダーソン、レイチェル・ロディも。

ガーディアン紙の仲間とコラムニストのみんな、励まし（とカロリーたっぷりのおいしいもの）をありがとう。レシピの掲載を許可してくれた人にはとくに感謝します。

原稿の段階で読んでくれた人たちにお礼を言いたい。母のキャロライン・ホランドがいちばん多かったけど、ほかにもメアリー・マイヤーズ、キャサリン・ロッサー、ソフィ・アンドルーズ、デール・バーニング・サワ、ジェシカ・ホプキンス、ロージー・バーケットに時間をさいて読んでもらった。みんなの感想とアドバイスがどれだか役に立ったことか。

家族と友人たちに心からありがとうと言いたい。母と父には青いブリキの箱をはじめとしてすべてに。ルーシー・ウェッブ、応援してくれたことに（それから料理できる息子を育ててくれたことに）。フレディ、ふたりで築きあげたたくさんの食べ物の思い出とこれから作る思い出に。みんな、愛している。

訳者あとがき

子どものころに好きだった食べ物はなんですか？　そう訊かれたらあなたならどう答えるだろうか。きっとしばし子どものころの記憶を探り、あれこれ思いをめぐらすだろう。定番のカレーライスやミートソース？　それとも誕生日やクリスマスといった特別な日のごちそう？給食やお弁当の一品？　あるいは家族にも友達にも理解してもらえなかったけど、好きで好きで仕方がなかったものがあったとか？　その人にとっては特別な料理というものが、誰にでもあるのではないかと思う。そして、そのときに脳裏に浮かぶのはその好物だけではないはずだ。それを作ってくれた人やいっしょに食べた人たちの顔、もしくは食べた場所の光景もあわせて浮かぶのではないだろうか。そうした思い出話をするとき、あなたは好きな食べ物だけではなく、あなた自身についても語っている。食はその人を作り、食はその人を語る。そんな想いを持って、家庭料理をテーマに綴られたのが、本作『世界の有名シェフが語るマンマの味』だ。

ひとくちに家庭料理をテーマにしたエッセイと言っても、本書は少し変わった構成をとっていて、大きく分けると3つの内容からなりたっている。

ひとつは、著者の個人的な経験や思いを綴ったエッセイ。テーマは伝統、即興、自然、バランス、女性、肉食、執着心、団らんという8つ。

そして、食の世界の有名人8人へのインタビュー。美食家として有名で、料理本も出版している俳優のスタンリー・トゥッチ。スローフードを普及させ、「おいしい革命」を起こしたアリス・ウォータース。ダイアナ妃のセラピストとして、摂食障害を告白することを決意させたスージー・オーバック。テレビ番組に出て若くしてスターシェフとなり、最近は子どもたちのために給食改革運動や食育に力を入れているジェイミー・オリヴァー。そのほか日本ではあまり知られていないシェフも登場するが、イギリスでは著名な人ばかりだ。

それから、著者が普段使っている食材――卵、パスタ、豆、調味料、じゃがいも、野菜、ヨーグルト、スパイスとハーブ――についての解説と、それらを使ったレシピが多数紹介されている。

著者のミーナ・ホランドは、現在、イギリスのガーディアン紙の料理を専門とした別冊ガーディアン・クックの編集者をしている。そういう職業につくくらいだから、きっと子どものころからおいしいものばかりを食べてきた美食家なのだろう、家でも凝った料理を作って食べているに違いない、と思って読むと、おそらく肩透かしにあう。普段彼女が自宅で食べているのは、本当にごく普通の料理なのだ。しかも、「おおむねベジタリアン」なので、肉や魚を使ったメニューはほとんど食卓にのぼらない。しかし、料理上手で食材を捨てることを嫌ったおばあちゃん、青いブリキの箱にレシピを入れてプレゼントしてくれたお母さん、「誰が見てもおいしそうには見えない」お父さんの料理、パスタが縁結びをしてくれた恋人、クリスマスの叔父さんの演説……といった数々の食の思い出話からは、ミーナ・ホランドその人が浮かびあがってきて、不思議なことに、ごく普通の料理であっても、そのレシピからは彼女らしさが伝わってくる。

食い意地では著者に負けない自信があるものの、料理の腕はあまり……という私だが、紹介されているレシピは「これならできそう」というものが多く、実際にいくつか作ってみた。なかでも気に入ったのは、ニンニク・ヨーグルトソースとシナモン・ドレッシング。ヨーグルト・ソースは、焼いた野菜だけではなく肉や魚にも合う万能ソースで重宝するし、ドレッシングも、いままでシナモンを苦手だと思っていたのを後悔するほど気に入っている。

それから、イギリス人のなかでも好き嫌いが分かれるというマーマイト。聞いたことはあったものの、実際に食べたことはなかったので、これを機会に試してみた。ビール酵母を原料とした栄養食品で、見た目はチョコレートペーストのようだが、塩気が強く、独特のにおいがする。これをパスタに絡めたら本当においしいの？　と半信半疑だったが、たっぷりのバターと合わせることでまろやかになり、確かにスナック感覚で癖になる味だった。

ベイクド・ビーンズも、「イギリスのホテルの朝食に出てくる、あのぼんやりとした味の豆の煮込みでしょ？」という程度の認識だったが、著者のレシピで作ったそれは、ワインビネガーの酸味とピメントンの風味が効いていて、とてもおいしいものだった。著者がよく使うスペインのパプリカパウダー、ピメントンはかつお節に似た香りが香ばしく、日本人好みだと思う。料理上手に見えるはず、と著者の言葉も納得できる。

ほかにも〝インスタ映え〟しそうな卵料理からデザートまでレシピはたくさんあるので、気になるものがあったら、みなさんも作ってみてはいかがだろうか。ちなみに、著者のインスタグラムには、おいしそうな料理はもちろんのこと、素敵な写真が多数アップされているので、興味のある方はのぞいてみてほしい。

さて、本書は著者の2作目で、前作『食べる世界地図』も、エクスナレッジ社から刊行されている。こちらは、世界39の国と地方の料理について語り、さらに自宅で再現できるようにレシピも紹介している大作で、これまでイギリスのほか日本を含めた8カ国で出版されている。膨大な情報を伝えながら、それでいて軽快な文章は、知らず知らずのうちにページをめくらせ、食欲と旅情を大いにかきたててくれる。旅と食べることが好きな人なら間違いなく楽しめる1冊なので、機会があれば、ぜひこちらも手に取ってみてほしい。

最後に、食べることが大好きな私に本書を訳す機会を与えてくださったエクスナレッジの関根千秋さんに心よりお礼を申し上げます。

2017年12月

著者紹介

ミーナ・ホランド

『ガーディアン・クック』(英ガーディアン紙の別冊)の編集者、フード・ライター。
前著『食べる世界地図』は8か国で出版されている。
ロンドン在住。

翻訳者紹介

川添節子

翻訳者。慶應義塾大学法学部卒。
おもな訳書に『フランス人が「小さなバッグ」で出かける理由』(原書房)、
『ベストセラーコード』『シグナル&ノイズ』(ともに日経BP社)、
『ムーンショット!』(パブラボ)などがある。

世界の有名シェフが語る マンマの味

2017年12月10日 初版第1刷発行

著者:ミーナ・ホランド
訳者:川添節子

発行者:澤井聖一

発行所:株式会社エクスナレッジ
〒106-0032 東京都港区六本木7-2-26
http://www.xknowledge.co.jp/

問い合わせ先:
編集:Fax 03-3403-5898 / info@xknowledge.co.jp
販売:Tel 03-3403-1321 / Fax 03-3403-1829